O PREDADOR

TESS
GERRITSEN

O PREDADOR

Tradução
Márcio El-Jaick

1ª edição

EDITORA RECORD
RIO DE JANEIRO • SÃO PAULO
2015

CIP-BRASIL. CATALOGAÇÃO NA PUBLICAÇÃO
SINDICATO NACIONAL DOS EDITORES DE LIVROS, RJ

G326p
Gerritsen, Tess, 1953-
O predador / Tess Gerritsen; tradução de Márcio El-Jaick. – 1ª ed. – Rio de Janeiro, Record, 2015.

Tradução de: Die Again
ISBN 978-85-01-10654-4

1. Ficção americana. I. El-Jaick, Márcio. II. Título.

15-25599
CDD: 813
CDU: 821.111(73)-3

TÍTULO ORIGINAL EM INGLÊS:
Die Again

Texto revisado segundo o novo Acordo Ortográfico da Língua Portuguesa.

Impresso no Brasil

ISBN 978-85-01-10654-4

EDITORA AFILIADA

Para Levina

1

DELTA DO OKAVANGO, BOTSUANA

Sob a luz oblíqua da alvorada, vejo-a, sutil como uma marca--d'água, impressa na terra nua. Se fosse meio-dia, quando o sol africano é quente e reluzente, eu com certeza não a teria notado, mas no começo da manhã mesmo as menores depressões do terreno fazem sombra, e, quando saio da barraca, aquela única pegada me chama a atenção. Agacho-me a seu lado e sinto um arrepio súbito ao me dar conta de que apenas uma camada fina de lona nos protegia enquanto dormíamos.

Richard surge pela abertura da barraca e solta um gemido satisfeito ao se levantar, espreguiçando-se e sentindo o cheiro de grama molhada, lenha queimada e do café da manhã que está sendo preparado na fogueira. Os aromas da África. Essa aventura é o sonho de Richard. Sempre foi o sonho dele, não o meu. Eu sou a namorada gente boa cuja resposta-padrão é "Claro, querido". Mesmo quando isso significa vinte e oito horas e três aviões diferentes, de Londres a Johannesburgo, de Johannesburgo a Maun, de Maun à selva, o último deles uma lata-velha trêmula, conduzida por um piloto de ressaca. Mesmo quando isso significa duas semanas numa barraca, matando pernilongos e urinando atrás de arbustos.

Mesmo quando isso significa que posso morrer, e é nisso que estou pensando ao fitar essa pegada, impressa na terra a menos de um metro de onde Richard e eu dormimos noite passada.

— Sinta esse ar, Millie! — exclama Richard. — Nenhum outro lugar tem esse cheiro.

— Um leão esteve aqui — digo.

— Eu queria poder engarrafar esse cheiro para levar para casa. Que lembrança seria. O cheiro da selva!

Ele não está me ouvindo. Está extasiado demais com a África, envolvido demais na fantasia da grande aventura, onde tudo é "incrível" e "fantástico", incluindo a carne de porco enlatada com feijão que foi o jantar da noite passada e que ele declarou ser "o jantar mais esplêndido" de sua vida.

Repito, mais alto:

— Um leão esteve aqui, Richard. Bem ao lado da nossa barraca. Ele podia ter entrado.

Quero alarmá-lo, quero que ele diga: "Meu Deus, Millie, isso é sério!"

Em vez disso ele apenas chama os integrantes mais próximos do nosso grupo:

— Ei, venham dar uma olhada! Um leão esteve aqui essa noite!

As primeiras a se aproximarem são as duas meninas da Cidade do Cabo, cuja barraca está armada ao lado da nossa. Sylvia e Vivian têm sobrenomes holandeses que não sei nem soletrar nem pronunciar. As duas são louras, têm 20 e poucos anos, pernas longas e bronzeadas, e no começo tive dificuldade em diferenciá-las, até Sylvia perder a paciência comigo: "Nós não somos gêmeas, Millie! Você não vê que os olhos da Vivian são azuis e os meus são verdes?" Quando as meninas se ajoelham ao meu lado para examinar a pegada, noto que o cheiro delas também é diferente. Vivian, a de olhos azuis, tem o cheiro de ervas, o aroma fresco e doce da juventude. Sylvia tem cheiro do hidratante de citronela que ela está sempre passando para afastar os pernilongos, porque "repelente é veneno, você sabe disso, não sabe?". Elas se posicionam a meu lado como dois suportes para livros, como duas deusas louras, e não consigo deixar de notar que Richard está mais uma vez dando uma olhada no decote de Sylvia. Para uma menina tão escrupulosa em se proteger dos mosquitos, ela deixa à mostra uma quantidade alarmante de pele para ser picada.

Naturalmente, Elliot logo se aproxima também. Ele nunca está longe das louras, que conheceu há poucas semanas na Cidade do Cabo. Desde então, colou nelas como um cachorrinho fiel, na esperança de ter uma migalha de atenção.

— Essa pegada é recente? — pergunta ele, mostrando preocupação.

Pelo menos alguém partilha meu medo.

— Não a vi ontem — responde Richard. — O leão deve ter vindo durante a noite. Imagine sair da barraca para tirar água do joelho e se deparar com *isso*. — Ele solta um uivo e agita a mão como se fosse uma garra diante de Elliot, que recua. Isso faz Richard e as louras rirem, porque Elliot é o alívio cômico de todos: o americano afoito cujos bolsos trazem lenços, repelente, protetor solar, álcool gel, antialérgicos, antissépticos e todo tipo de produtos necessários à sobrevivência.

Não me junto a eles na risada.

— Alguém podia ter morrido aqui — digo.

— Mas é isso que acontece num safári de verdade — argumenta Sylvia. — Estamos no meio da selva, com os leões.

— Não me parece um leão muito grande — observa Vivian, inclinando-se para estudar a pegada. — Talvez fosse uma fêmea, o que vocês acham?

— Leão ou leoa, os dois podem nos matar — responde Elliot.

Sylvia lhe dá um tapinha brincalhão.

— Uhhh. Você está com medo?

— Não. Não, só achei que Johnny estava exagerando quando falou aquilo no primeiro dia. "Fiquem no jipe. Fiquem na barraca. Ou vocês morrem."

— Se você queria se sentir completamente seguro, Elliot, devia ter ido para o zoológico — diz Richard, e as louras riem da observação sarcástica. Viva Richard, o macho alfa! Assim como os heróis que cria em seus romances, ele é o homem que assume o comando e resolve tudo. Ou acha que resolve. Aqui na selva, ele não passa de mais um londrino sem noção, embora pareça um especialista em sobrevivência. Essa é mais uma coisa que me irrita essa manhã, além do fato de eu estar com fome, de não ter dormido bem e de os mosquitos estarem me perseguindo. Eles sempre me encontram. Quando saio da barraca, é como se ouvissem o sino do jantar, e imediatamente começo a bater no pescoço e no rosto.

Richard chama o guia auxiliar africano:

— Clarence, vem aqui! Olha o que passou pelo acampamento essa noite.

Clarence estava tomando café junto à fogueira com o Sr. e a Sra. Matsunaga. Agora avança em nossa direção, trazendo a caneca, e se agacha para ver a pegada.

— É recente — diz Richard, o novo especialista. — O leão deve ter vindo essa noite.

— Não é leão — responde Clarence. Ele nos encara, o rosto negro reluzente sob o sol da manhã. — É um leopardo.

— Como você pode ter tanta certeza? É só uma pegada.

Clarence desenha o contorno da pegada no ar.

— Estão vendo, é a pata dianteira. O formato é redondo, como a de um leopardo. — Ele se levanta e corre os olhos ao redor. — E é um animal só, então caça sozinho. Sim, é um leopardo.

O Sr. Matsunaga tira fotos da pegada com sua Nikon imensa; a câmera tem uma teleobjetiva que parece algo que lançaríamos no espaço. Ele e a esposa se vestem, até o último detalhe, de maneira idêntica: jaqueta de safári, calça cáqui, cachecol de algodão e chapéu de aba larga. É possível encontrar casais assim, usando as mesmas roupas exóticas, em pontos turísticos de todo o mundo. É de se imaginar: será que acordam pela manhã e pensam: "Vamos dar a todos uma chance de rir hoje?"

À medida que o sol se levanta, eliminando as sombras que tão claramente haviam demarcado a pegada, os outros tiram fotos, correndo contra o tempo e a claridade excessiva. Até Elliot pega sua câmera de bolso, mas acho que é só porque todos os outros estão fotografando e ele não quer ser o cara estranho que é excluído de tudo.

Sou a única que não se dá ao trabalho de pegar a câmera. Richard está tirando fotos suficientes por nós dois com sua Canon, "a mesma câmera que os fotógrafos da National Geographic usam!". Fico na sombra, mas, mesmo ali, fora do alcance do sol, sinto o suor escorrer das axilas. Já está esquentando. Todo dia na selva é quente.

— Agora vocês estão vendo por que peço para vocês ficarem na barraca durante a noite — diz Johnny Posthumus.

Nosso guia se aproximou tão silenciosamente que não notei que ele havia voltado do rio. Quando me viro, Johnny está bem atrás de mim. Seu sobrenome, Posthumus, é lúgubre, mas ele nos disse que se trata de um sobrenome comum entre os colonizadores, de quem descende. Em seus traços, vejo a relação com seus robustos antepassados holandeses. Ele tem o cabelo louro queimado de sol, olhos azuis e pernas grossas, extremamente bronzeadas, numa bermuda cáqui. Os pernilongos não parecem incomodá-lo, nem o calor, e ele não usa chapéu, não passa repelente. Crescer na África curtiu sua pele, imunizou-o contra seus incômodos.

— Ela apareceu pouco antes da alvorada — diz Johnny, indicando o mato nos fundos do acampamento. — Saiu daqueles arbustos, avançou na direção da fogueira e me encarou. Uma fêmea linda, grande e saudável.

Fico perplexa com a tranquilidade dele.

— Você a viu?

— Eu estava aqui preparando a fogueira para o café da manhã quando ela apareceu.

— O que você fez?

— Fiz o que pedi a todos vocês para fazerem nessa situação. Mantive a calma. Deixei o rosto bem à vista. Presas como a zebra e o antílope têm os olhos na lateral da cabeça, mas os olhos do predador são voltados para a frente. Sempre mostre ao felino o seu rosto. Deixe-o ver onde ficam os seus olhos, e ele vai entender que você também é um predador. Vai pensar duas vezes antes de atacar. — Johnny fita os sete clientes que lhe pagam para mantê-los vivos nesse lugar remoto. — Lembrem-se disso, está bem? Vamos ver mais felinos ao avançarmos pela selva. Se encontrarem algum, procurem manter a calma e se mostrem imponentes. Encarem os animais. E não corram. Vocês terão mais chance de sobreviver.

— Você estava aqui fora, cara a cara com um leopardo! — admira-se Elliot. — Por que não usou *isso*? — Ele aponta para a espingarda que está sempre pendurada no ombro de Johnny.

Johnny balança a cabeça.

— Eu não atiraria em um leopardo. Não mataria um grande felino.

— Mas essa espingarda não é para isso? Para proteger você?

— Não restam muitos leopardos no mundo. Essa terra é deles, nós somos os intrusos. Se um leopardo me atacasse, acho que eu não conseguiria matá-lo. Nem para salvar minha própria vida.

— Mas isso não se aplica a nós, certo? — Elliot solta uma risada nervosa e corre os olhos pelo grupo. — Você atiraria num leopardo para *nos* proteger, não é?

Johnny responde com um sorriso irônico.

— Veremos.

Ao meio-dia, estamos prontos para seguir selva adentro. Johnny conduz a caminhonete, e Clarence está sentado no banco reservado a ele, um assento que se projeta à frente do para-choque. Parece-me um lugar precário; ele fica com as pernas balançando, carne fácil para qualquer leão de passagem. Mas Johnny nos assegura que, se ficarmos no veículo, estaremos a salvo, porque o predador acha que somos todos parte de um animal imenso. "Mas, se saírem da caminhonete, vocês serão o jantar. Entenderam?"

Sim, senhor. Recado dado.

Não há estradas aqui, apenas a vegetação levemente aplainada nos locais onde a passagem dos pneus castigou a terra. O estrago causado por uma única caminhonete pode deixar a paisagem marcada por meses, diz Johnny, mas não imagino muitos veículos seguindo pelo interior do delta. Estamos a três dias de viagem da pista de pouso onde desembarcamos e não vimos nenhum outro veículo nessa região selvagem.

"Região selvagem" era algo em que eu não acreditava quatro meses atrás, sentada no nosso apartamento, em Londres, a chuva açoitando as janelas. Quando Richard me chamou para perto de seu computador e me mostrou o safári que ele queria reservar para nossas férias, vi fotografias de leões e hipopótamos, rinocerontes e leopardos, os mesmos animais que encontramos em zoológicos e parques temáticos. Foi o que imaginei, um gigantesco parque com hotéis confortáveis e estradas. No mínimo, estradas. Segundo o site, haveria um "acampamento na selva", mas imaginei barracas grandes, com chuveiro e vaso sanitário. Não achei que estaria pagando pelo privilégio de me agachar atrás das moitas.

Richard não se importa nem um pouco com a falta de conforto. Está encantado com a África, a câmera em constante atividade pelo caminho. No banco atrás do nosso, a câmera do Sr. Matsunaga acompanha a de Richard, clique após clique, mas com uma lente maior. Richard não admite, mas está com inveja da lente e, assim que voltarmos a Londres, provavelmente vai entrar na internet para ver o preço do equipamento do Sr. Matsunaga. É assim que o homem moderno luta, não com lanças e espadas, mas com cartões de crédito. Meu platinum vence o seu ouro. O coitado do Elliot, com sua Minolta unissex, fica para trás comendo poeira, mas acho que ele não se importa, porque está mais uma vez acomodado com Vivian e Sylvia no último banco. Olho para eles e vejo de relance o rosto resoluto da Sra. Matsunaga. Ela também é uma boa companheira. Tenho certeza de que fazer cocô no mato também não é sua ideia de boas férias.

— Leões! Leões! — grita Richard. — Ali!

As câmeras disparam mais rápido quando o veículo para tão perto que consigo ver mosquitos pretos sobre o flanco do leão. Perto dele, há três leoas deitadas à sombra de uma árvore. De repente, ouço uma rajada de palavras em japonês, e, quando me viro, o Sr. Matsunaga está de pé. A mulher dele puxa sua jaqueta, desesperada, para impedi-lo de saltar da caminhonete em busca de uma fotografia melhor.

— *Senta!* — ordena Johnny num tom de voz que ninguém, homem ou animal, poderia ignorar. — *Agora!*

Imediatamente o Sr. Matsunaga se senta. Até os leões parecem assustados, e todos fitam o monstro mecânico com dezoito pares de braços.

— Lembra o que eu disse, Isao? — censura-o Johnny. — Se der um passo para fora dessa caminhonete, está *morto*.

— Fiquei animado. Esqueci — murmura o Sr. Matsunaga, inclinando a cabeça em um gesto de desculpas.

— Olha, só estou tentando mantê-los em segurança. — Johnny respira fundo e, num murmúrio, diz: — Peço desculpas por gritar. Mas, no ano passado, um colega estava numa viagem com dois clientes. Antes que pudesse detê-los, os dois saltaram da caminhonete para tirar fotos. Os leões os alcançaram num piscar de olhos.

— Eles morreram? — pergunta Elliot.

— É o que os leões são programados para fazer, Elliot. Então, por favor, aproveitem a vista, mas dentro da caminhonete, tudo bem? — Johnny solta uma risada para aliviar a tensão, mas ainda estamos nos sentindo intimidados, um bando de crianças desobedientes que acaba de tomar um corretivo. O clique das câmeras agora é desanimado, fotografias batidas para disfarçar o mal-estar. Estamos todos chocados com a rigidez com que Johnny repreendeu o Sr. Matsunaga. Fito as costas de Johnny, que se elevam bem à minha frente, e os músculos de seu pescoço sobressaem como caules grossos. Ele dá partida no veículo. Deixamos os leões e seguimos para nosso próximo acampamento.

Ao pôr do sol, vem a bebida. Depois que as cinco barracas estão armadas e a fogueira está acesa, Clarence abre a caixa de alumínio que sacolejou na traseira da caminhonete o dia todo e tira dali as garrafas de gim e uísque, vodca e Amarula. Comecei a gostar especialmente dessa última: um licor cremoso e doce, feito do fruto de uma árvore africana, a maruleira. Ele tem o gosto viciante de café e chocolate, algo que uma criança beberia quando a mãe não está vendo. Clarence pisca para mim ao me dar meu copo, como se eu fosse a criança levada do grupo, porque todos os outros tomam bebidas de adulto, como gim-tônica ou uísque puro. Essa é a parte do dia em que penso sim, é bom estar na África, quando os desconfortos do dia, os insetos e a tensão entre mim e Richard se dissipam numa agradável embriaguez e posso me acomodar numa cadeira e ver o sol se pôr. Enquanto Clarence prepara um jantar simples, composto de ensopado de carne, pão e frutas, Johnny arma a cerca de arame, com sininhos para nos alertar caso algo entre no acampamento. Noto que de repente Johnny se detém, a silhueta contra o brilho do sol, e levanta a cabeça como se farejasse o ar, sentindo mil odores dos quais nem me dou conta. Ele é como qualquer outra criatura da selva, tão à vontade aqui que quase espero que ele abra a boca e ruja como um leão.

Viro-me para Clarence, que mexe a panela fumegante de ensopado.

— Há quanto tempo trabalha com Johnny? — pergunto.

— Com Johnny? É a primeira vez.

— Você nunca tinha sido guia auxiliar dele?

Clarence salpica pimenta no ensopado.

— Meu primo é o auxiliar de Johnny. Mas Abraham está na aldeia dele essa semana, para um enterro. Pediu para eu substitui-lo.

— E o que Abraham diz de Johnny?

Clarence sorri, os dentes brancos reluzindo no crepúsculo.

— Ah, meu primo conta muitas histórias sobre ele. Muitas. Ele acha que Johnny devia ter nascido changana, porque é como nós. Mas com o rosto branco.

— Changana? É a sua tribo?

Ele assente.

— Somos da província de Limpopo. Na África do Sul.

— É a língua changana que ouço vocês falando de vez em quando?

Ele solta um riso culpado.

— Quando não queremos que vocês saibam o que estamos dizendo.

Imagino que não seja nada muito lisonjeador. Olho para os outros, sentados em torno da fogueira. O Sr. e a Sra. Matsunaga estão diligentemente revendo as fotografias do dia na câmera dele. Vivian e Sylvia descansam em suas camisetas decotadas, exalando feromônios que, como sempre, fazem o pobre Elliot rastejar por um pouco de atenção. "Vocês estão com frio? Querem que eu pegue o casaco? Aceitam outro gim-tônica?"

Richard surge de nossa barraca com uma camisa limpa. Há uma cadeira vazia esperando por ele a meu lado, mas ele simplesmente passa por ela. Senta-se ao lado de Vivian e começa a jogar seu charme. "Está gostando do safári? Costuma ir a Londres? Eu gostaria de mandar para você e Sylvia cópias autografadas de *Vinte e um*, quando for publicado."

Claro que todos sabem quem ele é. Menos de uma hora depois de conhecer todos, Richard sutilmente deixou escapar o fato de que é o escritor de suspense Richard Renwick, criador do herói do MI5 Jackman Tripp. Infelizmente, ninguém tinha ouvido falar de Richard ou de seu herói, o que resultou num primeiro dia de safári bastante difícil. Mas agora ele está de volta ao jogo, fazendo o que sabe fazer de melhor: seduzir sua plateia. Pegando pesado, reflito. Pesado demais. Mas se eu reclamar mais tarde, sei exatamente o que ele vai dizer: "É o que os escritores precisam fazer, Millie. Precisamos ser simpáticos e angariar novos leitores." É engraçado o fato de Richard nunca perder tempo sendo simpático com senhoras de idade, apenas com mulheres jovens, preferencialmente bonitas. Lembro-me de como ele usou esse mesmo poder de sedução comigo, há quatro anos, quando estava autografando exemplares de *Opção: matar* na livraria onde trabalho. Quando Richard está jogando seu jogo, é impossível resistir a ele, e agora o vejo olhando para Vivian de um jeito que ele não me olha há anos. Ele segura um Gauloise entre os lábios e se inclina para a frente, a fim de proteger a chama do isqueiro de prata de lei, como seu herói Jackman Tripp faria, cheio de masculinidade.

A cadeira vazia a meu lado parece um buraco negro que suga toda minha alegria. Estou pronta para me levantar e ir para a barraca quando de repente Johnny se senta nela. Não diz nada, apenas corre os olhos pelo grupo, como se nos avaliasse. Acho que está sempre nos avaliando, e me pergunto o que vê quando olha para mim. Será que sou como todas as outras esposas e namoradas resignadas que foram arrastadas para a selva a fim de satisfazer às fantasias aventureiras de seus homens?

O olhar dele me desconcerta, e me sinto impelida a quebrar o silêncio.

— Esses sinos na cerca funcionam mesmo? — pergunto. — Ou só estão ali para a gente se sentir mais seguro?

— Eles servem como um primeiro alerta.

— Não os ouvi ontem à noite, quando o leopardo entrou no acampamento.

— Eu ouvi. — Ele se inclina para a frente, joga mais lenha na fogueira. — Provavelmente vamos ouvi-los de novo hoje à noite.

— Você acha que tem mais leopardos aqui?

— Dessa vez são hienas. — Ele aponta para a escuridão além do círculo de luz da nossa fogueira. — Há meia dúzia delas nos observando agora.

— O quê? — Olho para a noite. Só então vejo o brilho refletido dos olhos que nos espreitam.

— Elas são pacientes. Esperam para ver se sobra alguma comida. Vá para lá sozinha, e *você* será a refeição. — Ele dá de ombros. — Esse é o motivo de vocês terem me contratado.

— Para não acabarmos sendo o jantar.

— Eu não seria pago se perdesse muitos clientes.

— Quanto é "muitos"?

— Você seria só a terceira.

— Você está brincando, não é?

Ele sorri. Embora tenha mais ou menos a idade de Richard, a vida sob o sol africano deixou marcas em torno dos olhos de Johnny. Ele põe uma mão tranquilizadora em meu braço, o que me surpreende, porque ele não é homem de sair tocando as pessoas.

— É, estou brincando. Nunca perdi um cliente.

— É difícil saber quando você está falando sério.

— Quando eu estiver falando sério, você vai saber. — Ele se vira para Clarence, que acaba de lhe dizer algo em changana. — O jantar está pronto.

Olho para Richard, para ver se ele notou Johnny conversando comigo, a mão dele em meu braço. Mas ele está tão concentrado em Vivian que pareço ser invisível.

— É o que os escritores têm que fazer — diz Richard, previsível, quando nos deitamos em nossa barraca essa noite. — Só estou angariando mais leitores. — Conversamos em voz baixa, porque a lona é fina e as barracas ficam juntas. — Além disso, me sinto um pouco protetor. Elas estão sozinhas, duas meninas na selva. Se pararmos para pensar que elas só têm 20 e poucos anos, podemos considerá-las bastante aventureiras, não acha? É admirável.

— Elliot evidentemente as acha admiráveis — comento.

— Elliot acharia admirável qualquer coisa com dois cromossomos X.

— Logo, elas não estão exatamente sozinhas. Ele veio nessa viagem para acompanhá-las.

— E, meu Deus, deve ser cansativo para elas. Tê-lo por perto o tempo todo, com aqueles olhos pidões.

— As meninas o convidaram. Foi o que ele disse.

— Convidaram por pena. Ele puxou assunto numa boate, ficou sabendo que elas iam fazer um safári. Elas provavelmente disseram: "Você devia pensar em ir para a selva também!" Com certeza nunca imaginaram que ele aceitaria.

— Por que você sempre o rebaixa? Ele parece ser um cara bacana. E sabe muito sobre pássaros.

Richard bufa.

— Isso é sempre *tão* atraente num homem.

— Qual é o seu problema? Por que está tão irritado?

— Posso dizer o mesmo de você. Só estou conversando com uma moça, e você não consegue lidar com isso. Pelo menos *essas* meninas sabem se divertir. Estão no espírito da viagem.

— Estou tentando me divertir, estou mesmo. Mas não achei que fosse ser tão difícil. Esperava...

— Toalhas felpudas e chocolate sobre o travesseiro.

— Me dê algum crédito. Estou aqui, não estou?

— Reclamando o tempo todo. Esse safári era meu sonho, Millie. Não o estrague.

Já não estamos falando em voz baixa, e tenho certeza de que os outros podem nos ouvir, se ainda estiverem acordados. Sei que Johnny está, porque ficou responsável pelo primeiro turno de vigilância. Imagino-o sentado junto à fogueira, ouvindo nossas vozes, a tensão crescente. Com certeza já sabe de tudo. Johnny Posthumus é o tipo de homem que não deixa nada passar despercebido, e esse é o motivo de sobreviver nesse lugar, onde ouvir o tilintar de um sino na cerca pode ser a diferença entre a vida e a morte. Que pessoas inúteis, superficiais, devemos parecer a ele! Quantos casamentos ele já viu serem desfeitos, quantos homens presunçosos viu se curvarem diante da África? A selva não é apenas um destino de férias. É onde aprendemos o quanto somos insignificantes.

— Desculpe — murmuro, segurando a mão de Richard. — Não quero estragar sua viagem.

Embora meus dedos se fechem em torno dos seus, ele não retribui o gesto. A mão dele parece algo sem vida na minha.

— Você acaba com a graça de tudo. Sei que essa viagem não era sua ideia de férias, mas, pelo amor de Deus, chega de ficar de cara fechada. Olha como Sylvia e Vivian estão se divertindo! Até a Sra. Matsunaga consegue aproveitar.

— Talvez seja por causa desses comprimidos contra malária que estou tomando — sugiro, em desalento. — O médico disse que podem causar depressão. Disse que algumas pessoas até enlouquecem.

— A mefloquina não está me incomodando em nada. As meninas também estão tomando e estão bastante animadas.

As meninas de novo. Sempre me comparando com as meninas, que são nove anos mais jovens do que eu, nove anos mais magras. E são uma novidade. Depois de quatro anos dividindo o mesmo apartamento, o mesmo banheiro, como uma mulher ainda pode parecer uma novidade?

— Talvez seja melhor eu parar de tomar os comprimidos — proponho.

— O que, e pegar malária? Ah, claro, faz muito sentido.

— O que você quer que eu faça? Richard, me diga o que você quer que eu faça.

— Não *sei*. — Ele solta um suspiro e se vira para o outro lado. Suas costas são como concreto frio, um muro que encerra seu coração, pondo-o fora do meu alcance. Depois de alguns instantes, num murmúrio, diz: — Não sei que rumo estamos tomando, Millie.

Mas eu sei o rumo que Richard está tomando. Está indo para longe de mim. Faz meses que ele vem se afastando, tão sutil e gradualmente que, até agora, eu me recusava a ver. Atribuía tudo a uma circunstância: "Ah, temos andado muito ocupados." Ele está no término das revisões de *Vinte e um*. Estou fazendo o inventário anual da livraria. Tudo vai melhorar quando nossas vidas desacelerarem. É o que eu dizia a mim mesma.

Do lado de fora da barraca, a noite se enche dos ruídos do delta. Estamos acampados não muito longe do rio, onde, mais cedo, vimos hipopótamos. Acho que os ouço agora, além de grasnadas, guinchos e grunhidos de incontáveis outras criaturas.

Mas, dentro da barraca, há apenas silêncio.

Então é aqui que nossa história acaba. Numa barraca, na selva, em plena África. Se estivéssemos em Londres, eu me vestiria e iria para o apartamento de alguma amiga em busca de solidariedade e conhaque. Mas aqui estou, presa dentro dessa lona, cercada por animais que querem me devorar. A claustrofobia me deixa com vontade de sair correndo aos berros pela noite. Devem ser os comprimidos para malária, desbaratando meu cérebro. Quero que sejam os comprimidos, pois isso indicaria que não é minha culpa eu estar me sentindo tão desesperada. Preciso mesmo parar de tomá-los.

Richard adormeceu profundamente. Como consegue fazer isso, cair num sono tão tranquilo quando estou prestes a me despedaçar? Ouço sua respiração, relaxada, estável. O som de sua indiferença.

Ele ainda dorme profundamente quando acordo na manhã seguinte. À medida que a luz pálida do amanhecer entra pela costura de nossa barraca, penso com temor no dia que temos pela frente. Mais uma viagem incômoda, sentados lado a lado, tentando ser educados um com o outro. Mais um dia matando pernilongos e fazendo xixi atrás das moitas. Mais uma noite vendo Richard flertar com as meninas e sentindo outro pedaço do meu coração se partir. Essa viagem não pode ficar pior, penso.

Então ouço o grito de uma mulher.

2

BOSTON

Foi o carteiro que telefonou. Onze e quinze da manhã, a voz trêmula no celular: "Estou na Sanborn Avenue, West Roxbury, 02132. O cachorro... Eu vi o cachorro na janela..." E foi assim que a polícia de Boston ficou sabendo. Uma série de acontecimentos que começou com um carteiro atento, um dos integrantes de uma infantaria disposta em formação de combate seis dias por semana, por bairros de todo o país. Eles são os olhos da nação, às vezes os únicos olhos a notar que aquela senhora viúva não recolheu a correspondência, que aquele senhor solteiro não atende à campainha, que aquela varanda tem uma pilha de jornais que já estão ficando amarelos.

A primeira pista de que algo estava errado no casarão da Sanborn Avenue, CEP 02132, foi a caixa de correspondência abarrotada, algo que o carteiro Luis Muniz notou no segundo dia. Dois dias de correspondência acumulada não eram necessariamente motivo para alarme. As pessoas passam o fim de semana fora. Esquecem de pedir a suspensão das entregas.

Mas, no terceiro dia, Muniz começou a estranhar.

No quarto dia, quando abriu a caixa de correspondência e a encontrou ainda entupida de contas, catálogos e revistas, ele achou melhor tomar alguma providência.

— Por isso ele bateu na porta — disse o policial patrulheiro Gary Root. — Ninguém atendeu. Ele decidiu perguntar na casa ao lado, para ver se a vizinha sabia de alguma coisa. Mas aí olhou para a janela e viu o cachorro.

— Aquele cachorro ali? — perguntou a detetive Jane Rizzoli, apontando para o golden retriever de aspecto amistoso que se achava agora amarrado à caixa de correspondência.

— É, o próprio. A coleira diz que o nome dele é Bruno. Tirei-o da casa antes que ele pudesse fazer mais... — O patrulheiro Root engoliu em seco. — Estrago.

— E o carteiro? Onde está?

— Tirou o resto do dia de folga. Deve estar tomando uma bebida forte em algum lugar. Peguei o contato dele, mas ele provavelmente não vai poder dizer muito mais do que já te adiantei. Não entrou na casa, só ligou para o serviço de emergência. Fui o primeiro a chegar, encontrei a porta da frente destrancada. Entrei e... — Ele balançou a cabeça. — Desejei não ter entrado.

— Você conversou com mais alguém?

— A senhora simpática da casa ao lado. Saiu quando viu as viaturas paradas aqui, queria saber o que estava acontecendo. Só falei para ela que o vizinho estava morto.

Jane se virou para a propriedade onde Bruno, o amistoso golden retriever, estava amarrado. Era uma casa de dois andares, com varanda, garagem para dois carros e árvores antigas na frente. A porta da garagem estava fechada, e havia um Ford Explorer preto, registrado no nome do dono da casa, estacionado na entrada para veículos. Naquela manhã, não havia nada que distinguisse a residência das outras casas bem-cuidadas da Sanborn Avenue, nada que chamasse a atenção de um policial e o fizesse pensar "espere um instante, tem algo errado aqui". Mas agora havia duas viaturas estacionadas junto ao meio-fio, com as luzes piscando, o que deixava óbvio para qualquer transeunte que, sim, tinha algo muito errado ali. Algo que Jane e seu parceiro, Barry Frost, estavam prestes a confrontar. Do outro lado da rua, um grupo de vizinhos fitava a casa, boquiaberto. Será que algum deles havia notado que o morador não tinha sido visto nos últimos dias, não havia saído para passear com o cachorro nem para pegar a correspondência? Provavelmente diziam uns aos outros: "É, eu sabia que alguma coisa não estava certa." Agora todo mundo era brilhante.

— Você quer nos acompanhar até a casa? — perguntou Frost ao patrulheiro Root.

— Quer saber? — disse Root. — Prefiro não fazer isso. Finalmente me livrei daquele cheiro no meu nariz e não quero senti-lo de novo.

Frost engoliu em seco.

— Hum... Ruim assim?

— Passei uns trinta segundos lá dentro, no máximo. Meu parceiro não aguentou tanto tempo. Não há nada que eu precise mostrar a vocês. Não tem como não ver. — Ele fitou o golden retriever, que reagiu com um latido alegre. — Coitado do cachorro, preso lá dentro sem nada para comer. Sei que ele não teve escolha, mas...

Jane se virou para Frost, que fitava a casa como um condenado olhando o cadafalso.

— O que você almoçou? — perguntou ela.

— Sanduíche de peru. Batata frita.

— Espero que tenha aproveitado.

— Você não está ajudando, Rizzoli.

Eles subiram a escada da varanda e se detiveram para calçar as luvas e os protetores de pé.

— Sabe, tem um remédio chamado Compazine... — disse ela.

— É?

— Excelente para enjoo matinal.

— Ótimo. Quando ficar grávido, vou experimentar.

Eles se entreolharam, e Jane viu que ele respirava fundo, exatamente como ela. Uma última inalação de ar limpo. Com a mão enluvada, Jane abriu a porta, e os dois entraram. Frost ergueu o braço para tapar o nariz, obstruindo o cheiro que eles conheciam tão bem. Quer fosse chamado de "cadaverina", "putrescina" ou qualquer outro nome científico, no fim das contas tratava-se do velho fedor da morte. Mas não foi o cheiro que os fez pararem junto à porta agora fechada: foi o que eles viram nas paredes.

Por toda parte, olhos retribuíam seus olhares. Uma galeria de mortos, confrontando aqueles novos invasores.

— Jesus — murmurou Frost. — Ele era caçador de animais de grande porte?

— Sem dúvida, esse é um animal de grande porte — disse Jane, fitando a cabeça empalhada de um rinoceronte e imaginando que tipo de projétil era necessário para matar um animal daqueles. Ou o búfalo-africano a seu lado. Ela avançou devagar pela fileira de troféus, os protetores de pé sibilando no piso de madeira, a boca entreaberta diante das cabeças de animais que pareciam tão vivos que ela quase esperou um rugido do leão. — Isso é permitido por lei? Quem mata leopardo hoje em dia?

— Olha. O cachorro não foi o único animal de estimação que andou por aqui.

Uma variedade de pegadas vermelho-amarronzadas cobria o chão de madeira. As maiores condiziam com as de Bruno, o golden retriever, mas também havia pegadas menores espalhadas pela sala. Manchas marrons no peitoril da janela demarcavam o local em que Bruno havia apoiado as patas dianteiras para ver o carteiro. Mas não foi apenas a visão do cachorro que levara Luis Muniz a telefonar para o serviço de emergência. Foi o que o cachorro tinha na boca.

Um dedo humano.

Ela e Frost seguiram o rastro das pegadas, passando sob os olhos vítreos de uma zebra e um leão, uma hiena e um javali. Aquele colecionador não discriminava os animais por tamanho: mesmo os menores tinham seu lugar de desonra naquelas paredes, inclusive quatro camundongos posando com minúsculas xícaras de porcelana, sentados em torno de uma mesa em miniatura. O chá do Chapeleiro Maluco.

Quando eles entraram no corredor, o cheiro de putrefação ficou mais forte. Embora ainda não visse sua origem, Jane ouvia o agourento zumbido de seus reivindicadores. Uma mosca grande deu algumas voltas preguiçosas em torno de sua cabeça e desapareceu no vão de uma porta.

Sempre siga as moscas. Elas sabem onde o jantar é servido.

A porta estava entreaberta. Quando Jane a empurrou, algo branco passou correndo por ela.

— Minha nossa! — gritou Frost.

Com o coração acelerado, Jane se virou, deparando-se com o par de olhos que a espiavam debaixo do sofá da sala.

— É só um gato. — Ela soltou uma risada aliviada. — Isso explica as pegadas menores.

— Espere, ouviu isso? — perguntou Frost. — Acho que tem outro gato aí dentro.

Jane respirou fundo e atravessou o vão da porta, entrando na garagem. Um gato cinzento se aproximou para cumprimentá-la e se enroscou entre suas pernas, mas Jane o ignorou. Seu olhar estava fixo no que se achava pendurado por um gancho no teto. Havia tantas moscas que ela as sentiu zumbindo em seus próprios ossos quando os dois contornaram o banquete que havia sido aberto de forma conveniente para elas, expondo a carne que agora se encontrava cheia de larvas.

Frost se afastou, com ânsia de vômito.

O homem nu estava pendurado de cabeça para baixo, os tornozelos amarrados com uma corda de náilon laranja. Como a carcaça de um porco pendurada num abatedouro, o abdome dele havia sido aberto, todos os órgãos arrancados. Os dois braços pendiam, livres, e as mãos tocariam o chão se ainda estivessem ali. Se a fome não tivesse obrigado Bruno, o cachorro, e talvez também os dois gatos a começarem a se alimentar da carne do próprio dono.

— Agora sabemos de onde veio aquele dedo — disse Frost, a voz abafada pela manga da camisa. — Meu Deus, é o pior pesadelo de qualquer pessoa. Ser comido pelo próprio gato...

Para três animais domésticos famintos, o que agora se achava pendurado no gancho no teto certamente pareceria um banquete. Eles já haviam desarticulado as mãos e arrancado tanta pele, músculo e cartilagem do rosto que o osso branco de uma órbita se encontrava exposto, uma elevação perolada surgindo em meio à carne rasgada. Os traços faciais eram agora irreconhecíveis, mas o órgão sexual grotescamente inchado não deixava dúvida de que se tratava de um homem. Um homem mais velho, levando-se em conta os pelos pubianos brancos.

— Pendurado e limpo como uma caça — disse alguém atrás dela.

Sobressaltada, Jane se virou, deparando-se com a Dra. Maura Isles junto ao vão da porta. Mesmo numa cena de crime grotesca como aquela, Maura conseguia parecer elegante, o cabelo preto lustroso como um capacete reluzente, o terninho cinza perfeitamente ajustado ao corpo esguio. Ela fazia Jane se sentir a prima desleixada, de cabelo desgrenhado e sapatos arranhados. Maura não se intimidou com o cheiro, dirigindo-se ao cadáver indiferente às moscas que bombardeavam sua cabeça.

— Isso é intrigante! — disse.

— Intrigante? — rebateu Jane. — Eu estava pensando mais em termos de "grande merda".

O gato cinza abandonou Jane e se aproximou de Maura, esfregando-se em sua perna, ronronando alto. Essa era a lealdade felina.

Maura afastou o gato com o pé, mas sua atenção se manteve sobre o cadáver.

— Faltam os órgãos abdominais e torácicos. A incisão parece bem objetiva, do púbis à apófise xifoide. É o que um caçador faria com um cervo ou um javali. Pendurar, estripar, maturar. — Ela olhou para o gancho no teto. — E isso me parece ser algo para pendurar animais. Claramente, essa é a casa de um caçador.

— Aquilo também me parece algo que um caçador usaria — disse Frost, apontando para a bancada da garagem, onde havia uma dúzia de facas de aspecto letal. Todas pareciam limpas, as lâminas reluzentes. Jane se fixou na faca de desossar. Imaginou a ponta daquela lâmina penetrando a carne como se fosse manteiga.

— É estranho — avaliou Maura, estudando o torso. — Esses cortes aqui não parecem ter sido feitos por uma faca. — Ela indicou três incisões na caixa torácica. — São perfeitamente paralelos, como lâminas dispostas juntas.

— Parece a marca deixada por uma garra — observou Frost. — Será que os animais teriam feito isso?

— As incisões são profundas demais para gato ou cachorro. Parecem ter sido feitas depois da morte, com o mínimo de sangramento... — Ela se endireitou, concentrando-se no piso. — Se ele foi morto aqui, o sangue deve ter escoado. Estão vendo aquele ralo no chão? É algo que um caçador instalaria se usasse o local para pendurar e maturar a carne.

— Que história é essa de maturar? Nunca entendi o motivo de pendurar a carne — disse Frost.

— As enzimas que surgem depois da morte agem como um amaciante natural, mas isso geralmente é feito em temperatura baixa. Aqui parece estar, o que, uns trinta graus? Quente o bastante para a carne apodrecer. E para criar larvas. Ainda bem que estamos chegando no inverno. O cheiro seria muito pior se fosse verão. — Com uma pinça, Maura pegou uma larva e a estudou, o bicho se contorcendo em sua mão enluvada. — Ela parece estar na terceira fase de crescimento. O que condiz com a hora da morte, cerca de quatro dias atrás.

— Todas aquelas cabeças empalhadas na sala e ele acaba pendurado aqui, como um animal. Eu diria que temos algo aí.

— A vítima é o dono da casa? Vocês confirmaram a identidade dele?

— É difícil fazer uma identificação visual sem as mãos e o rosto. Mas eu diria que a idade condiz. O dono da casa é Leon Gott, 64 anos. Divorciado, morava sozinho.

— Ele com certeza não morreu sozinho — disse Maura, fitando o corte aberto do que agora não passava de uma casca vazia. — Onde estão? — perguntou, virando-se para Jane. — O assassino pendurou o corpo aqui. O que fez com os órgãos?

Por um instante, o único ruído na garagem era o zumbido das moscas. Jane pensou em todas as lendas urbanas que já tinha ouvido sobre órgãos roubados. E se voltou para a lata de lixo fechada em um canto. Ao se aproximar dela, o fedor de putrefação ficou ainda mais forte, moscas voando numa nuvem de fome. Franzindo o rosto, ela ergueu a beira da tampa. Só conseguiu dar uma rápida olhada antes de o cheiro fazê-la recuar, com ânsia de vômito.

— Acho que você acabou de encontrá-los — disse Maura.

— É — murmurou Jane. — Pelo menos os intestinos. Vou deixar o inventário completo das vísceras para você.

— Bem caprichoso.

— Ah, sim, vai ser uma delícia.

— Não, o que quero dizer é que o assassino foi caprichoso. O corte. A remoção dos órgãos. — Maura se dirigiu à lata de lixo, os protetores para os pés, feitos de papel, farfalhando a cada passo. Tanto Jane quanto Frost se afastaram quando ela abriu a tampa, mas mesmo do outro lado da garagem era possível sentir o fedor nauseante dos órgãos apodrecendo. O cheiro pareceu animar o gato cinza, que se esfregou nas pernas de Maura ainda com mais entusiasmo, miando por atenção.

— Você arranjou um novo amigo — brincou Jane.

— Comportamento felino normal de demarcação de território. Ele está me decretando seu território — disse Maura ao enfiar a mão enluvada na lata de lixo.

— Eu sei que você gosta de ser cuidadosa, Maura — observou Jane. — Mas que tal tirar isso daí no necrotério? Tipo, numa sala sem risco biológico ou qualquer coisa parecida?

— Preciso me certificar...

— De quê? Só pelo *cheiro*, já sabemos que estão aí. — Para aversão de Jane, Maura se debruçou sobre a lata de lixo e enfiou a mão ainda mais fundo nas vísceras. No necrotério, já a tinha visto abrir torsos e arrancar escalpos, tirar a pele de ossos e serrar crânios, realizando todas essas atividades com exímia concentração. Essa mesma concentração fria se revelava agora no rosto de Maura enquanto ela remexia a massa coagulada na lata de lixo, indiferente às moscas que já andavam pelo cabelo preto de corte moderno. Alguém mais poderia ser tão elegante ao fazer algo tão nojento?

— Qual é, você já viu vísceras antes — protestou Jane.

Maura não respondeu ao enfiar as mãos ainda mais fundo.

— Tudo bem — Jane suspirou. — Você não precisa da gente para isso. Frost e eu vamos dar uma olhada no resto da...

— Tem demais — murmurou Maura.

— Demais o quê?

— Esse não é o volume normal das vísceras.

— Não é você que está sempre falando de gases bacterianos? De inchaço?

— Inchaço não explica *isso*. — Maura endireitou o corpo, e o que tinha na mão fez Jane se encolher.

— Um coração?

— Não é um coração normal, Jane — explicou Maura. — Sim, tem quatro câmaras, mas esse arco aórtico não está direito. E os grandes vasos também me parecem estranhos.

— Leon Gott tinha 64 anos — argumentou Frost. — Talvez tivesse um coração ruim.

— Esse é o problema. Isso não parece o coração de um homem de 64 anos. — Maura se debruçou novamente sobre a lata de lixo. — Mas *isso* parece — disse ela, estendendo a outra mão.

Jane olhou os dois órgãos.

— Espere. Tem *dois* corações aí?

— E dois pares de pulmões.

Jane e Frost se entreolharam.

— Ah, droga! — exclamou ele.

3

Enquanto Frost investigava o primeiro andar da casa, Jane se ocupava do segundo. Foi de cômodo em cômodo, abrindo armários e gavetas, olhando debaixo das camas. Nenhum corpo eviscerado em lugar nenhum, também nenhum sinal de briga, mas muita poeira e pelo de gato. O Sr. Gott — se de fato era ele mesmo pendurado na garagem — era desleixado nos cuidados da casa, e, sobre a cômoda, havia antigos recibos de lojas de ferragens, baterias de aparelho auditivo, uma carteira com três cartões de crédito e 48 dólares em dinheiro e alguns projéteis. Isso deixou claro para ela que o Sr. Gott não era indiferente a armas de fogo. Jane não ficou surpresa ao abrir a gaveta da mesinha de cabeceira e encontrar ali uma Glock carregada, com uma bala na câmara, pronta para atirar. A ferramenta perfeita para um dono de casa paranoico.

Uma pena que a arma estivesse no andar superior enquanto o dono da casa estava lá embaixo, sendo eviscerado.

No armário do banheiro, ela encontrou o sortimento esperado de remédios para um homem de 64 anos. Aspirina e Advil, Lipitor e Lopressor. E na pia havia um aparelho auditivo sofisticado. Ele não o estava usando, o que podia indicar que não teria ouvido a chegada de um intruso.

Enquanto Jane descia a escada, o telefone tocava na sala. Quando alcançou o aparelho, a secretária eletrônica já tinha atendido, e ela ouviu um homem deixar recado.

"Oi, Leon, você não chegou a me dizer se vai querer fazer aquela viagem para o Colorado. Me avise se quiser nos acompanhar. Vai ser ótimo."

Jane estava prestes a ouvir o recado novamente, a fim de ver o número de telefone do homem, quando notou que o botão PLAY estava manchado com o que parecia ser sangue. De acordo com o visor, havia dois recados gravados, e ela tinha acabado de ouvir o segundo.

Com o dedo enluvado, apertou o PLAY.

"Dia 3 de novembro, nove e quinze da manhã: ... e, se você telefonar imediatamente, podemos baixar a taxa do seu cartão de crédito. Não perca a chance de aproveitar essa oferta especial."

"Dia 6 de novembro, duas da tarde: Oi, Leon, você não chegou a me dizer se vai querer fazer aquela viagem para o Colorado. Me avise se quiser nos acompanhar. Vai ser ótimo."

O dia 3 de novembro foi segunda-feira; hoje era quinta. Aquele primeiro recado ainda estava na secretária, sem ter sido ouvido, porque, às nove horas da manhã de segunda, Leon Gott provavelmente estava morto.

— Jane? — chamou Maura. O gato cinza a havia acompanhado até o corredor e se enredava em suas pernas.

— Tem sangue na secretária eletrônica — disse Jane, virando-se para ela. — Por que o assassino tocaria na secretária? Por que iria querer conferir os recados da vítima?

— Vem ver o que Frost encontrou no quintal.

Jane a acompanhou pela cozinha até a porta dos fundos. No quintal cercado, com grama por aparar, havia um galpão de metal. Grande demais para ser apenas um depósito, a estrutura sem janelas parecia espaçosa o bastante para ocultar diversos horrores. Quando Jane entrou, sentiu o cheiro de alguma substância química. Lâmpadas fluorescentes vertiam no interior uma iluminação fria, clínica.

Frost estava ao lado de uma mesa grande, estudando a ferramenta de aspecto assustador que fazia parte dela.

— No começo, achei que fosse uma esquadrejadeira — começou ele. — Mas essa lâmina não se parece com nenhuma serra que eu já tenha visto. E aquele armário ali... Dê uma olhada no que tem dentro. — Ele apontou para o outro lado da oficina.

Pelas portas de vidro do armário, Jane viu caixas de luvas de borracha e vários instrumentos de aspecto assustador dispostos nas prateleiras. Bisturis, facas, tentas, alicates e fórceps. *As ferramentas de um cirurgião.* Pendurados em ganchos na parede, havia aventais de borracha, sujos com o que pareciam ser manchas de sangue. Com um arrepio, ela se virou para a mesa de compensado, sua superfície marcada com talhos, e viu um pedaço de carne crua.

— Tudo bem — murmurou Jane. — Agora fiquei assustada.

— É como a oficina de um *serial killer* — observou Frost. — Essa mesa é onde ele cortaria os cadáveres.

No canto, havia um barril branco com capacidade para cerca de 200 litros em cima de um motor elétrico.

— Para que serve isso?

Frost balançou a cabeça.

— Me parece grande o suficiente para comportar...

Ela se aproximou do barril. Deteve-se ao ver gotas vermelhas no chão. Havia uma mancha vermelha também na portinhola.

— Tem sangue por toda parte aqui.

— O que tem dentro do barril? — perguntou Maura.

Jane puxou com força a portinhola.

— E, atrás da segunda porta, temos... — Ela olhou dentro do barril. — Serragem.

— Só isso?

Jane enfiou a mão no barril e revirou o pó, levantando uma nuvem de poeira.

— Só isso.

— Portanto ainda não temos a segunda vítima — concluiu Frost.

Maura se aproximou da ferramenta assustadora que Frost tinha pensado ser uma esquadrejadeira. Enquanto examinava a lâmina, o gato se esfregava novamente em suas pernas, recusando-se a abandoná-la.

— Você analisou bem isso, detetive Frost?

— Cheguei o mais perto que pude.

— Está vendo que a lâmina circular tem a ponta inclinada para o lado? Com certeza, não é para cortar.

Jane se aproximou dela e, com cuidado, tocou a ponta da lâmina.

— Esse negócio parece nos deixar em frangalhos.

— E provavelmente é para isso mesmo. Usado não para cortar, mas para moer a carne.

— Esse tipo de máquina é fabricado?

Maura abriu a porta de um armário. Dentro, havia uma fileira do que pareciam ser latas de tinta. Ela pegou um recipiente grande e virou-o para ler o conteúdo.

— Massa plástica.

— Produto automotivo? — surpreendeu-se Jane, entrevendo a imagem de um carro no rótulo.

— O rótulo diz que é para preenchimento de lataria de automóveis. Para consertar arranhões e amassados. — Maura devolveu a lata à prateleira. Não conseguiu se livrar do gato cinza, que a acompanhou enquanto ela se dirigia ao outro armário, para olhar pelas portas de vidro as facas e os estiletes dispostos como o kit de um cirurgião. — Acho que sei para que servia esse galpão. — Ela se virou para Jane. — Sabe aquele segundo conjunto de vísceras na lata de lixo? Acho que não é humano.

— Leon Gott não era um homem bom. E estou tentando ser generosa — disse Nora Bazarian ao limpar o bigode de papinha de cenoura da boca do filho de 1 ano. Com calça jeans desbotada, camiseta justa e cabelo preso num rabo de cavalo juvenil, ela mais parecia uma adolescente do que uma mulher de 33 anos, mãe de dois filhos. Possuía o talento próprio das mães de fazer muitas coisas ao mesmo tempo, levando colheradas de papinha à boca aberta do filho, enchendo a lava-louça, conferindo um bolo no forno e respondendo às perguntas de Jane. Não era de admirar que tivesse o corpo esbelto de uma adolescente: não ficava cinco segundos parada.

— Sabe o que ele gritou para o meu filho de 6 anos? — continuou Nora. — "Sai do meu jardim." Eu achava que ele era apenas uma caricatura de um velho rabugento, mas Leon disse exatamente essas palavras para o meu filho. Só porque Timmy foi fazer carinho no cachorro dele. — Nora fechou a lava-louça com uma pancada. — Bruno era mais educado do que o dono.

— Há quanto tempo a senhora conhecia o Sr. Gott? — perguntou Jane.

— Nós nos mudamos para essa casa há seis anos, logo depois que Timmy nasceu. Achamos que era um bairro perfeito para as crianças. Dá para ver que os jardins são bem-cuidados, em sua maioria, e existem outras famílias jovens na rua, com filhos na idade do Timmy. — Com a elegância de uma bailarina, ela se virou para a cafeteira e encheu novamente a xícara de Jane. — Alguns dias depois que nos mudamos, levei um prato de brownies para Leon, só para cumprimentá-lo.

Ele nem agradeceu, só me disse que não comia doces e os devolveu. Depois reclamou que meu filho chorava demais e perguntou por que eu não conseguia calar a boca dele durante a noite. Você acredita? — Ela se sentou e deu mais uma colherada de papinha de cenoura para o filho. — Para piorar, tinha todos aqueles animais mortos na parede.

— Então a senhora entrou na casa.

— Só uma vez. Leon me pareceu muito orgulhoso ao dizer que ele próprio tinha matado a maioria deles. Que pessoa mata um animal só para decorar a parede de casa? — Ela limpou um pouco de papinha no queixo do filho. — Foi quando decidi que manteríamos distância dele. Não é, Sam? — arrulhou. — Manter distância daquele homem cruel.

— Quando foi a última vez que a senhora viu o Sr. Gott?

— Conversei com o policial Root sobre isso. Vi Leon durante o fim de semana.

— Que dia?

— Na manhã de domingo. Eu o vi na entrada de casa. Ele estava levando compras para dentro.

— A senhora viu se alguém o visitou naquele dia?

— Passei a maior parte do domingo fora. Meu marido está na Califórnia essa semana, por isso levei as crianças para a casa da minha mãe, em Falmouth. Só chegamos em casa no final da noite.

— Que horas?

— Umas nove e meia, dez.

— E nessa noite a senhora ouviu alguma coisa inusitada na casa ao lado? Gritos, vozes elevadas?

Nora deixou de lado a colher e a encarou. O bebê soltou um gritinho de fome, mas Nora o ignorou. Sua atenção estava totalmente voltada para Jane.

— Eu achei... Quando Root me disse que tinham encontrado Leon pendurado na garagem, deduzi que fosse suicídio.

— Foi homicídio.

— Tem certeza? Absoluta?

Ah, sim, absoluta.

— Sra. Bazarian, se a senhora puder se lembrar do domingo à noite...

— Meu marido só vai voltar para casa na segunda-feira, e estou aqui sozinha com as crianças. Estamos seguros?

— Me fala da noite de domingo.

— Meus filhos estão *seguros*?

Era a primeira pergunta que qualquer mãe faria. Jane pensou em sua própria filha de 3 anos, Regina. Pensou em como se sentiria no lugar de Nora Bazarian, com dois filhos pequenos, morando tão perto de um lugar onde havia ocorrido um ato de extrema violência. Ela preferiria ser tranquilizada ou saber a verdade? Jane não sabia a resposta. Não podia prometer que ninguém estava em segurança, nunca.

— Até sabermos mais — respondeu, afinal — seria uma boa ideia tomar algumas precauções.

— O que vocês *sabem*?

— Achamos que aconteceu em algum momento da noite de domingo.

— Ele estava morto esse tempo todo! — exclamou Nora. — Bem aqui ao lado, e eu não fazia ideia.

— A senhora não viu ou ouviu nada estranho na noite de domingo?

— Pode ver com seus próprios olhos: ele botou uma cerca alta em torno de todo o jardim, por isso nunca sabíamos o que se passava lá. Só quando ele estava fazendo aquele barulho horrível na oficina dos fundos da casa.

— Que tipo de barulho?

— Um rangido pavoroso, como uma serra elétrica. E pensar que ele teve a ousadia de reclamar do choro de um bebê!

Jane se lembrou do aparelho auditivo na bancada do banheiro. Se ele estava trabalhando com maquinário ruidoso na noite de domingo, certamente não teria usado o aparelho auditivo. Era mais um motivo para não ter ouvido a chegada de um intruso.

— A senhora disse que chegou em casa tarde na noite de domingo. As luzes da casa do Sr. Gott estavam acesas?

Nora não precisou nem pensar a respeito.

— Estavam — respondeu. — Eu me lembro de ter ficado irritada porque a luz do galpão dele bate direto no meu quarto. Mas, quando fui para a cama, por volta das dez e meia, a luz estava finalmente apagada.

— E o cachorro? Estava latindo?

— Ah, o Bruno! Ele está *sempre* latindo, esse é o problema. Deve latir até para moscas.

Que agora eram muitas, pensou Jane. Na verdade, Bruno estava latindo naquele exato momento. Não alarmado, mas com animação canina diante dos muitos desconhecidos que se achavam no jardim da casa.

Nora se virou na direção dos latidos.

— O que vai acontecer com ele?

— Não sei. Acho que vamos ter que encontrar alguém para adotá-lo. E os gatos também.

— Não gosto de gatos, mas não me incomodo de ficar com o cachorro. Bruno conhece a gente e sempre gostou dos meus filhos. Eu me sentiria mais segura com um cachorro aqui.

Talvez ela não se sentisse assim se soubesse que Bruno estava, no momento, digerindo pedaços da carne do dono morto.

— A senhora sabe se o Sr. Gott tinha algum parente? — perguntou Jane.

— Tinha um filho, mas ele morreu há alguns anos, numa viagem ao exterior. A ex-mulher também morreu, e nunca vi nenhuma outra mulher na casa. — Nora balançou a cabeça. — É uma coisa horrível de se pensar! Morto há quatro dias, e ninguém nem notou. Um sinal de como ele era recluso...

Pela janela da cozinha, Jane viu Maura de relance; ela tinha acabado de sair da casa de Gott e estava agora na calçada, conferindo mensagens no celular. Assim como Gott, Maura morava sozinha e, mesmo naquele instante, parecia uma pessoa isolada, afastada de todos. Será que, abandonada à sua natureza solitária, Maura poderia um dia se tornar outro Leon Gott?

O veículo do necrotério havia chegado, e as primeiras equipes de televisão já se acomodavam do outro lado da fita policial. Mas, naquela noite, depois que todos os policiais, peritos e repórteres se fossem, a fita que demarca a cena de crime continuaria no local, contornando a casa visitada por um assassino. E ali, na casa ao lado, havia uma mãe sozinha com os dois filhos.

— Não foi aleatório, não é? — perguntou Nora. — Foi alguém que ele conhecia? Com o que vocês acham que estão lidando?

Um monstro, foi o que Jane pensou ao guardar a caneta e o caderno na bolsa e se levantar.

— Notei que sua casa tem sistema de segurança. Use-o.

4

Maura levou a caixa de papelão do carro para casa e deixou-a no chão da cozinha. O gato cinza miava de forma pesarosa, implorando para ser solto, mas Maura o manteve na caixa enquanto procurava na despensa algum alimento apropriado para gatos. Não havia tido a chance de parar no supermercado para comprar ração. Tinha aceitado ficar com o gato apenas porque ninguém mais o queria, e a única alternativa era o abrigo de animais.

E porque o gato, tendo praticamente grudado na perna dela, claramente a havia adotado.

Na despensa, Maura encontrou um saco de ração canina, deixado durante a última visita de Julian com seu cachorro, Urso. Será que gato come ração de cachorro? Ela não sabia. Optou por uma lata de sardinhas.

Os miados do gato ficaram mais desesperados quando Maura abriu a lata, liberando o cheiro de peixe. Ela botou as sardinhas numa tigela e abriu a caixa de papelão. O gato pulou e atacou o peixe com tamanha voracidade que a tigela deslizou pelos azulejos da cozinha.

— Acho que sardinha é mais gostoso do que carne humana, não é?

Ela passou a mão no dorso do gato, e o rabo dele se empinou de satisfação. Maura nunca havia tido gatos. Nunca teve tempo nem vontade de adotar qualquer animal de estimação, a menos que contasse a breve e trágica experiência com o peixe-beta. Também não sabia se queria *esse* animal, mas ali estava ele, ronronando como o motor de um barco enquanto passava a língua na tigela de porcelana — a mesma tigela que ela usava para o cereal do café da manhã. Isso era algo desconcertante a considerar. Um gato que havia comido carne humana. Contaminação cruzada. Ela pensou em todas as moléstias que os felinos podem ter: doença da arranhadura, toxoplasmose, leucemia, raiva, nematelmintos, salmonela. Gatos eram verdadeiros reservatórios de infecção, e um deles estava agora comendo em sua tigela de cereal.

O gato pescou o último pedaço de sardinha e olhou para Maura com seus olhos verdes límpidos, um olhar tão intenso que era como se estivesse lendo a mente dela, reconhecendo ali um semelhante. É assim que nascem as mulheres obcecadas por gatos, pensou ela. Olham nos olhos do animal e acham que estão vendo uma alma retribuindo o olhar. E o que aquele gato via quando olhava para Maura? O ser humano com o abridor de latas.

— Ah, se você pudesse falar — murmurou ela. — Se pudesse nos dizer o que viu.

Mas aquele gato guardava seus segredos. Deixou-se acarinhar mais um pouco e se afastou para um canto, onde começou a se lamber. Era até onde ia o afeto felino: dê minha comida, agora me deixe em paz. Talvez ele fosse de fato o animal perfeito para ela, ambos solitários, incompatíveis com companhias duradouras.

Como ele passou a ignorá-la, ela também não lhe deu atenção e foi preparar o próprio jantar. Botou no forno a sobra de lasanha de berinjela, serviu uma taça de *pinot noir* e se sentou de frente para o laptop para descarregar as fotografias tiradas na casa de Leon Gott. Na tela, viu mais uma vez o corpo eviscerado, o rosto exposto até o osso, as larvas de mosca-varejeira entranhadas na carne, e se lembrou vividamente do cheiro da casa, do zumbido das moscas. Não seria uma necropsia agradável no dia seguinte. Ela passava as imagens lentamente, procurando detalhes que pudesse ter deixado passar despercebidos no local, onde a presença de policiais e peritos era uma distração. Não viu nada que fosse inconsistente com a estimativa do tempo de morte de quatro ou cinco dias. As feridas no rosto, no pescoço e nos membros superiores podiam ser atribuídas aos animais. E isso quer dizer *você*, pensou ela, olhando para o gato, que lambia tranquilamente as patas. Qual era o nome dele? Ela não fazia ideia, mas não podia continuar chamando-o simplesmente de Gato.

A fotografia seguinte era das vísceras na lata de lixo, uma massa de sangue coagulado que ela precisaria deixar de molho e separar antes de examinar adequadamente os órgãos isolados. Seria a parte mais repugnante da necropsia, porque era nas vísceras que o apodrecimento começava, que as bactérias vicejavam e se multiplicavam. Ela passou as fotografias seguintes e se deteve, concentrada em mais uma imagem das vísceras na lata de lixo. A iluminação estava diferente nessa foto, porque o flash não havia disparado, e, sob a luz oblíqua, novas curvas e depressões se revelaram na superfície.

A campainha tocou.

Ela não estava esperando visitas. Certamente não esperava encontrar Jane Rizzoli em sua varanda.

— Achei que você precisaria disso — disse Jane, estendendo uma sacola de compras.

— Precisaria de quê?

— Areia para gatos e um saco de Friskies. Frost está se sentindo culpado por você ter ficado com o gato, por isso prometi a ele que traria essas coisas. Ele já destruiu seus móveis?

— Exterminou uma lata de sardinhas. Entre, veja por si mesma como ele está.

— Provavelmente bem melhor do que o outro.

— O gato branco do Gott? O que vocês fizeram com ele?

— Ninguém conseguiu pegá-lo. Ele ainda está escondido em algum lugar da casa.

— Espero que vocês tenham deixado comida e água para ele.

— Frost se encarregou disso, claro. Diz que não gosta de gatos, mas você devia tê-lo visto de quatro, pedindo "por favorzinho" para o gato sair de baixo da cama. Amanhã ele vai voltar lá para limpar a caixa de areia.

— Acho que seria bom para ele ter um animal de estimação. Frost deve estar se sentindo muito sozinho.

— Foi por isso que *você* trouxe um para casa?

— Claro que não. Eu o trouxe para casa porque... — Maura suspirou. — Não sei por quê. Porque ele não queria me largar.

— É, reconheceu a trouxa — disse Jane com uma risada ao acompanhar Maura até a cozinha. — Essa é a moça que vai me dar leite e comida.

Na cozinha, Maura olhou perplexa para o gato, que estava sobre a mesa, as patas dianteiras pousadas no teclado do laptop.

— Sai daí! — ordenou. — Desce!

O gato bocejou e virou para o lado.

Maura o botou no chão.

— E não suba mais.

— Ele não vai estragar o computador — argumentou Jane.

— Não é o computador, é a mesa. Eu como nessa mesa.

Maura pegou uma esponja e desinfetante e se pôs a limpar o tampo.

— Acho que você deixou escapar um micróbio ali.

— Não tem graça. Pense onde esse gato estava. Onde os pés dele estiveram nos últimos quatro dias. Você iria querer comer nessa mesa?

— Ele provavelmente é mais limpo do que minha filha de 3 anos.

— Nisso eu concordo. Criança é como fômite.

— O quê?

— Espalhando infecções aonde vão.

Maura deu uma última limpada vigorosa na mesa e jogou a esponja na lata de lixo.

— Vou me lembrar disso quando chegar em casa. "Vem com a mamãe, meu fômitezinho lindo." — Jane abriu o saco de areia e despejou-a na caixa de plástico que também havia levado. — Onde você quer botar isso?

— Eu pensei em deixá-lo sair, para ele fazer as necessidades no jardim.

— Se você deixá-lo sair, ele pode não voltar. — Jane bateu as mãos para se livrar da areia e se endireitou. — Mas talvez isso seja bom?

— Não sei em que eu estava pensando quando o trouxe para casa. Só porque ele se apegou a mim. Nunca quis um gato.

— Você acabou de dizer que Frost precisava de um animal de estimação. Por que não você?

— Frost acabou de se divorciar. Não está acostumado a ficar sozinho.

— E você está.

— Estou sozinha há anos e acho que isso não vai mudar tão cedo. — Maura correu os olhos pela bancada limpa, pela pia imaculada. — A menos que aconteça um milagre.

— O nome dele devia ser esse — disse Jane, apontando para o gato. — Milagre.

— Esse *não* vai ser o nome dele.

O timer da cozinha apitou, e Maura abriu o forno para conferir a lasanha.

— O cheiro está uma delícia.

— É lasanha de berinjela. Eu não teria estômago para comer carne hoje. Você está com fome? Tem o suficiente para nós duas.

— Vou jantar na casa da minha mãe. Gabriel ainda está em Washington, e minha mãe não suporta a ideia de Regina e eu ficarmos sozinhas. — Jane se deteve. — Você não quer ir com a gente, só pela companhia?

— Obrigada, meu jantar já está quente.

— Não necessariamente hoje, mas outro dia. Sempre que você precisar de uma família para passar o tempo.

Maura a encarou por um longo instante.

— Você está me adotando?

Jane puxou uma cadeira e se sentou à mesa da cozinha.

— Olha, acho que nós ainda precisamos acertar nossos ponteiros. Não conversamos desde o caso Teddy Clock, e sei que os últimos meses foram difíceis para você. Eu já devia ter te chamado para jantar há muito tempo.

— Eu também devia ter te chamado. Nós temos andado ocupadas, só isso.

— Sabe, fiquei realmente preocupada, Maura, quando você disse que estava pensando em deixar Boston.

— Por que você ficaria preocupada?

— Depois de tudo que passamos juntas, como você pode simplesmente ir embora? Nós vivemos coisas que ninguém mais entenderia. Como *isso*. — Jane apontou para o computador de Maura, onde a imagem das vísceras continuava na tela. — Com quem mais vou conversar sobre vísceras numa lata de lixo? Gente normal não conversa sobre isso.

— Isso quer dizer que não sou normal?

— E você, sinceramente, acha que eu sou? — Jane riu. — Nós somos loucas. É a única explicação para trabalharmos nisso. E formarmos uma equipe tão boa...

Isso era algo que Maura não podia prever no dia em que conheceu Jane.

Já tinha ouvido falar da reputação dela, cochichada entre os policiais: "vaca", "autoritária", "sempre de TPM". A mulher que chegou à cena do crime naquele dia era com certeza ríspida, determinada e inflexível. Também era um dos melhores detetives que Maura já havia encontrado.

— Uma vez você disse que não tinha nada que a prendesse aqui em Boston — disse Jane. — Só quero lembrá-la de que isso não é verdade. Você e eu temos uma história juntas.

— Temos sim. — Maura bufou. — Uma história cheia de encrencas.

— E nos livramos de todas, juntas. O que te espera em São Francisco?

— Na verdade, recebi uma oferta de trabalho de um antigo colega. Um cargo de professora na Universidade da Califórnia.

— E Julian? Você é o mais próximo de uma mãe que aquele menino tem. Se você for para a Califórnia, ele vai se sentir abandonado por você.

— Quase não o vejo mais. Julian tem 17 anos, vai entrar para a faculdade. Quem sabe onde ele vai estudar? E tem boas universidades na Califórnia. Não posso atrelar minha vida a um menino que está começando a dele.

— E esse emprego em São Francisco. Paga bem? É isso?

— Não é por isso que eu o aceitaria.

— É uma fuga, não é? — Jane se deteve. — Sair correndo... *Ele* sabe que você deixaria Boston?

Ele. Maura se virou e encheu novamente sua taça de vinho. A menção a Daniel Brophy a levou a beber.

— Faz meses que não falo com Daniel.

— Mas você o vê.

— Claro. Quando vou para o local de um crime, nunca sei se ele vai estar lá. Consolando a família, rezando pela vítima. Nós frequentamos os mesmos círculos, Jane. O círculo dos mortos. — Ela tomou um gole demorado de vinho. — Seria um alívio fugir.

— Portanto você iria para a Califórnia para evitá-lo.

— E por causa da tentação — respondeu Maura, a voz baixa.

— De voltar para ele? — Jane balançou a cabeça. — Você tomou uma decisão. Mantenha-a e siga adiante com a sua vida. É o que eu faria.

E era o que as tornava tão diferentes uma da outra. Jane agia prontamente e sempre se sentia segura sobre o que precisava fazer. Não perdia o sono duvidando de seus atos. Mas era a incerteza que mantinha Maura acordada à noite, avaliando opções, considerando suas consequências. Ah, se a vida fosse uma fórmula matemática, com apenas uma resposta!

Jane se levantou.

— Pense no que eu disse, está bem? Seria muito penoso para mim me adaptar a outro patologista. Por isso conto com sua permanência. — Ela tocou o braço de Maura e acrescentou: — Estou pedindo para você ficar. — Então, bem à sua maneira, virou-se bruscamente para sair. — Até amanhã.

— A necropsia é pela manhã — disse Maura quando elas se encaminhavam à porta.

— Prefiro não participar. Já vi larvas suficientes, obrigada.

— Podemos ter surpresas. Você não iria querer perdê-las.

— A única surpresa — disse Jane, ao descer a escada da varanda — vai ser Frost aparecer.

Maura trancou a porta e voltou à cozinha, onde a lasanha de berinjela havia esfriado. Ela a botou de volta no forno para aquecê-la novamente. O gato mais uma vez tinha saltado para a mesa e se enroscado sobre o teclado do laptop, como se dissesse "Chega de trabalho por hoje". Maura o botou no chão. Alguém precisava exercer autoridade naquela casa, e com certeza não seria um gato. Ele havia acendido a tela, que agora mostrava a última imagem que ela estava estudando. Era uma fotografia das vísceras, a ondulação da superfície acentuada por sombras formadas sob a luz oblíqua. Maura estava prestes a fechar o laptop quando se fixou no fígado. Franzindo a testa, deu zoom na imagem e analisou as curvas e depressões da superfície. Não era apenas ilusão de ótica. Nem uma distorção provocada por inchaço bacteriano.

Esse fígado tem seis lobos.

Ela pegou o telefone.

5

BOTSUANA

— Onde ele está? — grita Sylvia. — Onde está o resto dele?

Ela e Vivian encontram-se a algumas dezenas de metros, sob as árvores. Estão olhando para o chão, para algo oculto da minha vista pelo mato alto. Atravesso a cerca do acampamento, onde os sinos ainda se acham pendurados, sinos que não deram nenhum sinal de aviso durante a noite. Foi Sylvia quem deu o alarme, seus gritos arrancando-nos das barracas em diferentes estados de nudez. O Sr. Matsunaga ainda está abotoando a calça ao sair. Elliot nem se incomoda em vestir a calça, saindo para o frio do amanhecer apenas de cueca samba-canção e sandálias. Consegui pegar uma camisa de Richard, que visto sobre a camisola ao avançar pelo mato, as botas ainda desamarradas, uma pedrinha machucando a sola do meu pé. Vejo um pedaço ensanguentado de tecido cáqui, enrolado como uma cobra em torno do galho de um arbusto. Alguns passos adiante, vejo mais tecido rasgado e um pedaço do que parece ser lã preta. Dou mais alguns passos e vejo o que as meninas estão vendo. Agora sei por que Sylvia está gritando.

Vivian dá meia-volta e vomita no mato.

Estou entorpecida demais para me mexer. Enquanto Sylvia chora, ofegante, a meu lado, analiso os vários ossos espalhados naquele trecho aplainado do mato, sentindo-me estranhamente distante, como se estivesse no corpo de outra pessoa. O corpo de um cientista, talvez. Um anatomista que olha os ossos e se sente impelido a juntá-los, para afirmar: "Essa é a fíbula direita, esse é o cúbito e aquele é o dedo mindinho do pé direito. É, sem dúvida do pé direito." Embora, na verdade, eu não saiba identificar quase nada do que estou vendo, porque sobrou muito pouca coisa e está tudo aos pedaços. Só tenho certeza de que há uma costela, porque ela parece as costelas que já comi, besuntadas de molho. Mas essa não é uma costela de porco, ah, não, esse osso lascado, triturado, é humano e pertencia a alguém que conheci, alguém com quem falei há menos de nove horas.

— Meu Deus! — exclama Elliot. — O que aconteceu? Porra, o que aconteceu?

A voz de Johnny ecoa:

— Para trás. Todos, para trás.

Viro-me e vejo Johnny se aproximando. Agora estamos todos aqui: Vivian e Sylvia, Elliot e Richard, os Matsunagas. Só falta uma pessoa, mas não exatamente, porque aqui temos a costela e uma mecha de cabelo de Clarence. O cheiro de morte está no ar, o cheiro de medo, de carne fresca, da África.

Johnny se agacha diante dos ossos e, por um instante, não fala nada. Ninguém fala. Até os pássaros fazem silêncio, desconcertados com esse tumulto humano, e só ouço o mato farfalhando ao vento e o murmurar do rio.

— Vocês viram alguma coisa durante a noite? Ouviram alguma coisa? — pergunta Johnny. Ele ergue a cabeça, e noto que sua camisa está desabotoada, a barba por fazer. Seus olhos se fixam nos meus. Só consigo balançar a cabeça.

— Alguém? — Johnny avalia nossos rostos.

— Eu dormi como uma pedra — diz Elliot. — Não ouvi...

— Nós também não — adianta-se Richard. Respondendo, a seu modo irritante, por nós dois.

— Quem o encontrou?

A resposta de Vivian é quase um sussurro:

— Nós. Sylvia e eu. A gente precisava usar o banheiro. Já estava clareando, e achamos que seria seguro sair. Clarence geralmente já preparou a fogueira a essa hora e...

Ela se detém, aflita por ter dito o nome dele. *Clarence.*

Johnny se levanta. Fico mais perto dele e assimilo todos os detalhes, do cabelo em desalinho pelo sono à cicatriz grossa no abdome, cicatriz que estou vendo pela primeira vez. Ele não tem nenhum interesse em nós, porque não sabemos lhe dizer nada. Sua atenção está voltada para o chão, para os restos espalhados. Olha primeiro para o perímetro do acampamento, onde a cerca se acha montada.

— O sinos não tocaram — diz. — Eu teria ouvido. Clarence teria ouvido.

— Então o que quer que tenha aparecido... não entrou no acampamento? — pergunta Richard.

Johnny o ignora. Começa a andar em círculos cada vez maiores, empurrando impacientemente quem está em seu caminho. Não há terra exposta, apenas mato. Não há pegadas ou vestígios de animais para nos fornecer alguma pista.

— Ele assumiu a vigilância às duas da manhã, e fui direto para a cama. O fogo está quase apagado, então faz horas que não vê lenha nova. Por que ele sairia de perto da fogueira? Por que deixaria o acampamento? — Ele olha ao redor. — E onde está a espingarda?

— A espingarda está lá — responde o Sr. Matsunaga, apontando para o círculo de pedras onde a fogueira agora se acha apagada. — Eu vi, largada no chão.

— Ele simplesmente a *deixou* ali? — surpreende-se Richard. — Saiu de perto da fogueira, para a escuridão, desarmado? Por que Clarence faria isso?

— Não faria. — É a resposta assustadora de Johnny. Ele está andando em círculos novamente, investigando o local. Encontra pedaços de tecido, um sapato, mas pouco além disso. Afasta-se na direção do rio. De repente se ajoelha, e, acima dos arbustos, só vejo o topo de sua cabeça. Sua imobilidade deixa todos apreensivos. Ninguém quer descobrir o que ele está vendo agora; já vimos mais do que o suficiente. Mas o silêncio dele é como uma força gravitacional que me atrai em sua direção.

Ele ergue os olhos na minha direção.

— Hienas.

— Como você sabe que foram elas?

Ele indica montinhos cinzentos no chão.

— Aquilo são fezes de hiena. Está vendo os pelos de animal, os pedaços de osso misturados?

— Meu Deus! Não são dele, são?

— Não, essas fezes têm alguns dias. Mas sabemos que tem hienas aqui. — Ele indica um pedaço rasgado de tecido manchado de sangue. — E o encontraram.

— Mas achei que hiena só se alimentasse de carniça.

— Não posso provar que elas o abateram. Mas acho que está claro que se alimentaram dele.

— Sobrou tão pouco — murmuro, olhando os pedaços de roupa. — É como se ele tivesse... desaparecido.

— Os animais que se alimentam de carniça não desperdiçam nada, não deixam nada para trás. Provavelmente arrastaram o que sobrou dele para a toca. Não entendo por que Clarence morreu sem fazer barulho. Por que não o ouvi morrer. — Johnny permanece agachado diante dos montinhos cinzentos de fezes, mas seus olhos investigam a área, vendo coisas das quais nem me dou conta. Sua imobilidade me deixa nervosa. Ele é diferente de qualquer outro homem que já conheci, sempre tão sintonizado com o ambiente que parece fazer parte dele, arraigado à terra como as árvores e o mato que balança ao sabor do vento. Não é como Richard, cuja eterna insatisfação com a vida o mantém na internet à procura de um apartamento melhor, de férias melhores, quem sabe até de uma namorada melhor. Richard não sabe o que quer nem qual é seu lugar, mas Johnny sabe. Johnny, cujo silêncio prolongado me faz querer preenchê-lo com um comentário vazio, como se fosse minha obrigação manter a conversa. Mas o desconforto é apenas meu, não dele.

Num murmúrio, ele diz:

— Precisamos juntar tudo que pudermos.

— Você quer dizer... do Clarence?

— Para a família. Eles vão querer, para o enterro.

Olho apavorada para os pedaços de tecido. Não quero tocar neles. Com certeza, não quero pegar esses fragmentos de osso e cabelo. Mas concordo:

— Vou te ajudar. Podemos usar um dos sacos de estopa que estão na caminhonete.

Ele se levanta e olha para mim.

— Você não é como os outros.

— Como assim?

— Você não queria nem estar aqui, não é? Na selva.

Passo os braços em torno do meu corpo.

— Não. Foi ideia do Richard.

— E qual era sua ideia de férias?

— Chuveiro quente. Vaso sanitário, talvez uma massagem. Mas estou aqui, a namorada gente boa.

— Você é gente boa, Millie. Sabe disso, não sabe? — Ele olha para longe e, tão baixo que quase não consigo ouvir, diz: — É mais do que ele merece.

Fico me perguntando se ele queria que eu ouvisse isso. Talvez Johnny esteja há tanto tempo na selva que às vezes fala consigo mesmo em voz alta porque geralmente não há ninguém por perto para ouvi-lo.

Tento decifrar seu rosto, mas ele se inclina para pegar alguma coisa. Quando se levanta, tem algo na mão.

Um osso.

— Espero que vocês entendam que essa expedição acabou — diz Johnny. — Preciso que todos ponham mãos à obra para levantarmos acampamento ao meio-dia.

— E ir para onde? — pergunta Richard. — O avião só volta à pista de pouso daqui a uma semana.

Johnny nos reuniu em volta da fogueira apagada para dizer qual seria o próximo passo. Olho para os outros membros do safári, turistas que se dispuseram a uma aventura na selva e receberam mais do que tinham em mente. Uma morte de verdade, um homem. Não a emoção que vemos nos programas de televisão sobre natureza. Em vez disso, há um lamentável saco de estopa contendo alguns poucos ossos, retalhos de tecido e pedaços de couro cabeludo, os restos que encontramos de Clarence, o guia auxiliar. O que não encontramos, diz Johnny, se perdeu para sempre. É assim na selva, onde cada animal que nasce acaba sendo comido, digerido e reciclado em fezes, em terra, em mato. Servindo de alimento e renascendo como outro animal. Parece bonito a princípio, mas, quando ficamos cara a cara com a dura realidade — o saco com os ossos de Clarence —, entendemos que o ciclo da vida é também um ciclo de morte. Estamos aqui para comer e sermos comidos, e não passamos de carne. Somos oito agora, inteiros, cercados por carnívoros.

— Se voltarmos para a pista de pouso agora — argumenta Richard —, vamos ter que passar vários dias esperando o avião. Como isso pode ser melhor do que seguir viagem, como o planejado?

— Não vou levá-los mais para dentro da selva — responde Johnny.

— E se usarmos o rádio? — sugere Vivian. — Você podia pedir ao piloto para vir nos buscar mais cedo.

Johnny balança a cabeça.

— Estamos fora do alcance do rádio. Só poderemos entrar em contato com ele quando estivermos de volta à pista, e são três dias de viagem em sentido oeste. É por isso que vamos seguir para o leste. Depois de dois dias de uma viagem difícil, sem parar para ver as atrações, chegaremos a um hotel. Eles têm telefone, e existe uma estrada. Vocês serão levados de volta a Maun.

— Por quê? — pergunta Richard. — Detesto parecer insensível, mas já não há nada que a gente possa fazer por Clarence. Não vejo sentido em voltar correndo.

— Vocês serão reembolsados.

— Não é pelo dinheiro. Só que Millie e eu viemos de Londres. Elliot teve que vir de Boston. Sem falar na distância que os Matsunagas tiveram que percorrer.

— Meu Deus, Richard! — intervém Elliot. — O cara *morreu*.

— Eu sei, mas já estamos aqui. É melhor seguir em frente.

— Não posso fazer isso — afirma Johnny.

— Por que não?

— Não posso garantir a segurança de vocês, muito menos o conforto. Não posso ficar alerta 24 horas por dia. São necessárias duas pessoas para fazer a vigilância noturna e manter a fogueira acesa. Para levantar acampamento e armá-lo de novo. Clarence não fazia só as refeições; ele era outro par de olhos e ouvidos. Preciso de um braço direito quando estou conduzindo pessoas que não sabem a diferença entre uma espingarda e uma bengala.

— Então me ensina! Eu te ajudo na vigilância.

Richard olha para o resto do grupo, como se quisesse confirmar que é o único ali que é homem o bastante para a tarefa.

— Eu sei atirar. Também posso ficar de guarda — diz o Sr. Matsunaga.

Todos nos voltamos para o banqueiro japonês, cuja única habilidade que testemunhamos até agora é o manejo de sua imensa teleobjetiva.

Richard não contém uma risada incrédula.

— Você está falando de armas de *verdade*, Isao?

— Faço parte do clube de tiro de Tóquio — confirma o Sr. Matsunaga, indiferente ao tom de deboche de Richard. Ele aponta para a esposa e, para nosso espanto, acrescenta: — Keiko também.

— Ainda bem que isso me deixa de fora! — exclama Elliot. — Porque não quero nem encostar nesse troço.

— Está vendo, temos mão de obra suficiente — conclui Richard. — Podemos nos revezar na vigilância e manter a fogueira acesa a noite toda. Isso não é um safári de verdade? Enfrentar as emergências. Mostrar seu valor.

Ah, sim, Richard, o especialista, que passa o ano todo tão heroicamente sentado diante do computador, criando fantasias repletas de testosterona! Agora essas fantasias se tornaram realidade, e ele pode representar o herói de seu próprio suspense. Melhor ainda, ele tem uma plateia que inclui duas louras bonitas, e é para elas que ele realmente está representando, porque já passei do ponto de ficar impressionada, e ele sabe disso.

— Belo discurso, mas não muda nada. Façam as malas, vamos seguir em direção leste.

Johnny se afasta para desmontar sua barraca.

— Graças a Deus ele está botando um fim nisso — desabafa Elliot.

— Ele precisa fazer isso. — Richard bufa. — Agora que estragou tudo.

— Você não pode culpá-lo pelo que aconteceu com Clarence.

— No fim das contas, quem é o responsável? Ele contratou um guia auxiliar com quem nunca trabalhou. — Richard se vira para mim. — Foi isso que Clarence contou a você. Que nunca tinha trabalhado com Johnny até essa viagem.

— Mas eles tinham um contato em comum — saliento. — E Clarence já trabalhou como guia auxiliar antes. Johnny não o teria contratado se ele não tivesse experiência.

— É o que imaginamos, mas olha o que aconteceu. Nosso suposto guia auxiliar experiente deixou a espingarda de lado e foi ao encontro de um bando de hienas. Parece alguém que sabia o que estava fazendo?

— Para que isso agora, Richard? — pergunta Elliot, abatido.

— Para nos lembrarmos de que não podemos confiar no parecer dele. Só isso.

— Bem, acho que Johnny tem razão. Não podemos simplesmente *seguir em frente*, como você diz. Um homem morto meio que estraga o clima, entende? — Elliot se vira para sua barraca. — É hora de dar o fora daqui e ir para casa.

Casa. Ao guardar as roupas e o material de higiene pessoal na mochila, penso em Londres, céus cinzentos e cappuccino. Daqui a dez dias, a África vai parecer um sonho dourado, um lugar de calor e sol forte, vida e morte em todas as suas cores vibrantes. Ontem eu não queria nada além de voltar para o nosso apartamento, na terra dos chuveiros de água quente. Mas agora que estamos deixando a selva, sinto-a atrelada a mim, seus ramos se enroscando em meus tornozelos, ameaçando me fincar nessa terra. Fecho a mochila, que contém o "essencial", tudo que eu achava que seria absolutamente necessário para sobreviver na selva: barrinhas de cereal, papel higiênico, lenços umedecidos, filtro solar, absorvente íntimo e meu celular. Como a palavra "essencial" soa diferente quando estamos fora do alcance de qualquer torre de telefonia.

Quando Richard e eu terminamos de guardar a barraca, Johnny já levou para a caminhonete seus pertences, o equipamento de cozinha e as cadeiras do acampamento. Todos fomos incrivelmente rápidos, até Elliot, que teve dificuldade para desarmar a barraca e precisou da ajuda de Vivian e Sylvia para dobrá-la. A morte de Clarence paira sobre nós, suprimindo conversas despretensiosas, fazendo-nos concentrar em nossas tarefas. Quando ponho nossa barraca na traseira da caminhonete, noto o saco de estopa com os restos de Clarence ao lado da mochila de Johnny. Ver aquilo largado ali, com o resto da bagagem, me faz mal. Barracas: confere. Fogão: confere. Homem morto: confere.

Subo na caminhonete e me sento ao lado de Richard. O banco vazio de Clarence fica à vista, um duro lembrete de que ele se foi, os ossos espalhados, a carne digerida. Johnny é o último a subir na caminhonete, e, quando a porta dele se fecha, corro os olhos pelo nosso acampamento, agora vazio, pensando: logo não haverá nenhum vestígio de que estivemos aqui. Seguiremos em frente, mas Clarence, não.

De repente, Johnny solta um palavrão e desce da caminhonete. Tem alguma coisa errada.

Ele vai para a frente do veículo e levanta o capô para inspecionar o motor. O tempo passa. A cabeça dele está oculta pelo capô erguido, por isso não vejo seu rosto, mas seu silêncio me preocupa. Ele não diz nada como "é só um fio solto" ou "ah, sim, estou vendo o problema", nada que nos tranquilize.

— O que foi agora? — sussurra Richard.

Ele também sai da caminhonete, embora eu não saiba que conselho poderia oferecer. Ele não sabe nada de carros além de ver o nível de gasolina. Ouço-o fazendo algumas sugestões. Bateria? Velas? Fio solto? Johnny responde em monossílabos quase inaudíveis, o que só me deixa mais alarmada, porque aprendi que, quanto mais terrível a situação, mais calado Johnny fica.

Está quente na caminhonete descoberta, quase meio-dia, o sol nos castigando. O grupo salta do veículo e vai para a sombra das árvores. Vejo a cabeça de Johnny se erguer quando ele pede:

— Não se afastem muito!

Não que alguém pretendesse fazer isso. Já vimos o que acontece quando nos afastamos. O Sr. Matsunaga e Elliot se aproximam de Richard junto à caminhonete para dar conselhos, porque evidentemente todos os homens, mesmo os que nunca sujam as mãos de graxa, entendem de mecânica. Ou acham que entendem.

Nós, mulheres, aguardamos na sombra, afastando insetos, sempre à espreita de algum tremor no mato, que pode ser a única advertência de que um predador se aproxima. Mesmo na sombra, está quente, e me sento no chão. Através dos galhos, vejo abutres traçando círculos no céu, observando-nos. São estranhamente bonitos, as asas negras esboçando arcos preguiçosos enquanto esperam para comer. O quê?

Richard se aproxima de nós, cochichando.

— Que belo desdobramento! A caminhonete não quer funcionar. O motor nem liga.

Endireito o corpo.

— Estava boa ontem.

— Tudo estava bom ontem. — Richard suspira. — Estamos presos aqui.

As louras soltam gritos abafados, simultâneos.

— Não podemos estar presos. — Sylvia fica exasperada. — Preciso voltar ao trabalho na quinta-feira!

— Eu também! — exclama Vivian.

A Sra. Matsunaga balança a cabeça, incrédula.

— Como pode ser? Não é possível!

À medida que a voz delas se mescla num coro de agitação crescente, não posso deixar de notar que os abutres traçam círculos cada vez menores, como se guiados por nossa aflição.

— Escutem. Todos vocês, *escutem* — pede Johnny.

Viramo-nos em sua direção.

— Não é hora de entrar em pânico — diz ele. — Não há motivo para isso. Estamos perto do rio, portanto temos água à vontade. Temos abrigo. Temos munição e uma provisão de animais à nossa disposição para nos alimentarmos.

Elliot solta uma risada nervosa.

— E aí... o quê? A gente fica aqui e volta à Idade da Pedra?

— O avião está programado para buscar vocês daqui a uma semana. Quando não aparecermos como o combinado, vai haver uma busca. Vão nos encontrar logo. É o que vocês queriam, não é? Uma autêntica experiência na selva. — Ele nos olha, um a um, analisando-nos, decidindo se estamos aptos ao desafio. Avaliando qual de nós vai desmoronar, com qual de nós poderá contar. — Vou continuar trabalhando na caminhonete. Talvez eu consiga consertá-la, talvez não.

— Você pelo menos sabe o que há de errado com ela? — pergunta Elliot.

Johnny dirige a ele um olhar duro.

— Ela nunca quebrou antes. Não sei o que aconteceu. — Seu olhar percorre o grupo, como se ele procurasse a resposta em nosso rosto. — Enquanto isso, precisamos armar o acampamento de novo. Vamos ficar aqui.

6

BOSTON

Os psicólogos chamam de resistência quando o paciente não chega a tempo porque não quer, de fato, enfrentar seus problemas. Isso também explicava por que Jane estava saindo de casa atrasada naquela manhã: ela não queria *de fato* comparecer à necropsia de Leon Gott. Não teve pressa para vestir na filha a mesma camiseta dos Red Sox e o mesmo macacão sujo de terra que Regina tinha feito questão de usar nos últimos cinco dias. E as duas levaram tempo demais comendo cereal e torrada no café da manhã, o que as fez saírem de casa com vinte minutos de atraso. Pode-se acrescentar a isso o engarrafamento até Revere, onde a mãe de Jane morava, e, quando parou o carro na frente da casa de Angela, Jane estava meia hora atrasada.

A casa da mãe parecia menor a cada ano, como se encolhesse com a idade. Ao se dirigir à porta da frente com Regina em seu encalço, Jane viu que a varanda precisava de pintura nova, as calhas estavam entupidas com as folhas do outono e as plantas na fachada ainda tinham de ser podadas para o inverno. Ela teria que telefonar para os irmãos e ver se todos podiam dar uma mãozinha em um fim de semana, porque Angela evidentemente estava precisando.

Ela também precisava de uma boa noite de sono, pensou Jane quando Angela abriu a porta. Ficou surpresa com a aparente exaustão da mãe. Tudo nela parecia cansado, da blusa desbotada à calça jeans larga. Quando Angela se inclinou para pegar Regina, Jane viu a raiz branca que se insinuava no cabelo da mãe, uma visão assustadora, porque Angela era meticulosa com suas visitas ao salão de beleza. Essa mulher era a mesma que, no verão anterior, havia aparecido num restaurante de batom vermelho e salto agulha?

— Aqui está meu docinho de coco — disse Angela carinhosamente ao levar a neta para dentro de casa. — A vovó está tão feliz de ver você! Vamos fazer compras hoje? Você não está cansada desse macacão sujo? Vamos comprar para você uma roupa nova e bonita.

— Eu não *gosto* de roupa bonita!

— Um vestido, que tal? Um vestido de princesa.

— Eu não *gosto* de princesa.

— Mas toda menina quer ser princesa!

— Acho que ela prefere ser o sapo — interveio Jane.

— Meu Deus, ela é igual a você. — Angela suspirou sem entusiasmo. — Você também não me deixava botar um vestido em você.

— Nem todo mundo é princesa, mãe.

— Nem acaba com o Príncipe Encantado — murmurou Angela ao se afastar, levando a neta.

Jane a seguiu até a cozinha.

— O que houve?

— Vou fazer mais café. Você quer?

— Mãe, estou vendo que aconteceu alguma coisa.

— Você precisa ir para o trabalho. — Angela deixou Regina em sua cadeirinha. — Vá pegar os bandidos.

— É muito trabalhoso para você cuidar dela? Você sabe que não precisa fazer isso. Ela agora já tem idade para ir para a creche.

— Minha neta em creche? De jeito nenhum.

— Gabriel e eu temos conversado sobre isso. Você já fez muito por nós, e achamos que merece um descanso. Aproveitar a vida.

— *Ela* é a única coisa que eu espero ansiosamente, todos os dias — respondeu Angela, apontando para a neta. — A única coisa que me faz esquecer...

— O papai?

Angela deu meia-volta e se pôs a encher o reservatório de água da cafeteira.

— Desde que ele voltou — continuou Jane — nunca mais te vi feliz. Nem um único dia.

— É tão complicado ter que optar! Fico tão dividida. Queria que alguém me dissesse o que fazer, para não ter que escolher entre eles.

— É você que precisa escolher: papai ou Korsak. Acho que você deve optar pelo homem que te faz feliz.

Angela a encarou com o rosto angustiado.

— Como posso me sentir feliz se passar o resto da vida culpada? Com seus irmãos me dizendo que *preferi* separar a família?

— Não foi você quem nos abandonou. Foi o papai.

— E agora ele está de volta e quer que todos fiquem juntos de novo.

— Você tem o direito de seguir com a sua vida.

— Quando dois filhos meus me pedem para eu dar outra chance ao seu pai? O padre Donnelly disse que é o que uma boa esposa *deve* fazer.

Ah, ótimo, pensou Jane. A culpa católica era a mais poderosa de todas.

O celular de Jane tocou. Ela olhou a tela e viu que era Maura. Deixou cair na caixa postal.

— E coitado do Vince — continuou Angela. — Eu me sinto culpada por ele também. Todos os planos de casamento que fizemos...

— Vocês ainda podem se casar.

— Não vejo como. Não agora.

Angela se encostou na bancada da cozinha, a cafeteira chiando a suas costas.

— Ontem à noite finalmente falei com ele. Janie, foi a coisa mais difícil que fiz na minha vida. — E isso era visível no rosto dela. Os olhos inchados, a boca curvada para baixo. Era essa a nova e futura Angela Rizzoli, esposa e mãe virtuosa?

Já existem mártires demais no mundo, pensou Jane. A ideia de que sua mãe se juntaria deliberadamente ao grupo a deixou furiosa.

— Mãe, se essa decisão te deixa triste, você precisa lembrar que é uma decisão *sua*. Você está escolhendo *não* ser feliz. Ninguém pode obrigá-la.

— Como pode dizer isso?

— Porque é verdade. Você está no controle e precisa assumi-lo.

O celular vibrou ao receber uma mensagem, e ela viu que era Maura novamente. COMEÇANDO A NECROPSIA. VC VEM?

— Vá, vá trabalhar. — Angela balançou as mãos. — Não precisa se preocupar com isso.

— Quero que você seja feliz, mãe. — Jane deu meia-volta, então se virou novamente para Angela. — Mas você também precisa querer.

Foi um alívio para Jane sair para a rua, respirar o ar frio e expulsar dos pulmões a tristeza da casa. Mas ela não conseguiu afastar a irritação com o pai, com os irmãos, com o padre Donnelly, com todo homem que ousava dizer a uma mulher qual era sua obrigação.

Quando o celular tocou novamente, ela atendeu com um exasperado:

— Rizzoli!

— Hã, sou eu — disse Frost.

— Oi, estou indo para o necrotério. Chego em vinte minutos.

— Você ainda não chegou?

— Me atrasei na casa da minha mãe. Por que *você* não está lá?

— Achei que seria mais proveitoso se eu, hum, me dedicasse a algumas outras coisas.

— Em vez de passar a manhã toda vomitando na pia. Boa escolha.

— Ainda estou esperando a empresa telefônica liberar o registro de chamadas de Gott. Enquanto isso, descobri uma coisa interessante no Google. Em maio, Gott apareceu na *Hub Magazine*. O título do artigo era: "O mestre dos troféus de caça: uma entrevista com o grande taxidermista de Boston."

— É, vi uma cópia emoldurada dessa entrevista pendurada na casa dele. É sobre suas aventuras como caçador. Matar elefantes na África, alces em Montana.

— Você devia ler os comentários online sobre o artigo. Foram postados no site da revista. Aparentemente, ele enfureceu os comedores de alface; era assim que ele chamava as pessoas que se opõem à caça. Olha esse comentário postado por Anônimo: "Leon Gott deveria ser pendurado e eviscerado como o animal que ele é."

— *Pendurado e eviscerado?* Parece uma ameaça — observou ela.

— É. E talvez alguém a tenha cumprido.

* * *

Quando Jane viu o que estava na mesa do necrotério, quase deu meia-volta. Nem o cheiro pronunciado de formol conseguia disfarçar o fedor das vísceras dispostas sobre a mesa de metal. Maura não usava qualquer equipamento especial para respirar, apenas a máscara de sempre e uma proteção plástica sobre o rosto. Estava tão concentrada no quebra-cabeça intelectual apresentado pelas vísceras que parecia imune ao cheiro. A seu lado, havia um homem alto com sobrancelhas grisalhas que Jane não conhecia; assim como Maura, ele examinava avidamente as vísceras.

— Vamos começar pelo intestino grosso — disse ele, as mãos enluvadas deslizando pelo órgão. — Temos o ceco, o cólon ascendente, o cólon transverso, o cólon descendente...

— Mas não tem o cólon sigmoide — disse Maura.

— Exatamente. O reto está aqui, mas não tem cólon sigmoide. É nossa primeira pista.

— E ele é diferente do outro, que tem cólon sigmoide.

Encantado, o homem soltou uma risada.

— Fico feliz que você tenha me chamado para ver isso. Não é sempre que me deparo com algo tão fascinante. Esse pode ser meu papo durante o jantar por meses.

— Eu não gostaria de estar à mesa — brincou Jane.

Maura se virou.

— Jane, estamos comparando os dois conjuntos de vísceras. Esse é o professor Guy Gibbeson. E essa é a detetive Rizzoli, da Unidade de Homicídios.

O professor Gibbeson a cumprimentou com um aceno indiferente e voltou a analisar os intestinos, que evidentemente achava muito mais interessantes.

— Professor de quê? — perguntou Jane, ainda afastada da mesa. Do cheiro.

— Anatomia comparada. Harvard — respondeu ele sem olhar para ela, a atenção totalmente voltada para o intestino.

— Esse segundo órgão, com cólon sigmoide, é o que pertence à vítima, imagino? — perguntou a Maura.

— Parece que sim. O corte das extremidades é condizente, mas precisaríamos de um exame de DNA para confirmar.

— Agora, voltando nossa atenção aos pulmões, eu poderia oferecer umas pistas bastante concretas.

— Como assim, pistas? — perguntou Jane.

— Sobre a quem pertencia o primeiro par de pulmões. — Ele pegou o órgão e segurou-o por um instante. Em seguida deixou-o sobre a mesa e pegou o outro par. — Tamanhos semelhantes, portanto estou imaginando massa corporal semelhante.

— Segundo a carteira de motorista da vítima, ele tinha um metro e setenta e dois de altura e pesava sessenta e quatro quilos.

— Bem, esses seriam dele — constatou Gibbeson, fitando os pulmões que segurava. Deixou-os sobre a mesa, pegou o outro par. — Esses são os pulmões que realmente me interessam.

— O que é tão interessante neles? — indagou Jane.

— Dê uma olhada, detetive. Ah, você precisa chegar mais perto para ver.

Contendo a ânsia de vômito, ela se aproximou das vísceras dispostas sobre a mesa. Arrancadas de seus donos, todas elas pareciam iguais para Jane, as mesmas partes intercambiáveis que ela também possuía. Lembrou-se do cartaz do corpo humano pendurado nas aulas de biologia do ensino médio, revelando os órgãos em sua posição anatômica. Feia ou bonita, toda pessoa é apenas um amontoado de órgãos encerrados num invólucro de carne e osso.

— Consegue ver a diferença? — perguntou Gibbeson. Ele indicou o primeiro par de pulmões. — Aquele pulmão esquerdo tem um lobo superior e um lobo inferior. O direito tem não apenas os lobos superior e inferior, mas também um lobo médio. O que resulta em quantos lobos ao todo?

— Cinco — respondeu Jane.

— Essa é a anatomia humana normal. Dois pulmões, cinco lobos. Agora veja esse segundo par encontrado na mesma lata de lixo. Ele é parecido em peso e tamanho, mas com uma diferença essencial. Você está vendo?

Jane franziu a testa.

— Ele tem mais lobos.

— Dois lobos extras, para ser exato. O pulmão direito tem quatro, o esquerdo tem três. Isso não é uma anomalia anatômica. — Ele se deteve. — O que quer dizer que não é humano.

— Foi por isso que eu chamei o professor Gibbeson — explicou Maura. — Para me ajudar a identificar a espécie com que estamos lidando.

— Um animal grande — retrucou Gibbeson. — Do tamanho do homem, eu diria, a julgar pelo coração e pelos pulmões. Agora vamos ver se conseguimos alguma resposta a partir do fígado. — Ele se dirigiu à extremidade da mesa, onde os dois fígados estavam dispostos, lado a lado. — O primeiro tem os lobos direito e esquerdo. Lobos quadrado e caudado.

— Esse é humano — concluiu Maura.

— Mas esse outro... — Gibbeson pegou o segundo fígado e virou-o para examinar o lado contrário. — Tem seis lobos.

Maura fitou Jane.

— De novo, não é humano.

— Então temos dois conjuntos de vísceras — disse Jane. — Um que imaginamos pertencer à vítima. O outro pertencente a... o quê? Um cervo? Um porco?

— Nem uma coisa nem outra — respondeu Gibbeson. — Com base na ausência de cólon sigmoide, no pulmão de sete lobos e no fígado de seis, acredito que essas vísceras sejam de algum membro da família Felidae.

— Que é...?

— A família dos gatos

Jane olhou o fígado.

— Esse gato seria enorme.

— É uma família extensa, detetive. Inclui o leão, o tigre, o puma, o leopardo e o guepardo.

— Mas não encontramos nenhuma carcaça assim no local.

— Vocês deram uma olhada no congelador? — perguntou Gibbeson. — Encontraram alguma carne que não soubessem identificar?

Jane soltou uma risada perplexa.

— Não encontramos nenhum bife de tigre. E quem comeria isso?

— Existe um mercado para carnes exóticas. Quanto mais inusitada, melhor. As pessoas pagam pela experiência de comer qualquer coisa, de cascavel a urso. A questão é a origem desse animal. Ele foi caçado ilegalmente? E como acabou eviscerado numa casa de Boston?

— Ele era taxidermista — disse Jane, virando-se para o corpo de Leon Gott, que se achava na mesa ao lado. Maura já empunhava o bisturi e a serra de cortar ossos, e, no balde próximo, o cérebro de Gott estava imerso em conservante. — Ele provavelmente eviscerou centenas, talvez milhares de animais. Com certeza nunca imaginou que acabaria como eles.

— Na verdade, os taxidermistas trabalham de um jeito completamente diferente — observou Maura. — Pesquisei o assunto ontem à noite e descobri que os que trabalham com animais de grande porte preferem só eviscerar o animal depois de tirar a pele, porque os líquidos do corpo podem estragar o couro. Eles fazem a primeira incisão ao longo da espinha e arrancam a pele por inteiro. Logo, a evisceração teria ocorrido depois da remoção da pele.

— Fascinante! — opinou Gibbeson. — Eu não sabia disso.

— Essa é nossa Dra. Isles. Cheia de curiosidades — disse Jane. Ela indicou o cadáver de Gott. — Por falar em curiosidades, você já definiu a causa da morte?

— Acho que sim — respondeu Maura, tirando as luvas sujas de sangue. — As feridas do rosto e do pescoço provocadas pelos animais de estimação ocultaram as que antecederam a morte. Mas as radiografias nos deram algumas respostas. — Ela se dirigiu ao computador e exibiu uma série de imagens. — Não vi nenhum objeto estranho, nada que indicasse o uso de uma arma de fogo. Mas encontrei isso. — Ela indicou a radiografia do crânio. — É muito sutil, motivo de eu não tê-la notado ao apalpar a cabeça. É uma fratura linear do osso parietal direito. O couro cabeludo deve ter amortecido o golpe o suficiente para não vermos nenhuma concavidade, mas só a presença de uma fratura já nos diz que houve emprego significativo de força.

— Então não teria sido uma queda.

— A lateral da cabeça é um local pouco provável para uma fratura causada por queda. O ombro nos amorteceria, ou levantaríamos o braço para nos proteger. Não, estou inclinada a achar que foi um golpe na cabeça. Forte o bastante para derrubá-lo.

— Forte o bastante para matá-lo?

— Não. Embora haja uma pequena quantidade de sangue dentro do crânio, não teria sido fatal. Isso também deixa claro que, depois do golpe, o coração ainda estava batendo. Por alguns minutos, pelo menos, ele estava vivo.

Jane fitou o cadáver, agora apenas um recipiente vazio, despojado de seu maquinário interno.

— Meu Deus! Não me diga que ele estava vivo quando o assassino começou a eviscerá-lo.

— Também não acho que evisceração tenha sido a causa da morte. — Maura percorreu toda a sequência de fotografias do crânio, e duas novas imagens surgiram no monitor. — Acho que foi isso aqui.

Os ossos do pescoço de Gott reluziam na tela, imagens das vértebras tanto de frente quanto de lado.

— Há fraturas e deslocamento dos cornos superiores da cartilagem tireoide, bem como do osso hioide. Também há uma grande ruptura da laringe. — Maura se deteve. — Esmagaram o pescoço dele, provavelmente enquanto estava caído. Um golpe forte, talvez pelo peso de um sapato, bem sobre a cartilagem tireoide. O impacto rompeu a laringe e a epiglote, cortou vasos importantes. Tudo se esclareceu quando fiz a dissecação do pescoço. O Sr. Gott morreu de asfixia, sufocando-se em seu próprio sangue. A ausência de respingos de sangue arterial nas paredes indica que a evisceração foi realizada depois da morte.

Jane se manteve em silêncio, o olhar fixo na tela. Como era mais fácil se concentrar numa radiografia do que confrontar o que estava sobre a mesa! As radiografias convenientemente eliminavam a pele e a carne, deixando apenas uma arquitetura sem sangue, os pilares e as vigas do corpo humano. Ela pensou no que levaria uma pessoa a infligir um golpe com o calcanhar no pescoço de um homem. E no que o assassino teria sentido quando o pescoço estalou sob seu sapato e pôde ver a consciência se esvair do rosto de Gott. Ódio? Poder? Satisfação?

— Mais uma coisa — disse Maura, abrindo uma nova imagem, agora uma radiografia do tórax. Com todos os outros estragos feitos ao corpo, era surpreendente a normalidade da estrutura óssea: costelas e esterno bem onde deveriam estar. Mas a cavidade se achava estranhamente vazia, sem as costumeiras sombras anuviadas do coração e dos pulmões. — Isso — indicou Maura.

Jane se aproximou.

— Esses arranhões nas costelas?

— É. Eu já tinha notado no cadáver ontem. As três incisões paralelas. Elas são tão profundas que penetram o osso. Agora veja isso. — Maura clicou sobre outra radiografia, e os ossos do crânio surgiram, órbitas encovadas, os seios da face ensombrecidos.

Jane franziu o rosto.

— Os três arranhões de novo.

— Em ambos os lados do rosto, penetrando o osso. Três lascas paralelas. Por causa dos estragos causados pelos animais de estimação de Gott, não pude ver ontem. Só quando olhei as radiografias.

— Que ferramenta seria essa?

— Não sei. Não vi nada na oficina dele que deixasse essa marca.

— Você disse ontem que as lacerações pareciam ter sido feitas depois da morte.

— É.

— Então qual é o sentido delas, se não são para matar ou provocar dor?

Maura pensou no assunto.

— Ritual — respondeu.

Por um instante, houve apenas silêncio na sala. Jane pensou em outras cenas de crime, outros rituais. Pensou nas cicatrizes que sempre teria nas mãos, lembranças de um assassino que tinha rituais próprios, e sentiu-as doerem mais uma vez.

O toque do interfone quase fez com que ela desse um pulo.

— Dra. Isles — disse a secretária de Maura. — O Dr. Mikovitz está no telefone. Disse que a senhora deixou recado hoje de manhã com um colega dele.

— Ah, claro. — Maura pegou o telefone. — Aqui é a Dra. Isles.

Jane se voltou para a radiografia, as três linhas paralelas nas maçãs do rosto. Tentou imaginar o que teria deixado aquela marca. Era uma ferramenta que ela e Maura nunca tinham visto.

Maura desligou o telefone e se virou para o Dr. Gibbeson.

— Você tinha razão — disse. — Era do Zoológico de Suffolk. A carcaça de Kovo foi entregue a Leon Gott no domingo.

— Espere aí — interveio Jane. — O que é Kovo?

Maura indicou o conjunto de vísceras não identificado sobre a mesa do necrotério.

— Esse é Kovo. Um leopardo-das-neves.

7

— Kovo era uma das nossas atrações mais populares. Estava com a gente há quase dezoito anos, por isso ficamos arrasados quando precisou ser sacrificado. — O Dr. Mikovitz falava no tom murmurado de um parente em luto, e, a julgar pelas muitas fotografias penduradas nas paredes de seu escritório, os animais do Zoológico de Suffolk eram de fato uma família para ele. Com o cabelo ruivo, crespo, e um fiapo de cavanhaque, o Dr. Mikovitz parecia ele próprio um animal de zoológico, talvez uma espécie exótica de macaco, com olhos castanhos inteligentes que agora fitavam Jane e Frost do outro lado de sua mesa. — Ainda não informamos a imprensa, por isso fiquei surpreso quando a Dra. Isles perguntou se tínhamos tido alguma perda recente em nosso acervo de felinos de grande porte. Como ela poderia saber disso?

— A Dra. Isles é boa em farejar todo tipo de informações obscuras — disse Jane.

— É, bem, com certeza nos pegou de surpresa. É uma questão um tanto, bem, delicada.

— A morte de um animal do zoológico? Por quê?

— Porque ele teve que ser sacrificado. Isso sempre recebe reações negativas. E Kovo era um animal muito raro.

— Que dia foi isso?

— Foi na manhã de domingo. Nosso veterinário, o Dr. Oberlin, veio ao zoológico para administrar a injeção letal. Os rins de Kovo vinham fraquejando há algum tempo, e ele perdeu muito peso. O Dr. Rhodes o tirou de exibição há um mês, para poupá-lo do estresse de ficar em público. Nós esperávamos conseguir vencer a doença, mas o Dr. Oberlin e o Dr. Rhodes finalmente chegaram à conclusão de que era hora. Por mais triste que fosse para eles.

— O Dr. Rhodes é outro veterinário?

— Não, Alan é especialista em comportamento de felinos de grande porte. Conhecia Kovo melhor do que ninguém. Foi ele que o levou ao taxidermista. — O Dr. Mikovitz ergueu a cabeça ao som de batidas na porta. — Ah, aqui está Alan.

O título "especialista em felinos de grande porte" evocava imagens de um homem forte e rude, com roupa de safári. O homem que entrou no escritório estava de fato de uniforme cáqui — calça suja de terra, cascas de árvore no casaco de lã —, como se acabasse de voltar de uma trilha, mas não havia nada de forte ou rude no rosto agradavelmente franco de Rhodes. Às vésperas de completar 40 anos, com o cabelo castanho escorrido, ele tinha a cabeça parecida com a do Frankenstein, mas uma versão simpática.

— Desculpem o atraso — disse Rhodes, batendo a poeira das pernas da calça. — Tivemos um incidente na jaula dos leões.

— Nada sério, espero? — disse o Dr. Mikovitz.

— Não foi culpa dos felinos. São as desgraçadas das crianças. Um adolescente achou que tinha de provar sua masculinidade subindo na cerca externa. Ele caiu no fosso e tive que tirá-lo de lá.

— Meu Deus! Podemos sofrer algum processo por negligência?

— Duvido. Ele não correu nenhum perigo real, e tenho certeza de que achou a experiência tão humilhante que jamais a contará a alguém. — Rhodes abriu um sorriso aflito para Jane e Frost. — Só mais um dia de diversão com os idiotas dos seres humanos. Meus leões, pelo menos, têm bom senso.

— Esses são a detetive Rizzoli e o detetive Frost — apresentou Mikovitz.

Rhodes estendeu a mão calejada para eles.

— Sou o Dr. Alan Rhodes. Biólogo de animais selvagens com especialização em comportamento felino. Todos, grandes e pequenos. — Ele olhou para Mikovitz. — Encontraram Kovo?

— Não sei, Alan. Eles acabaram de chegar, e ainda não entramos no assunto.

— Nós precisamos saber. — Rhodes se virou novamente para Jane e Frost. — A pele dos animais se deteriora muito rápido depois da morte. Se não for tratada, perde o valor.

— Quanto vale a pele de um leopardo-das-neves? — perguntou Frost.

— Considerando a pouquíssima quantidade desse animal no mundo? — Rhodes balançou a cabeça. — Eu diria que não tem preço.

— E é por isso que vocês queriam empalhá-lo.

— "Empalhar" é uma palavra deselegante — observou Mikovitz. — Nós queríamos preservar Kovo em todo seu esplendor.

— E por isso o levaram a Leon Gott.

— Para a realização do trabalho. O Sr. Gott é... era um dos melhores taxidermistas do país.

— O senhor o conhecia pessoalmente? — perguntou Jane.

— Só de nome.

Jane fitou o especialista em felinos de grande porte.

— E o senhor, Dr. Rhodes?

— Eu o conheci quando Debra e eu levamos Kovo à casa dele — respondeu Rhodes. — Fiquei chocado hoje de manhã quando soube do assassinato. Quer dizer, nós o vimos com vida no domingo.

— Me fale desse dia. O que o senhor viu, o que ouviu na casa dele.

Rhodes olhou para Mikovitz, como se quisesse confirmar se devia responder à pergunta.

— Pode falar, Alan — disse Mikovitz. — Afinal, é a investigação de um assassinato.

— Tudo bem. — Rhodes respirou fundo. — Na manhã de domingo, Greg, o Dr. Oberlin, o nosso veterinário, sacrificou Kovo. Segundo o acordo, tínhamos que entregar a carcaça imediatamente ao taxidermista. Kovo pesava mais de cinquenta quilos, por isso uma funcionária do zoológico, Debra Lopez, me ajudou. Foi muito triste o percurso até a casa do Sr. Gott. Trabalhei doze anos com Kovo, e nós tínhamos uma espécie de ligação. O que parece loucura, porque não se pode confiar num leopardo. Mesmo um leopardo supostamente manso pode nos matar, e Kovo era sem dúvida suficientemente grande para derrubar um homem. Mas nunca me senti ameaçado por ele. Nunca senti nenhuma agressividade nele. É quase como se ele entendesse que eu era um amigo.

— A que horas o senhor chegou à casa do Sr. Gott no domingo?

— Por volta das dez horas, eu acho. Debra e eu o levamos direto para lá, porque a pele precisa ser arrancada o mais rápido possível.

— O senhor conversou com o Sr. Gott?

— Ficamos um pouco na casa. Ele estava animado para trabalhar num leopardo-das-neves. É um animal tão raro que ele nunca tinha posto as mãos num espécime.

— Ele parecia preocupado com alguma coisa?

— Não. Só eufórico com a oportunidade. Levamos Kovo até a garagem, e ele nos chamou à sala, para nos mostrar os animais em que tinha trabalhado ao longo dos anos. — Rhodes balançou a cabeça. — Sei que ele tinha orgulho do trabalho, mas achei triste. Todas aquelas criaturas lindas, mortas só para ficar à mostra. Sou biólogo.

— Não sou biólogo — disse Frost. — Mas também achei muito triste.

— É a cultura deles. A maioria dos taxidermistas também caça e não entende por que algumas pessoas fazem objeções a isso. Debra e eu tentamos ser educados. Saímos da casa dele por volta das onze horas, e foi isso. Não sei o que mais posso dizer a vocês. — Ele fitou Jane e Frost. — Mas e a pele? Estou ansioso para saber se vocês a encontraram, porque vale muito para...

— Alan — interveio Mikovitz.

Os dois homens se entreolharam e ambos ficaram em silêncio. Por alguns instantes, ninguém disse nada, uma pausa tão significativa que parecia acompanhada de uma advertência em neon: "Alguma coisa está errada. Eles estão escondendo algo."

— A pele vale muito para quem? — perguntou Jane.

Mikovitz respondeu, com desembaraço excessivo:

— Para todos. Esses animais são extremamente raros.

— Raros como, exatamente?

— Kovo era um leopardo-das-neves — disse Rhodes. — *Panthera uncia*, da região montanhosa da Ásia Central. A pele é mais grossa e mais clara do que a do leopardo-africano, e restam menos de 5 mil espécimes no mundo. Eles são como fantasmas, solitários, difíceis de serem vistos, e ficam mais raros a cada dia. A importação da pele é ilegal. É ilegal até vender a pele, nova ou antiga, entre fronteiras estaduais. Não se pode comprar ou vender no mercado aberto. É por isso que estamos ansiosos para saber. Vocês encontraram a pele do Kovo?

Em vez de responder, Jane fez outra pergunta:

— O senhor mencionou uma coisa mais cedo, Dr. Rhodes. Sobre um acordo.

— O quê?

— O senhor disse que levou Kovo ao taxidermista como parte do *acordo*. De que acordo o senhor está falando?

Tanto Rhodes quanto Mikovitz desviaram o olhar.

— Esse é um caso de homicídio — continuou Jane. — Vamos descobrir isso de qualquer maneira, e os senhores *realmente* não vão querer me deixar com uma má impressão.

— Conte a ela — disse Rhodes. — Eles precisam saber.

— Se isso vazar, Alan, a repercussão vai acabar com a gente.

— Conte a eles.

— Tudo bem, tudo bem. — Mikovitz dirigiu a Jane um olhar pesaroso. — No mês passado, recebemos de um possível doador uma oferta que não pudemos recusar. Ele sabia que Kovo estava doente e provavelmente seria sacrificado. Em troca da carcaça fresca, intacta, do animal, faria uma doação substancial ao Zoológico de Suffolk.

— Quão substancial?

— Cinco milhões de dólares.

Jane o encarou.

— Um leopardo-das-neves vale mesmo tudo isso?

— Para esse doador, sim. Era uma proposta vantajosa para ambos os lados. Kovo estava condenado. Nós receberíamos um dinheiro bom para nos manter longe de dificuldades, e o doador receberia um animal raro para exibir em sua sala. A única condição dele era que fosse mantido segredo. E ele pediu que Leon Gott fosse o taxidermista, porque é um dos melhores. Imagino que eles se conhecessem. — Mikovitz suspirou. — Enfim, era por isso que eu estava relutante em dizer. O acordo é delicado. Pode deixar nossa instituição em maus lençóis.

— Porque os senhores estão vendendo animais raros a quem dá o maior lance.

— Eu fui contra esse acordo desde o início — disse Rhodes a Mikovitz. — Avisei que nos causaria problemas. Agora vão falar horrores de nós.

— Olha, se for possível manter segredo, contornaremos isso. Só preciso saber que a pele está a salvo. Que foi devidamente cuidada.

— Sinto muito em dizer isso, Dr. Mikovitz — anunciou Frost —, mas não encontramos nenhuma pele.

— O quê?

— Não havia nenhuma pele de leopardo na casa do Sr. Gott.

— Você está dizendo que ela foi *roubada*?

— Não sabemos. Simplesmente não está lá.

Mikovitz afundou na cadeira, aturdido.

— Meu Deus! Agora acabou tudo. Vamos ter que devolver o dinheiro.

— Quem é o doador? — perguntou Jane.

— Essa informação não pode sair daqui. As pessoas não podem saber disso.

— Quem é ele?

Foi a vez de Rhodes responder, com indisfarçável desdém na voz:

— Jerry O'Brien.

Surpresos, Jane e Frost se entreolharam.

— O senhor está falando *do* Jerry O'Brien? O cara do rádio? — perguntou Frost.

— O'Brien, a Língua Mais Afiada de Boston. Como vocês acham que nossos benfeitores que gostam tanto dos animais, vão se sentir quando descobrirem que fizemos um acordo com o radialista mais agressivo da cidade? O cara que se gaba de suas viagens para caçar na África? Da alegria que sente ao deixar elefantes em pedacinhos? Toda a *persona* dele se funda na glorificação do derramamento de sangue. — Rhodes bufou, enojado. — Se ao menos os coitados daqueles animais pudessem retribuir os tiros...

— Às vezes precisamos fazer um pacto com o diabo, Alan — argumentou Mikovitz.

— Bem, o acordo agora acabou, porque não temos nada a oferecer a ele — retrucou Alan.

— É uma desgraça — resmungou Mikovitz.

— Não avisei que isso aconteceria?

— É fácil para você se manter fora disso. Você só precisa se preocupar com seus felinos. Eu sou responsável pela sobrevivência da instituição.

— É, essa é a vantagem de trabalhar com os felinos. Eu *sei* que não posso confiar neles. E eles não tentam me convencer do contrário.

Rhodes olhou para seu celular, que tinha começado a tocar. Quase simultaneamente a porta se abriu, e a secretária entrou correndo no escritório.

— Dr. Rhodes! Estão precisando do senhor.

— O que foi?

— Houve um acidente no cercado do leopardo. Uma funcionária... Precisam da espingarda!

— Não! *Não!* — Rhodes se levantou num salto e se retirou às pressas do escritório.

Jane só precisou de um segundo para tomar sua decisão. Levantou-se e o seguiu. Quando chegou ao pé da escada e saiu do prédio, Rhodes já se achava um bocado à frente, correndo por entre os assustados visitantes do zoológico. Jane precisou se apressar para acompanhá-lo. Ao dobrar uma esquina, deparou-se com um paredão de gente em frente ao cercado do leopardo.

— Meu Deus! — gritou alguém. — Ela está morta?

Jane avançou por entre a multidão até alcançar o parapeito. A princípio, só viu a vegetação e os rochedos artificiais pelas grades da jaula. Então, quase oculto pelos galhos, algo se mexeu. Era uma cauda, contorcendo-se sobre uma saliência do rochedo.

Jane avançou para o lado, em busca de uma vista melhor do animal. Só quando alcançou o limite do cercado viu o sangue: uma faixa reluzente escorrendo pelo rochedo. Pendendo do alto, havia um braço humano. O braço de uma mulher. Curvado sobre a vítima, o leopardo fitou Jane, como se a desafiasse a roubar sua presa.

Jane ergueu a arma e se deteve, dedo no gatilho. Será que a vítima estava em sua linha de tiro? Não dava para ver o topo do rochedo, não dava para saber se a mulher estava viva.

— Não atire! — Ela ouviu o Dr. Rhodes gritar, dos fundos da jaula. — Vou atraí-lo para a jaula noturna!

— Não dá tempo, Rhodes. Precisamos tirá-la daí!

— Não quero que ele morra.

— E *ela*?

Rhodes bateu nas grades.

— Rafiki, carne! Vem, vem para a jaula noturna!

Foda-se, pensou Jane, e mais uma vez levantou a arma. O animal estava bem à vista, seria um tiro direto na cabeça. Havia a chance de a bala atingir a mulher também, mas, se não a tirassem logo dali, ela morreria de qualquer maneira. Com ambas as mãos fixas na arma, Jane apertou lentamente o gatilho. Antes que pudesse atirar, sobressaltou-se com o estampido de uma espingarda.

O leopardo caiu do rochedo na grama alta.

Instantes depois, um homem louro usando o uniforme do zoológico corria pela jaula na direção do rochedo.

— Debbie? — chamou. — *Debbie!*

Jane olhou ao redor em busca da entrada da jaula e viu uma trilha lateral com uma placa que dizia APENAS FUNCIONÁRIOS. Seguiu o caminho até os fundos do cercado, onde a porta se achava entreaberta.

Entrou na jaula e viu uma poça de sangue ao lado de um balde e um rodo caído. O sangue manchava o caminho de concreto em um agourento rastro deixado pelo corpo arrastado, pontuado por pegadas. O caminho conduzia ao rochedo artificial nos fundos da jaula.

Na base do rochedo, Rhodes e o homem louro se encontravam curvados sobre o corpo da mulher que haviam tirado do topo.

— Respira, Debbie — pedia o homem louro. — Respira, *respira.*

— Não estou sentindo o batimento — disse Rhodes.

— Onde está a ambulância? — O homem louro correu os olhos ao redor, em desespero. — Precisamos de uma ambulância!

— Está vindo. Mas, Greg, acho que não tem nada...

O homem louro plantou a palma das mãos no tórax da mulher e começou a pressioná-lo, a fim de reanimá-la.

— Me ajuda, Alan! Faz respiração boca a boca! Precisamos agir em conjunto!

— Acho que é tarde — lamentou Rhodes. Ele pôs a mão no ombro do homem louro. — Greg.

— Vai se foder, Alan! Eu mesmo faço isso! — Ele encostou a boca na boca da mulher, forçando o ar por entre os lábios pálidos, e começou a pressionar as mãos espalmadas novamente. Os olhos dela já se anuviavam.

Rhodes olhou para Jane e balançou a cabeça.

8

A última visita de Maura ao Zoológico de Suffolk havia sido num fim de semana quente de verão, quando as aleias estavam cheias de crianças derramando sorvete e jovens pais empurrando carrinhos de bebê. Mas, nesse dia frio de novembro, Maura encontrou o zoológico lúgubre e deserto. No espaço destinado aos flamingos, as aves alisavam suas penas em paz. Pavões trotavam pelas aleias sem serem incomodados por câmeras ou crianças em seu encalço. Como seria bom passear sozinha e se demorar diante de cada animal! Mas a Morte a havia chamado ali hoje, e Maura não tinha tempo para apreciar a visita. A funcionária do zoológico a conduzia apressadamente diante do cercado dos primatas, em direção às jaulas dos cães selvagens. Território carnívoro. Sua guia era uma jovem chamada Jen, vestida com o uniforme cáqui, cabelo louro preso num rabo de cavalo e bronzeado saudável. Teria parecido à vontade num documentário sobre animais selvagens da National Geographic.

— Fechamos o zoológico logo depois do incidente — explicou Jen. — Levamos mais ou menos uma hora para retirar todos os visitantes. Ainda não acredito que isso aconteceu. Nunca tivemos que lidar com nada assim.

— Há quanto tempo você trabalha aqui? — perguntou Maura.

— Há quase quatro anos. Quando eu era pequena, sonhava em trabalhar num zoológico. Tentei entrar para a faculdade de veterinária, mas não consegui. Ainda assim, faço o que amo. É preciso amar esse trabalho, porque com certeza não o fazemos pelo salário.

— Você conhecia a vítima?

— Sim, somos um grupo bem próximo. — Ela balançou a cabeça. — Não consigo entender como Debbie pode ter cometido esse erro. O Dr. Rhodes sempre nos advertiu em relação ao Rafiki. "Nunca dê as costas a ele. Nunca confie num leopardo." E nisso, eu achava que ele estava exagerando.

— Você não fica apreensiva? Trabalhando tão perto de grandes predadores?

— Não ficava. Mas isso muda tudo. — Elas viraram uma esquina. — Foi aqui que aconteceu.

Não havia necessidade de avisar; a seriedade no rosto das pessoas que se encontravam em frente à jaula informava a Maura que as duas haviam chegado a seu destino. Naquele grupo estava Jane, que se afastou dos outros para cumprimentá-la.

— Esse é um caso que você dificilmente vai ver de novo — observou.

— Você está investigando a morte?

— Não, já estava de saída. Pelas informações que reuni, foi um acidente.

— O que aconteceu?

— Parece que a vítima estava limpando a jaula quando o felino atacou. Ela deve ter se esquecido de fechar a jaula noturna, e o animal foi para a área de exibição principal. Quando cheguei aqui, já era tarde. — Jane balançou a cabeça. — Isso nos lembra exatamente onde ficamos na cadeia alimentar

— Que tipo de felino foi?

— Um leopardo-africano. Havia um macho grande na jaula.

— Ele está preso?

— Morreu. O Dr. Oberlin, aquele cara louro ali, tentou acertá-lo com a espingarda de dardos tranquilizantes, mas errou duas vezes. Acabou tendo que matá-lo.

— Então é seguro entrar agora.

— É, mas está um horror. É muito, mas *muito* sangue. — Jane olhou para seus próprios sapatos, manchados, e balançou a cabeça. — Eu gostava desses sapatos. Fazer o quê? Ligo para você mais tarde.

— Quem vai me acompanhar?

— Deve ser Alan Rhodes.

— Quem?

— É o especialista em felinos de grande porte do zoológico. — Jane se virou para o grupo de homens reunidos junto ao parapeito. — Dr. Rhodes? A Dra. Isles está aqui, do Departamento de Medicina Legal. Ela precisa ver o corpo.

O homem de cabelo castanho que se aproximou delas ainda parecia estar chocado com a tragédia. A calça do uniforme estava suja de sangue, e sua tentativa de sorrir não disfarçou a tensão do rosto. Ele estendeu automaticamente o braço para cumprimentá-la, então notou que havia sangue seco na mão e a recolheu.

— Sinto muito que tenha que ver isso — disse. — Sei que já deve ter visto muita coisa feia, mas isso é terrível.

— Nunca lidei com o ataque de um felino — admitiu Maura.

— Essa também é minha primeira vez. E espero que seja a última. — Ele tirou um chaveiro do bolso. — Vou levá-la ao setor dos funcionários. É onde fica o portão.

Maura se despediu de Jane e acompanhou Rhodes pela trilha repleta de arbustos na qual se lia APENAS FUNCIONÁRIOS.

O caminho passava por outras áreas de exibição e conduzia aos fundos da jaula, local que ficava oculto ao público.

Rhodes abriu o portão.

— Vamos passar pela jaula de manipulação. Existe um portão interno de cada lado dessa jaula. Um conduz à área que fica exposta ao público. O outro leva à jaula noturna.

— O que é a jaula de manipulação?

— É uma parte desmontável que usamos para controlar o animal na hora da vacinação. Quando ele entra nessa parte, empurramos a grade e ele fica preso ali. Facilita na hora de vacinar ou injetar algum outro remédio. Estresse mínimo para o animal e segurança máxima para o funcionário.

— Foi por aqui que a vítima entrou?

— O nome dela era Debra Lopez.

— Sinto muito. Foi por aqui que Debra entrou?

— É um dos acessos. Também tem uma entrada separada para a jaula noturna, onde o animal fica durante o tempo em que não está em exibição. — Eles entraram na jaula, e Rhodes fechou o portão, prendendo-os num corredor claustrofobicamente estreito. — Como você pode ver, existem portões nas duas extremidades. Antes de entrar na área de exibição, confirmamos se o animal está preso no outro lado. É a primeira regra de segurança: sempre saber onde o animal está. Sobretudo o Rafiki.

— Ele era particularmente perigoso?

— Todo leopardo é potencialmente perigoso, ainda mais a espécie *Panthera pardus*. O leopardo-africano. Eles são menores do que o leão ou o tigre, mas são silenciosos, imprevisíveis e poderosos. O leopardo pode arrastar uma carcaça muito mais pesada do que ele para o alto de uma árvore. Rafiki estava no auge da forma e era muito agressivo. Era mantido sozinho porque atacou a fêmea que tentamos deixar com ele. Debbie sabia que ele era perigoso. Todos sabíamos.

— Então como ela pode ter cometido esse erro? Ela era nova no trabalho?

— Debbie trabalhava aqui há pelo menos sete anos, então não foi falta de experiência. Mas mesmo funcionários veteranos às vezes se descuidam. Não confirmam o paradeiro do animal, ou se esquecem de trancar o portão. Greg disse que, quando chegou aqui, encontrou o portão da jaula noturna escancarado.

— Greg?

— Dr. Greg Oberlin, nosso veterinário.

Maura se voltou para o portão da jaula noturna.

— A tranca não poderia ter dado problema?

— Eu testei. A detetive Rizzoli também. Está perfeita.

— Dr. Rhodes, não consigo entender como uma funcionária experiente deixa a porta da jaula de um leopardo aberta.

— É difícil acreditar, eu sei. Mas posso te mostrar uma lista de acidentes semelhantes envolvendo felinos de grande porte. Já aconteceu em zoológicos do mundo inteiro. Desde 1990, houve mais de setecentos incidentes só nos Estados Unidos, com 21 pessoas mortas. No ano passado mesmo, na Alemanha e no Reino Unido, funcionários experientes foram mortos por tigres. Em ambos os casos, simplesmente se esqueceram de trancar o portão. As pessoas se distraem, ou se descuidam. Ou começam a achar que os felinos são amigos que nunca fariam mal a eles. Estou sempre dizendo à nossa equipe: *nunca* confie em um felino de grande porte. Nunca dê as costas a ele. Não estamos falando de gatinhos de estimação.

Maura pensou no gato cinza que havia acabado de adotar, o gato cujo afeto ela agora tentava ganhar com sardinhas caras e tigelas de leite. Ele era só mais um predador ardiloso que havia decretado Maura sua empregada. Se ele pesasse cinquenta quilos a mais, ela não teria dúvida de que seria vista não como amiga, mas como uma saborosa fonte de carne. Era possível confiar em um felino?

Rhodes destrancou o portão interno, que conduzia à área de exibição ao público.

— Provavelmente foi por aqui que Debbie entrou — disse. — Encontramos muito sangue ao lado do balde e do rodo, de modo que ela provavelmente foi atacada enquanto fazia a limpeza da manhã.

— A que horas teria sido isso?

— Umas oito ou nove horas. O zoológico abre às nove para os visitantes. Rafiki se alimentava na jaula noturna, antes de sair para a área de exibição.

— Tem alguma câmera de segurança aqui atrás?

— Infelizmente, não. Por isso não temos nenhum registro do incidente, ou do que o precedeu.

— E o estado de espírito da vítima? Da Debbie. Ela estava deprimida? Aborrecida com alguma coisa?

— A detetive Rizzoli fez a mesma pergunta. Se ela teria usado o animal para se suicidar. — Rhodes balançou a cabeça. — Ela era uma mulher muito positiva, otimista. Não a imagino cometendo suicídio, apesar do que estava acontecendo em sua vida.

— *Estava* acontecendo alguma coisa?

Ele se deteve, a mão ainda no portão.

— Não está *sempre* acontecendo alguma coisa na vida das pessoas? Sei que ela tinha acabado de terminar com Greg.

— O Dr. Oberlin, o veterinário?

Ele assentiu.

— Debbie e eu conversamos sobre isso no domingo, quando levamos o corpo de Kovo ao taxidermista. Ela não parecia estar muito abalada. Estava mais... aliviada. Acho que foi bem mais difícil para Greg. Foi complicado para ele, porque os dois trabalham aqui e se veem pelo menos uma vez por semana.

— Mas eles se davam bem?

— Até onde sei, sim. A detetive Rizzoli conversou com Greg, e ele está arrasado. E, antes que você faça a pergunta óbvia, ele disse que não estava nem perto dessa jaula quando aconteceu. Que veio correndo quando ouviu os gritos.

— Da Debbie?

Rhodes se mostrou pesaroso.

— Duvido que ela tenha vivido o bastante para gritar. Não, foram os gritos de uma visitante. Ela viu sangue e começou a pedir ajuda. — Ele abriu o portão da área de exibição. — Ela está nos fundos, perto dos rochedos.

A meros três passos do portão, Maura se deteve, transtornada com os indícios do ocorrido. Era o que Jane havia descrito como "muito, mas *muito* sangue": ele se derramava sobre a vegetação e se concentrava em poças no chão de concreto. Havia gotas espalhadas em todas as direções, lançadas pelos últimos batimentos desesperados da vítima.

Rhodes voltou-se para o balde virado de lado e o rodo.

— Ela provavelmente não o viu chegar.

O corpo humano tem cinco litros de sangue, e foi ali que Debbie Lopez derramou a maior parte do seu. O sangue ainda estava fresco quando outras pessoas passaram pelo local. Maura viu várias pegadas e nódoas no chão.

— Se ele a atacou aqui — perguntou —, por que a arrastou para os fundos da jaula? Por que não comê-la onde ela caiu?

— Porque o instinto do leopardo é proteger a presa. Na selva, haveria animais que brigariam por ela. Leões e hienas. Então o leopardo leva a presa para algum lugar que fique fora de alcance.

As manchas de sangue indicavam o progresso do leopardo ao arrastar sua presa humana pelo chão de concreto. Naquele rastro irregular, uma pegada da pata sobressaía, prova assustadora do tamanho e da força daquele predador. O rastro de sangue conduzia aos fundos da área de exibição. Na base de um grande rochedo artificial, estava o corpo, coberto com uma manta verde-oliva. O leopardo, morto, estava caído ali perto, a boca entreaberta.

— Ele arrastou o corpo para aquela saliência do rochedo — explicou Rhodes. — Nós a descemos para tentar a reanimação cardiorrespiratória.

Maura olhou para o rochedo e viu o fio seco de sangue que havia escorrido dali.

— Ele a levou lá para cima?

Rhodes assentiu.

— Eles são fortes assim. São capazes de levar um antílope pesado para uma árvore. O instinto é ir para o alto e deixar a carcaça num galho, onde possam se alimentar sem incômodos. Era o que ele estava prestes a fazer quando Greg o matou. Àquela altura, Debbie já tinha morrido.

Maura calçou as luvas e se agachou para afastar a manta. Uma rápida olhada no que havia sobrado do pescoço da vítima foi o suficiente para ela constatar que era impossível sobreviver ao ataque. Em silêncio, estarrecida, ela fitou a laringe esmagada, a traqueia exposta, o pescoço aberto tão profundamente que a cabeça pendia para trás, quase decepada.

— É assim que eles agem — disse Rhodes, os olhos desviados, a voz trêmula. — A natureza criou os felinos para serem perfeitas máquinas de matar, e eles vão direto na garganta. Esmagam a coluna, rasgam a jugular e as carótidas. Pelo menos a presa está morta antes de começarem a se alimentar. Parece que é uma morte rápida. Exsanguinação.

Não rápida o bastante. Maura imaginou os últimos segundos de Debbie Lopez, o sangue jorrando como um chafariz pelas carótidas cortadas, invadindo sua traqueia lacerada, inundando os pulmões. Uma morte rápida, sim, mas, para a vítima, aqueles segundos finais de terror e asfixia deviam ter parecido uma eternidade.

Ela cobriu com a manta o rosto da mulher morta e voltou a atenção ao leopardo. Era um animal magnífico, com o peitoral grande e uma pele lustrosa que brilhava sob a luz do sol. Ela fitou os dentes afiados e imaginou a facilidade com que rasgariam o pescoço de uma mulher. Com um arrepio, levantou-se e viu, pelas grades da área de exibição, que a equipe do necrotério havia chegado.

— Ela adorava esse felino — disse Rhodes, olhando para Rafiki. — Quando ele nasceu, ela dava mamadeira a ele, como se fosse um bebê. Acho que nunca imaginou que ele faria isso. E foi o que a matou. Ela se esqueceu de que ele era um predador, e nós somos sua presa.

Maura tirou as luvas.

— Já notificaram a família?

— A mãe dela mora em St. Louis. O diretor do zoológico, o Dr. Mikovitz, já telefonou para ela.

— Vamos precisar das informações de contato dela. Para as providências do enterro, depois da necropsia.

— A necropsia é necessária mesmo?

— A causa da morte parece óbvia, mas sempre há perguntas que precisam ser respondidas. Por que ela cometeu esse erro fatal? Ela estava debilitada por drogas, álcool ou alguma doença?

Ele assentiu.

— Claro. Nem pensei nisso. Mas ficaria chocado se você encontrasse qualquer droga no organismo dela. Não seria a mulher que eu conheci.

A mulher que você acha que conheceu, pensou Maura ao sair da jaula. Todo ser humano tinha seus segredos. Ela pensou nos seus, tão bem guardados, e em como seus colegas ficariam assustados ao saber deles. Até Jane, que a conhecia melhor do que todos.

Quando a equipe do necrotério levou a maca para a jaula, Maura ficou no parapeito, tentando imaginar o que os visitantes teriam visto. O local do ataque do leopardo não ficava à vista, oculto por um muro, e a vegetação teria dissimulado o deslocamento do corpo. Mas a saliência do rochedo onde ele tinha deixado a presa ficava bem à vista e estava agora marcada pelo terrível rastro de sangue que havia escorrido.

Não era de admirar que as pessoas tivessem gritado.

Maura sentiu um arrepio atravessar sua pele, como o hálito frio de um predador. Ao se virar, correu os olhos ao redor. Viu o Dr. Rhodes entretido numa conversa com os guardas do zoológico, preocupados. Dois funcionários consolavam um ao outro. Ninguém olhava para Maura; ninguém sequer parecia notar que ela estava ali. Mas ela não conseguia se livrar da sensação de que era observada.

Então o viu, pelas grades de uma jaula próxima. A pele bege estava quase invisível contra o rochedo cor de areia, os músculos poderosos prontos para o salto. Observava silenciosamente sua presa, os olhos fixos nela. Apenas nela.

Maura olhou a placa pendurada no parapeito. PUMA CONCOLOR.

E pensou: eu também não o teria visto chegar.

9

— Jerry O'Brien gosta de provocar confusão, ou pelo menos é isso que parece no rádio — disse Frost enquanto eles avançavam em sentido noroeste, para o condado de Middlesex, com Jane ao volante. — No programa da semana passada, ele arrasou com as pessoas que lutam pelos direitos dos animais. Chamou-as de roedores que só comem mato e perguntou desde quando os ratinhos encrenqueiros tinham ficado tão rancorosos. — Frost soltou uma risada ao abrir o arquivo de áudio no laptop. — Essa é a parte que você precisa ouvir, sobre caça.

— Você acha que ele acredita mesmo nas bobagens que fala? — perguntou ela.

— Quem sabe? De qualquer forma, tem sua audiência, porque o programa passa até na lua. — Frost digitou algo no teclado. — Muito bem, esse é o da semana passada. Escuta só.

> Talvez você coma frango ou goste de um bife de vez em quando. Você compra no supermercado, embrulhado direitinho no plástico. O que te faz pensar que você é moralmente superior ao caçador que sai da cama às quatro da manhã, que enfrenta o frio e a exaustão para andar pela mata com uma arma pesada? Que espera pacientemente na mata, às vezes por horas? Que passa

a vida toda aperfeiçoando seu talento com a arma de fogo. E, acreditem, acertar o alvo é um talento. Quem, nesse mundo de Deus, tem o direito de vetar ao caçador o direito de se dedicar a uma atividade antiga e honrada que, desde o início da história do homem, alimenta as famílias? Esses metrossexuais presunçosos que não veem problema em comer seu filé num restaurante francês sofisticado têm a audácia de dizer a nós, caçadores destemidos, que somos cruéis por matar um cervo. De onde eles acham que vem a carne?

E nem venham me falar nesses vegetarianos rabugentos. Ei, galera que gosta de bicho! Vocês têm gato e cachorro, não têm? O que dão para o seu animalzinho adorado comer? Carne. C.A.R.N.E. Vá descontar sua raiva no Rex!

Frost pausou a gravação.

— Aliás, passei na casa do Gott hoje de manhã. Não vi o gato branco, mas toda a comida que deixei ontem à noite tinha acabado. Enchi a vasilha de novo e limpei a caixa de areia.

— E o detetive Frost ganha a medalha de honra ao mérito por seus cuidados com animais.

— O que vamos fazer com ele? Você acha que a Dra. Isles gostaria de ter outro gato?

— Acho que ela já está arrependida de ter pegado aquele. Por que você não o adota?

— Eu sou homem.

— E daí?

— Seria estranho ter um gato.

— Ele roubaria sua masculinidade?

— É uma questão de imagem, sabe? Se levo uma mulher para casa, o que ela vai achar quando vir que tenho um gato branco peludo?

— Ah, sim, porque o seu peixinho dourado dá uma impressão *muito* melhor! — Ela indicou o laptop dele. — O que mais O'Brien tem a dizer?

— Ouça essa parte — disse Frost, e apertou o PLAY.

... mas não, esses roedores que só comem mato, ratinhos rancorosos que se alimentam todo dia de alface, são mais sanguinários do que qualquer carnívoro. E acreditem, meus amigos, são eles que dizem isso. Ameaçam me pendurar e me eviscerar como a um cervo. Ameaçam me queimar, me cortar, me estrangular, me esmagar. Vocês acreditam que isso venha da boca de *vegetarianos*? Amigos, cuidado com os comedores de alface. Não tem ninguém no mundo mais perigoso do que as pessoas que supostamente gostam dos animais.

Jane encarou Frost.

— Talvez elas sejam ainda mais perigosas do que ele acha.

Com um programa semanal transmitido em seiscentas estações de rádio, alcançando uma audiência de mais de 20 milhões de ouvintes, Jerry O'Brien, a Língua Mais Afiada de Boston, podia ter tudo do bom e do melhor, fato que ficou mais do que evidente no instante em que Jane e Frost atravessaram o portão vigiado de sua propriedade. Aqueles pastos cheios de cavalos poderiam pertencer a uma fazenda de Virgínia ou do Kentucky; era uma paisagem inusitadamente bucólica, que ficava a apenas uma hora de Boston. Eles passaram por um lago e subiram um aclive gramado cheio de ovelhas brancas, até a imensa casa de madeira no alto da colina.

Com seu pórtico amplo e grandes colunas de madeira, parecia mais uma cabana para caçadores do que uma residência particular.

Eles tinham acabado de parar o carro na frente da casa quando ouviram os primeiros tiros.

— O que é isso? — perguntou Frost, ambos já desabotoando seus coldres.

Ouviram-se mais tiros em rápida sucessão, então silêncio. Um silêncio comprido demais.

Jane e Frost saltaram do carro e já subiam a escada que levava à varanda quando a porta se abriu de repente.

Um homem bochechudo os cumprimentou com um sorriso tão grande que tinha de ser falso. Viu as duas Glocks apontadas para seu peito e, com uma risada, disse:

— Opa, não precisa disso não. Vocês devem ser os detetives Rizzoli e Frost.

Jane manteve a arma erguida.

— Ouvimos tiros.

— É só treino. Jerry tem uma bela sala de tiro no subsolo. Sou o assistente pessoal dele, Rick Dolan. Entrem.

Ouviram-se mais disparos. Jane e Frost se entreolharam e guardaram as pistolas.

— Parece arma pesada — comentou Jane.

— Vocês são bem-vindos se quiserem dar uma olhada. Jerry adora mostrar seu arsenal.

Eles entraram num grande vestíbulo, as paredes de pinheiro repletas de tapetes indígenas. Dolan abriu um armário do hall e entregou protetores de ouvido aos visitantes.

— São as regras do Jerry — explicou, botando um par de protetores em seus próprios ouvidos. — Ele foi a muitos concertos de rock quando era jovem e gosta de dizer que "surdez é para sempre".

Dolan abriu uma porta revestida com material de isolamento acústico. Jane e Frost hesitaram ao ouvir mais tiros no porão.

— Ah, é perfeitamente seguro lá embaixo — garantiu ele. — Jerry não economizou no projeto da sala. As paredes são feitas de blocos cheios de areia, o teto é de concreto protendido, coberto com dez centímetros de aço. Tem para-balas, e o sistema de exaustão subterrâneo puxa toda a fumaça e resíduos para fora. Estou dizendo, melhor não existe. Vocês precisam ver.

Jane e Frost puseram os protetores de ouvido e o acompanharam escada abaixo.

Sob o brilho desagradável de luzes fluorescentes, Jerry O'Brien se achava de costas para eles. Estava vestido com calça jeans e uma camisa havaiana berrante, vestida displicentemente sobre o torso volumoso. Não cumprimentou de imediato os visitantes, mantendo a concentração na silhueta humana que era o alvo, e atirou repetidas vezes. Só quando esvaziou o pente virou-se para Jane e Frost.

— Ah, a polícia de Boston chegou! — O'Brien tirou os protetores de ouvido. — Bem-vindos ao meu cantinho do Paraíso.

Frost observou o sortimento de pistolas e espingardas dispostas sobre a mesa.

— Uau! O senhor tem uma coleção e tanto.

— Acreditem, são todas legais. Nenhum pente com mais de dez balas. Deixo tudo guardado num depósito bem protegido e tenho autorização. Vocês podem conferir com o chefe de polícia daqui. — Ele pegou outra pistola e a estendeu para Frost. — Essa é a minha preferida. Quer experimentar, detetive?

— Hum, não, obrigado.

— Você não fica tentado? Provavelmente não vai ter a chance de atirar com uma arma dessas tão cedo.

— Viemos aqui para perguntar ao senhor sobre Leon Gott — interveio Jane.

O'Brien voltou sua atenção para ela.

— Detetive Rizzoli, não é? Você se interessa por armas?

— Quando preciso delas.

— Caça?

— Não.

— Já caçou?

— Só pessoas. É mais emocionante, porque elas atiram de volta.

O'Brien soltou uma risada.

— Essa é das minhas! Diferente das minhas ex-mulheres. — Ele retirou o pente, conferiu a câmara para ver se restava alguma bala. — Então falemos sobre Leon. Ele não teria caído sem lutar. Se tivesse a oportunidade, sei que teria estourado o cérebro do desgraçado. — O'Brien fitou Jane. — Ele teve alguma chance?

— Quão surdo ele era?

— O que isso tem a ver com o que aconteceu?

— Ele não estava usando o aparelho auditivo.

— Ah! Bem, isso muda a situação. Sem o aparelho auditivo, ele não teria ouvido um alce subindo a escada.

— Parece que o senhor o conhecia bem.

— Bem o bastante para confiar nele como caçador. Eu o levei ao Quênia duas vezes. No ano passado, ele abateu um búfalo incrível, um único tiro. Não hesitou, não piscou. A gente aprende muito sobre uma pessoa quando vai caçar com ela. Descobrimos se ela fala muito e age pouco. Se podemos confiar o bastante para lhe dar as costas. Se ela tem coragem de enfrentar o ataque de um elefante. Leon provou que tinha, e eu o respeitava. Não digo isso de muita gente. — O'Brien deixou a arma sobre a mesa e encarou Jane. — Por que não conversamos lá em cima? Nessa casa tem café fresco 24 horas por dia, se vocês quiserem. — Ele jogou uma chave para o assistente. — Rick, guarda as armas para mim? Estaremos na salinha de visitas.

O'Brien os conduziu escada acima, avançando lenta e pesadamente com sua camisa berrante, larga como uma barraca. Quando chegaram ao vestíbulo, estava ofegante. Ele havia dito que os levaria à "salinha de visitas", mas o cômodo ao qual os conduziu não era exatamente isso. Era um aposento de pé-direito bem alto, com imensas vigas de carvalho e uma lareira de pedra. Para todo lugar que Jane olhava, havia animais empalhados, a prova taxidérmica da pontaria de O'Brien. Jane havia ficado assustada com a coleção de Leon Gott, mas essa sala a deixou boquiaberta.

— O senhor matou todos? — perguntou Frost.

— Quase todos — respondeu O'Brien. — Alguns desses animais são espécies ameaçadas, que não podem ser caçadas, por isso tive de obtê-las à maneira antiga. Abrindo a carteira. Aquele leopardo-de-amur, por exemplo. — Ele indicou uma cabeça empalhada, com uma orelha bastante maltratada. — Deve ter uns quarenta anos, e já não é mais encontrado. Paguei uma bela soma a um colecionador por esse espécime lamentável.

— E qual é o propósito disso? — perguntou Jane.

— Você nunca teve bichos de pelúcia quando era pequena, detetive? Nem um ursinho?

— Não precisei matar meu ursinho.

— Esse leopardo-de-amur é *meu* bicho de pelúcia. Eu o queria porque ele é um predador espetacular. Bonito. Perigoso. Criado pela natureza para matar. — Ele apontou para a parede repleta de animais à frente, exibidos como um troféu, uma galeria de cabeças com dentes à mostra. — Ainda mato cervos de vez em quando, porque não existe carne melhor. Mas realmente prezo os animais que me metem medo. Adoraria ter um tigre-de-bengala. E aquele leopardo-das-neves era outro que eu realmente queria. É uma pena que a pele tenha desaparecido. Valia muito para mim, e evidentemente para o imbecil que matou Leon.

— O senhor acha que foi esse o motivo? — perguntou Frost.

— Claro. Vocês precisam vigiar o mercado negro, e, se uma pele surgir à venda, lá estará o assassino. Eu gostaria de ajudar. É minha obrigação cívica, e devo isso a Leon.

— Quem sabia que ele estava trabalhando num leopardo-das-neves?

— Muita gente. Poucos taxidermistas têm a oportunidade de trabalhar num animal tão raro, e ele vinha se gabando em fóruns sobre caça na internet. Somos todos fascinados pelos grandes felinos. Por animais que podem nos matar. Sei que eu sou. — Ele olhou para os animais. — É assim que os honro.

— Pendurando a cabeça deles na parede?

— Eles fariam coisa pior comigo, se tivessem a chance. É a vida na selva, detetive. Os mais fortes sobrevivem. — Ele correu os olhos pela sala, um rei examinando seus súditos vencidos. — Matar é da nossa natureza. As pessoas não admitem isso. Se eu matar um esquilo com um estilingue aqui, vocês podem ter certeza de que meus vizinhos naturebas vão protestar. A maluca da casa ao lado veio aos berros mandar que eu me mudasse para Wyoming.

— O senhor poderia fazer isso — observou Frost.

O'Brien riu.

— Não, prefiro ficar e ser um tormento para eles. Enfim, por que eu me mudaria? Cresci em Lowell, aqui do lado. Num bairro de merda, perto da usina. Fico aqui porque isso me lembra a distância que percorri. — Ele se aproximou do armário de bebidas e abriu uma garrafa de uísque. — Aceitam?

— Não, obrigado — respondeu Frost.

— É, eu sei. Hora de trabalho e tal. — Ele verteu um pouco de uísque num copo. — Tenho meu próprio negócio, por isso estipulo as regras. E digo que a bebida começa às três horas.

Frost se aproximou dos predadores e estudou um leopardo de corpo inteiro. Ele se encontrava sobre o galho de uma árvore, como se estivesse pronto para saltar.

— É um leopardo-africano?

O'Brien se virou, copo na mão.

— É. Matei há alguns anos, no Zimbábue. Os leopardos são astutos. Silenciosos e solitários. Quando estão num galho, podem nos pegar de surpresa. Comparados a outros felinos, não são tão grandes, mas são fortes o bastante para nos arrastar para o alto de uma árvore. — Ele tomou um gole do uísque enquanto admirava o animal. — Leon o empalhou para mim. Dá para ver a qualidade do trabalho. Ele também fez aquele leão e o urso. Era excelente, mas não cobrava pouco. — O'Brien se aproximou de um puma de corpo inteiro. — Esse foi o primeiro que ele fez para mim, há uns quinze anos. Parece tão genuíno que ainda me assusta quando o vejo no escuro.

— Então Leon era seu colega de caça e taxidermista — concluiu Jane.

— E não era um taxidermista qualquer. O trabalho dele é fantástico.

— Nós vimos um artigo sobre ele na *Hub Magazine*. "O mestre dos troféus de caça."

O'Brien riu.

— Ele gostava desse artigo. Emoldurou e pendurou na parede de casa.

— O artigo recebeu muitos comentários. Inclusive alguns bastante ofensivos sobre caçadas.

O'Brien deu de ombros.

— Ossos do ofício. Também recebo ameaças. As pessoas ligam para o programa querendo me sangrar como a um porco.

— É, ouvi algumas dessas ligações — assentiu Frost.

O'Brien ergueu a cabeça, como um buldogue ao escutar um assobio.

— Você ouve o programa?

O que ele queria que Frost dissesse era "Claro que ouço! Adoro seu programa e sou seu fã!". Um homem que vivia de maneira tão ostentosa, que parecia se deleitar em ofender todos que o desprezavam, era também um homem ávido por legitimação.

— Conte para nós sobre essas pessoas que te ameaçaram — pediu Jane.

O'Brien soltou uma risada.

— Meu programa alcança muita gente, e alguns ouvintes não gostam do que tenho a dizer.

— Alguma ameaça dessas o preocupa? Digamos, das pessoas que são contra a caça?

— Vocês viram meu arsenal. Elas que tentem me derrubar.

— Leon Gott também tinha um arsenal.

Ele se deteve, o copo de uísque na boca. Baixou-o e franziu a testa para ela.

— Vocês acham que foi um desses malucos defensores dos animais?

— Estamos considerando todas as possibilidades. É por isso que gostaríamos de saber sobre as ameaças que o senhor recebe.

— Quais delas? Sempre que abro a boca, incomodo algum ouvinte.

— Algum deles já disse que queria pendurar e eviscerar o senhor?

— Ah, claro, que original! Como se ela pudesse inventar alguma novidade.

— Ela?

— Uma das idiotas de sempre. Suzy alguma coisa, telefona o tempo todo. "Os animais têm alma! O homem é selvagem!" Blá-blá-blá.

— Mais alguém faz essa ameaça específica? Sobre pendurar e eviscerar?

— Faz, e quase sempre são mulheres. Elas entram nuns detalhes sórdidos, como só as mulheres conseguem. — Ele parou, dando-se conta de repente do que estava subentendido na pergunta de Jane. — Você está dizendo que foi isso que aconteceu com Leon? Alguém o eviscerou?

— Que tal ficar de olho nessas pessoas para nós? Na próxima vez que receber uma ameaça assim, nos passe o registro de chamadas do telefone.

O'Brien olhou para seu assistente pessoal, que acabava de chegar.

— Rick, você pode cuidar disso? Pegar os nomes e números?

— Claro, Jerry.

— Mas não imagino nenhum desses malucos cumprindo as ameaças — disse O'Brien. — É besteira.

— Eu levaria qualquer ameaça a sério — sugeriu Jane.

— Ah, vou levar. — Ele suspendeu a ponta da camisa havaiana para revelar a Glock no coldre de cintura. — Não adiantaria ter autorização para atirar se eu não andasse armado, não é?

— Leon chegou a comentar se estava recebendo alguma ameaça? — perguntou Frost.

— Nada que o preocupasse.

— Algum inimigo? Algum colega ou parente que se beneficiaria da morte dele?

O'Brien se deteve, os lábios contraídos como os de um sapo-boi. Ele pegou novamente o copo de uísque e se sentou, encarando-o.

— O único parente de quem ele falava era o filho.

— O que morreu.

— É. Falou muito dele na nossa última viagem ao Quênia. Quando a gente se senta em volta da fogueira, com uma garrafa de uísque, desanda a falar um monte de coisas. Caçar, comer a carne do animal, conversar sob as estrelas. Para um homem, isso é tudo. — Ele fitou o assistente pessoal. — Não é, Rick?

— Com certeza, Jerry — respondeu Dolan, enchendo outra vez o copo do chefe.

— Mulher não vai nessas viagens? — indagou Jane.

O'Brien lhe dirigiu um olhar geralmente reservado aos loucos.

— Por que eu iria querer estragar um momento perfeito? Mulher só ferra tudo. — Ele a encarou. — Exceto a que está na minha frente agora. Eu tive quatro esposas, e elas ainda estão arrancando meu couro. Leon também teve um casamento péssimo. A mulher foi embora com o filho único deles, fez a cabeça do menino contra o pai. Deixou Leon arrasado. Mesmo depois que a vagabunda morreu, esse filho fazia de tudo para aborrecê-lo. Que bom que não tive filhos! — Ele bebeu o uísque e balançou a cabeça. — Droga, vou sentir saudade dele. Como posso ajudar vocês a pegar o desgraçado que fez isso?

— Basta continuar respondendo às nossas perguntas.

— Hum, eu não sou suspeito, sou?

— Deveria ser?

— Sem brincadeiras, está bem? Apenas faça as perguntas.

— O Zoológico de Suffolk diz que o senhor se dispôs a doar 5 milhões de dólares em troca do leopardo-das-neves.

— É verdade. E avisei que só deixaria um taxidermista fazer o trabalho, e esse taxidermista era Leon.

— Quando foi a última vez que o senhor conversou com o Sr. Gott?

— Ele telefonou no domingo para dizer que tinha tirado a pele e eviscerado o animal e para perguntar se eu queria a carcaça.

— A que horas foi esse telefonema?

— Por volta do meio-dia. — O'Brien se deteve. — Qual é, vocês já devem ter o registro de chamadas. Já sabem dessa ligação.

Jane e Frost trocaram um olhar irritado. Apesar da intimação, a operadora ainda não havia entregado o registro de chamadas de Gott. Com quase mil pedidos diários de departamentos de polícia de todo o país, poderia levar dias, talvez semanas, para a empresa atender às solicitações.

— Então ele telefonou por causa da carcaça — prosseguiu Frost. — E o que aconteceu?

— Eu fui buscá-la — respondeu o assistente de O'Brien. — Cheguei à casa de Leon por volta das duas horas, botei o animal na caminhonete. Trouxe-o direto para casa.

— Para quê? O senhor não *comeria* carne de leopardo, comeria?

— Experimento qualquer carne pelo menos uma vez — respondeu O'Brien. — Ora, eu experimentaria uma bela posta de bunda humana assada, se me oferecessem. Mas não, não comeria um animal que sofreu eutanásia, com drogas. Queria por causa do esqueleto. Depois que o Rick o trouxe, nós cavamos um buraco e o enterramos. Daqui a alguns meses, quando a Mãe Natureza e as minhocas tiverem feito seu trabalho, terei os ossos para reconstituí-lo.

Então era por isso que eles só haviam encontrado os órgãos do leopardo, pensou Jane. Porque a carcaça já estava ali na propriedade de O'Brien, decompondo-se numa cova.

— Você e o Sr. Gott conversaram quando você esteve lá no domingo? — perguntou Jane a Dolan.

— Quase nada. Ele estava no telefone com alguém. Esperei alguns minutos, mas ele acenou para que eu fosse embora. Aí peguei a carcaça e saí.

— Com quem ele estava conversando?

— Não sei. Falou alguma coisa sobre querer mais fotos de Elliot na África. "Tudo que você tiver", foi o que ele disse.

— Elliot? — Jane olhou para O'Brien.

— Era o filho dele que morreu — esclareceu O'Brien. — Como eu disse, ele andava falando muito de Elliot. Aconteceu há seis anos, mas acho que a culpa estava finalmente começando a bater.

— Por que Leon se sentiria culpado?

— Porque ele quase não teve nenhuma relação com o filho depois do divórcio. A ex-mulher criou o menino, transformou-o num frouxo, segundo Leon. Ele começou a namorar uma doida da PETA, provavelmente só para aborrecer o pai. Leon tentava estabelecer contato, mas o filho não fazia muita questão. Então, quando Elliot morreu, foi difícil para ele. Tudo que ele tinha do filho era uma fotografia. Está pendurada na parede de casa, um dos últimos retratos tirados por Elliot.

— Como ele morreu? O senhor disse que isso aconteceu há seis anos.

— É, o menino botou em sua cabeça oca que queria ir para a África. Queria ver os animais antes que eles fossem extintos por caçadores como eu. A Interpol diz que ele conheceu duas meninas na Cidade do Cabo, e os três foram fazer um safári em Botsuana.

— E o que aconteceu?

O'Brien tomou o resto do uísque e a encarou.

— Nunca mais foram vistos.

10

BOTSUANA

Johnny enfia a ponta da faca no abdome da impala e corta a pele e a gordura até chegar à membrana que reveste os órgãos internos. Ele abateu o animal com um único tiro há poucos instantes, e, enquanto o eviscera, observo os olhos do antílope se anuviarem, como se a morte tivesse soprado uma névoa fria sobre eles, cobrindo-os de gelo. Johnny trabalha com a eficiência ágil do caçador que já fez isso muitas vezes. Com uma das mãos, abre a barriga; com a outra, afasta as vísceras da lâmina, para não cortar os órgãos e contaminar a carne. O trabalho é brutal e ao mesmo tempo delicado. A Sra. Matsunaga desvia os olhos, enojada, mas o restante de nós não consegue parar de olhar. Foi isso que viemos ver na África: a vida e a morte na selva. Nessa noite comeremos carne de impala assada na fogueira, e o preço de nossa refeição é a morte desse animal, que agora é eviscerado. O cheiro de sangue emana da carcaça quente, tão forte que, à nossa volta, os animais que se alimentam de carniça estão agitados. Acho que posso ouvi-los, aproximando-se pelo mato.

Os abutres, sempre presentes, traçam círculos no céu.

— As vísceras são cheias de bactérias, por isso eu as removo, para que a carne não estrague — explica Johnny enquanto a corta. — Isso também diminui o peso, facilita na hora de transportar. Nada é desperdiçado. Os animais que se alimentam de carniça vão devorar tudo que deixarmos para trás. Melhor fazer isso aqui, para não atraí-los ao acampamento. — Ele enfia a mão no tórax, para arrancar o coração e os pulmões. Com alguns movimentos da faca, corta a traqueia e os grandes vasos, e os órgãos do peito deslizam para fora do corpo como um recém-nascido, viscosos de sangue.

— Meu Deus — geme Vivian.

Johnny ergue a cabeça.

— Você come carne, não come?

— Depois de ver isso? Não sei se consigo.

— Acho que todos *precisamos* ver isso — diz Richard. — Precisamos saber de onde vêm nossas refeições.

— Exatamente — concorda Johnny. — É nossa obrigação, como carnívoros, saber de onde vem o bife que está no prato. A caça, o abatimento. A evisceração e o preparo do animal. O homem é um caçador, e é isso que fazemos desde sempre. — Ele enfia a mão na pelve da impala para tirar a bexiga e o útero, então arranca punhados de intestino, que joga no mato. — O homem moderno perdeu contato com o que significa sobreviver. Vai ao supermercado e abre a carteira para pagar pela carne. Esse não é o significado da carne. — Ele se levanta, os braços nus, sujos de sangue, e fita a impala eviscerada. — *Isso* é.

Permanecemos em torno do animal enquanto o resto do sangue corre da cavidade aberta. Os órgãos descartados já secam ao sol, e os abutres voam mais baixo, ansiosos para devorar a carniça.

— O significado da carne — diz Elliot. — Nunca pensei nesses termos.

— A selva nos obriga a enxergar nosso verdadeiro lugar no mundo — observa Johnny. — Aqui nos lembramos do que realmente somos.

— Animais — murmura Elliot.

Johnny assente.

— Animais.

E é isso que vejo quando meus olhos se voltam para a fogueira essa noite. Um bando de animais se alimentando, os dentes rasgando pedaços de carne assada de impala. Apenas um dia depois de nos vermos presos na selva, já nos tornamos versões selvagens de nós mesmos, comendo com as mãos enquanto o caldo escorre pelo queixo, o rosto sujo de gordura queimada. Pelo menos não temos a preocupação de morrer de fome aqui na selva, que é pródiga em carne de aves e mamíferos. Com sua espingarda e seu facão, Johnny nos manterá bem-alimentados.

Ele está sentado na penumbra, fora do nosso círculo, observando-nos comer. Eu gostaria de decifrar sua fisionomia, mas essa noite não consigo. Será que ele nos olha com desprezo, esses clientes sem noção, indefesos como filhotes de passarinho, que precisam dele para botar comida na boca? Será que de algum modo nos culpa pela morte de Clarence? Ele pega a garrafa vazia de uísque que Sylvia acabou de jogar fora e a deixa no saco de estopa onde guardamos o lixo, que ele faz questão de levar. "Não podemos deixar rastro", diz. "É assim que respeitamos a terra." O saco de lixo já está cheio de garrafas vazias, mas não corremos risco de ficar sem bebida tão cedo. A Sra. Matsunaga é alérgica a álcool, Elliot bebe com moderação, e Johnny parece decidido a ficar totalmente sóbrio até sermos resgatados.

Ele retorna à fogueira e, para minha surpresa, se senta a meu lado.

Olho para ele, mas seus olhos se mantêm fixos nas chamas enquanto ele diz, num murmúrio:

— Você está lidando bem com a situação.

— Estou? Achei que não estivesse. Não exatamente.

— Obrigado pela ajuda hoje. Removendo a pele da impala, partindo a carcaça. Você é quase uma nativa na selva.

Isso me faz rir.

— Eu sou aquela que não queria estar aqui. Que faz questão de banho quente e vaso sanitário. Essa viagem era apenas para eu mostrar que sou gente boa.

— Para agradar Richard.

— E quem mais?

— Espero que ele esteja impressionado.

Olho de relance para Richard, que não retribui meu olhar. Ele está ocupado demais conversando com Vivian, cuja camiseta justa não deixa nenhuma dúvida de que ela está sem sutiã. Volto-me, outra vez, para o fogo.

— Existem limites para as vantagens de ser gente boa.

— Richard me disse que você vende livros.

— É, sou gerente de uma livraria em Londres. No mundo real.

— Isso aqui não é o mundo real?

Corro os olhos pelas sombras em torno de nossa fogueira.

— Isso é uma fantasia, Johnny. Algo saído de um romance do Hemingway. Você pode ter certeza de que ainda vai aparecer em um dos livros de Richard. — Solto uma risada. — Não se surpreenda se ele te tornar o vilão da história.

— Qual é o seu papel nos romances dele?

Fito o fogo. E, melancólica, respondo:

— Eu era a namorada.

— Não é mais?

— Tudo muda, não é?

Sim, agora sou o fardo. A namorada inconveniente que vai ser despachada pelo vilão para o herói poder buscar outro par romântico. Ah, eu sei como são as coisas nos thrillers escritos por homens; vendo esses livros para muitos leitores flácidos e pálidos que são todos, em sua cabeça, James Bond.

Richard sabe exatamente como insuflar as fantasias desse público, pois partilha delas. Agora mesmo, ao estender o isqueiro de prata para acender o cigarro da Sra. Matsunaga, está bancando o herói elegante. James Bond jamais perderia tempo com um fósforo.

Johnny pega um pedaço de pau e mexe a fogueira, empurrando uma lenha para as chamas.

— Para Richard, isso pode ser só uma fantasia. Mas tem presas de verdade.

— É, claro, você tem razão. Não é fantasia. É um pesadelo.

— Então você entende a situação — murmura ele.

— Entendo que tudo mudou. Já não são férias. — Em voz baixa, acrescento: — E estou com medo.

— Não precisa ficar com medo, Millie. Atenta, sim, mas não com medo. Uma cidade como Johannesburgo, *isso* é um lugar assustador. Mas aqui? — Ele balança a cabeça e sorri. — Aqui todos só estão tentando sobreviver. Entenda isso e também sobreviverá.

— Para você é fácil falar. Você cresceu nesse mundo.

Ele assente.

— Meus pais tinham uma fazenda na província de Limpopo. Todo dia, quando eu andava pelas plantações, passava por leopardos empoleirados no alto das árvores, me observando. Aprendi a conhecê-los, e eles me conheciam.

— Nunca te atacaram?

— Gosto de pensar que tínhamos um acordo, eu e aqueles leopardos. Era respeito entre predadores. Mas isso não quer dizer que eu confiasse neles e vice-versa.

— Eu teria medo de sair de casa. Existem tantas maneiras de morrer aqui. Leões. Leopardos. Cobras.

— Tenho um respeito saudável por todos eles, porque sei do que são capazes. — Ele sorri para a fogueira. — Quando eu tinha 14 anos, fui picado por uma víbora.

Eu o encaro.

— E você ri?

— Foi minha culpa. Quando era pequeno, eu colecionava cobras. Pegava os bichos e guardava em várias caixas no meu quarto. Mas, um dia, fiquei atrevido, e a víbora me picou.

— Meu Deus! E o que aconteceu?

— Por sorte, foi uma picada seca, sem veneno. Mas isso me ensinou que existe castigo para nossos descuidos. — Ele balança a cabeça. — A pior parte foi minha mãe me obrigar a abrir mão das cobras.

— Não acredito que ela deixava você colecioná-las. Nem que te deixava sair de casa com leopardos ao redor.

— Mas era isso que nossos antepassados faziam, Millie. É de onde todos viemos. Uma parte sua, uma memória antiga no fundo da sua mente, reconhece esse continente como lar. A maioria das pessoas perdeu contato com ele, mas os instintos permanecem. — Com suavidade, ele toca minha testa. — É como você se mantém viva aqui, pescando essas lembranças antigas. Vou ajudar você a encontrá-las.

De repente, sinto o olhar de Richard sobre nós. Johnny também, e imediatamente abre um grande sorriso, como se tivesse ligado um interruptor.

— Carne assada na fogueira! Nada melhor, não é, pessoal? — pergunta.

— Muito mais macia do que eu imaginava — confirma Elliot, lambendo os dedos. — É como se eu estivesse entrando em contato com o meu homem das cavernas interior!

— Que tal você e Richard prepararem a carne quando eu matar o próximo animal?

Elliot se mostra alarmado.

— Hum... eu?

— Você viu como se faz. — Johnny olha para Richard. — Acha que conseguem?

— Claro que sim — responde Richard, retribuindo o olhar de Johnny. Estou sentada entre os dois, e, embora tenha me ignorado durante a maior parte do jantar, Richard agora me abraça, como se quisesse se declarar meu dono. Como se considerasse Johnny um rival que pudesse me roubar.

A ideia faz meu rosto arder.

— Aliás — continua Richard —, todos estamos prontos para pôr a mão na massa. Podemos começar hoje à noite, fazendo a vigilância. — Ele indica a espingarda, que está sempre ao lado de Johnny. — Você não pode ficar a noite toda sem dormir.

— Mas você nunca atirou com uma arma dessas — argumento.

— Vou aprender.

— Você não acha que essa decisão cabe a Johnny?

— Não, Millie. Eu *não* acho que ele deva ser o único a ter uma arma.

— O que você está fazendo, Richard? — sussurro.

— Eu podia te perguntar a mesma coisa.

O olhar que ele me lança é venenoso. Todos em torno da fogueira se calam, e no silêncio ouvimos os uivos distantes das hienas, fartando-se com as vísceras que deixamos para trás.

Com tranquilidade, Johnny diz:

— Já pedi a Isao para fazer o segundo turno dessa noite.

Richard se vira surpreso para o Sr. Matsunaga.

— Por que *ele*?

— Ele sabe lidar com a espingarda. Conferi mais cedo.

— Sou o melhor atirador do clube de Tóquio — confirma o Sr. Matsunaga, sorrindo, orgulhoso. — A que horas você quer que eu comece?

— Acordo você às duas, Isao — responde Johnny. — É melhor se deitar cedo.

A fúria em nossa barraca é algo vivo, um monstro de olhos incandescentes que espera para atacar. Sou eu que estou em sua mira, a vítima em quem ele enterrará suas garras, e mantenho a voz baixa e calma, na esperança de que elas me ignorem, de que os olhos ardam até se consumirem. Mas Richard não quer que o monstro morra.

— O que ele estava falando com você? O que vocês estavam conversando tão carinhosamente? — pergunta.

— O que você acha? Sobre como sobreviver a essa semana.

— Então era tudo sobre sobrevivência.

— Claro.

— E Johnny é tão bom nisso que agora estamos presos aqui.

— Você o *culpa* por isso?

— Ele já mostrou para a gente que não é confiável. Mas claro que você não enxerga isso. — Ele solta uma risada. — É comum isso, sabia?

— O quê?

— A mulher sentir tesão pelo guia do safári. Ver o cara em ação e logo ir abrindo as pernas.

É a ofensa mais baixa que ele poderia dirigir a mim, mas consigo manter a calma porque nada que ele diz agora pode me magoar. Simplesmente não ligo. Em vez disso, solto uma gargalhada.

— Sabe, acabei de me dar conta de uma coisa. Você *realmente* é um babaca.

— Pelo menos não quero trepar com o guia do safári.

— Como você sabe que já não fiz isso?

Ele se deita de lado, virando as costas para mim. Sei que quer sair correndo dessa barraca tanto quanto eu, mas não é seguro. Não temos para onde ir. Tudo que posso fazer é me afastar dele ao máximo e manter silêncio. Já não sei quem é esse homem. Alguma coisa mudou dentro dele, uma transformação que eu não percebi. A selva fez isso. A África fez isso. Richard agora é um desconhecido, ou talvez sempre tenha sido. Podemos, de fato, chegar a conhecer alguém? Uma vez li sobre uma mulher que ficou dez anos casada, até descobrir que o marido era um *serial killer*. Como ela podia não saber?, pensei ao ler o artigo.

Mas agora entendo que isso pode acontecer. Estou deitada numa barraca com um homem que conheço há quatro anos, um homem que achei que eu amava, e me sinto como a esposa do serial killer, a verdade sobre o marido finalmente exposta.

Do lado de fora da barraca, ouvimos um ruído surdo, a crepitação, e o fogo brilha mais forte: Johnny acaba de acrescentar lenha às chamas, para manter os animais a distância. Será que ouviu nossa conversa? Será que sabe que essa briga é por causa dele? Talvez já tenha visto isso acontecer muitas vezes, em outros safáris. Casais se desfazendo, troca de acusações. O fenômeno supostamente comum de a mulher se interessar pelo guia.

Fecho os olhos, e uma imagem surge em minha mente. Johnny em meio à mata densa no alvorecer, os ombros contra o sol. Estarei sofrendo, só um pouquinho, desse fenômeno? É ele que nos protege, que nos mantém vivos. No momento em que viu a impala, eu estava bem a seu lado, tão perto que notei os músculos se enrijecerem em seu braço quando ele ergueu a espingarda. Mais uma vez, sinto a emoção do tiro, como se eu própria tivesse apertado o gatilho, tivesse matado a impala. Uma morte partilhada, unindo-nos com seu sangue.

Ah, sim, a África também me mudou.

Prendo a respiração quando a silhueta de Johnny passa pela barraca. A sombra se afasta. Quando adormeço, não é com Richard que sonho, mas com Johnny, altivo em meio ao mato. Johnny, que me faz sentir segura.

Até a manhã seguinte, quando acordo com a notícia de que Isao Matsunaga desapareceu.

11

Keiko está ajoelhada no mato, chorando baixinho, balançando para a frente e para trás como um metrônomo que oscila no ritmo do desespero. Encontramos a espingarda, largada pouco depois da cerca, mas ainda não encontramos seu marido. Ela sabe o que isso significa. Todos sabemos.

Fico ao lado de Keiko, passando inutilmente a mão em seu ombro, porque não sei mais o que fazer. Nunca fui boa em consolar as pessoas. Quando meu pai morreu e minha mãe estava chorando no quarto do hospital, eu só conseguia passar a mão pelo braço dela, várias e várias vezes, até ela gritar: "Para, Millie! Isso é irritante!" Acho que Keiko está desorientada demais para notar que estou tocando nela. Ao ver sua cabeça abaixada, noto raízes brancas no cabelo preto. Com a pele clara e lisa, ela parecia muito mais jovem do que o marido, mas agora me dou conta de que não é nem um pouco jovem, de que alguns meses aqui revelariam sua verdadeira idade. O cabelo preto ficaria branco, a pele se tornaria mais escura e enrugada com o sol. Ela já parece estar envelhecendo, bem diante dos meus olhos.

— Vou procurar no rio — avisa Johnny, pegando a espingarda. — Vocês fiquem aqui. Melhor, esperem na caminhonete.

— Na *caminhonete?* — pergunta Richard. — Você quer dizer naquela porcaria que você nem consegue ligar?

— Se vocês ficarem na caminhonete, nada vai acontecer. Não posso procurar Isao e proteger vocês ao mesmo tempo.

— Espere, Johnny — intervenho. — É seguro você ir sozinho?

— Ele tem a porra da arma, Millie — rebate Richard. — Nós não temos nada.

— Alguém precisa ficar de olho no entorno enquanto ele procura as pegadas — argumento.

Johnny assente.

— Tudo bem, você vai me dar cobertura, Millie. Fique no meu encalço.

Quando atravesso a cerca, minha bota bate no arame, e os sinos tocam. Um som doce, como um mensageiro dos ventos, mas que aqui significa que o inimigo invadiu o acampamento, e meu coração fica sobressaltado. Respiro fundo e sigo Johnny mato adentro.

Eu estava certa na decisão de vir. A atenção dele está voltada para o chão, à procura de pistas, e o movimento da cauda de um leão poderia muito bem lhe passar despercebido. À medida que avançamos, fico o tempo todo observando ao redor. O mato é alto, bate no meu quadril, e penso em biútas, na possibilidade de pisar numa dessas serpentes e só saber disso ao sentir a picada na perna.

— Aqui — diz Johnny, num murmúrio.

Olho para um ponto em que o mato está aplainado e vejo um trecho de terra e a marca deixada por algo que foi arrastado. Johnny já avança novamente, seguindo o rastro no mato aplainado.

— Foram hienas?

— Dessa vez não.

— Como você sabe?

Ele não responde, apenas avança na direção de algumas árvores, que agora vejo se tratar de figueiras. Embora eu não veja o rio, ouço-o próximo e penso em crocodilos. Para onde olhamos nesse lugar, nas árvores, no rio, na mata, há dentes esperando para morder, e Johnny conta comigo para avistá--los. O medo aguça meus sentidos, e estou ciente de detalhes que nunca notei. O beijo do vento frio do rio em meu rosto. O cheiro de cebola que se desprende do mato recém-pisado. Estou olhando, ouvindo, farejando. Somos uma equipe, Johnny e eu, e não vou desapontá-lo.

De repente, sinto uma mudança nele. A respiração superficial, a imobilidade abrupta. Ele já não tem a atenção voltada para o chão, mas endireitou o corpo, os ombros empertigados.

Não o vejo logo de início. Então sigo a direção do olhar de Johnny até a árvore que se acha diante de nós. É uma figueira enorme, um espécime imponente com galhos extensos e densa folhagem.

— Aí está você — murmura Johnny. — Que beleza!

Só então o vejo, num galho alto. O leopardo se funde tão bem à sombra das folhas que está quase invisível. O tempo todo, esteve nos observando, esperando pacientemente que nos aproximássemos, e agora nos fita com inteligência, considerando seu próximo passo, assim como Johnny considera o seu. O leopardo balança indolentemente a cauda, mas Johnny permanece imóvel. Faz exatamente o que nos advertiu que fizéssemos. "Deixe o felino ver o seu rosto. Mostre que seus olhos são voltados para a frente, que você também é um predador."

Alguns instantes se passam, instantes em que nunca tive tanto medo ou me senti tão viva. Instantes em que cada batida do coração faz subir uma torrente de sangue pelo meu pescoço, latejando em meus ouvidos como o vento. O leopardo mantém os olhos fixos em Johnny. Ele ainda está segurando a espingarda à frente do corpo. Por que não a ergue? Por que não atira?

— Recue — sussurra. — Não há nada que possamos fazer por Isao.

— Você acha que o leopardo o matou?

— Tenho certeza. — Ele levanta a cabeça, um gesto sutil que quase não noto. — No galho de cima. À esquerda.

Estava ali o tempo todo, mas não percebi. Assim como não tinha percebido o leopardo. O braço pende como um fruto estranho, a mão reduzida a um coto sem dedos. A folhagem oculta o resto do corpo de Isao, mas por entre as folhas percebo seu torso, deitado na dobra do galho, como uma boneca despedaçada ao cair do céu.

— Meu Deus! — murmuro. — Como vamos pegá-lo...

— *Não se mexa.*

O leopardo se levantou, as ancas retesadas para saltar. É a *mim* que encara, os olhos fixos nos meus. Num átimo, Johnny suspende a espingarda e está pronto para atirar, mas não aperta o gatilho.

— O que você está esperando? — sussurro.

— Vamos recuar. Juntos.

Damos um passo atrás. Mais um. O leopardo se senta no galho, balançando a cauda.

— Ele só está protegendo a presa — explica Johnny. — É o que os leopardos fazem, escondem a presa numa árvore, onde outros animais não a alcancem. Veja os músculos dele. Isso é força. A capacidade de arrastar um animal morto mais pesado do que ele até aquele galho alto.

— Pelo amor de Deus, Johnny! Precisamos pegar Isao.

— Ele já está morto.

— Não podemos deixá-lo lá em cima.

— Se nos aproximarmos, ele vai atacar. E não vou matar um leopardo só para recuperar um cadáver.

Lembro-me do que ele nos disse uma vez: que jamais mataria um felino. Que os considerava animais sagrados, raros demais para serem sacrificados por qualquer motivo, mesmo para salvar sua própria vida. Agora ele mantém a palavra, mesmo que o corpo de Isao esteja pendendo lá no alto, o leopardo vigiando sua refeição. De repente, Johnny me parece tão estranho quanto qualquer animal que encontrei neste lugar selvagem, um homem cujo respeito pela terra é profundo como as raízes dessas árvores. Penso em Richard, com seu BMW azul-metálico, sua jaqueta de couro preta e óculos de aviador, coisas que o fizeram parecer cheio de virilidade quando o conheci. Mas eram apenas ornamentos, os enfeites de um manequim. É isso que a palavra significa, não é? Uma representação do corpo humano, mas que não é real. É como se eu *só* tivesse conhecido manequins até agora, que parecem homens, fingem ser homens, mas são apenas plástico. Nunca encontrarei outro homem como Johnny, nem em Londres nem em lugar algum, e é doloroso me dar conta disso. De que vou passar o resto da vida procurando e sempre me lembrarei desse momento, quando sabia exatamente qual homem eu queria.

E jamais poderia tê-lo.

Estendo o braço para ele e sussurro:

— Johnny.

O estrondo da espingarda é tão assustador que me encolho, como se tivesse sido atingida. Johnny se mantém parado como a estátua de um atirador, a arma ainda apontada para o alvo. Com um suspiro profundo, abaixa a arma. Então abaixa a cabeça, como se rezasse, pedindo perdão nesse templo selvagem onde a vida e a morte são duas metades do mesmo animal.

— Meu Deus! — murmuro ao ver o leopardo, que se acha morto a apenas dois passos de mim, aparentemente no meio do salto, as patas dianteiras a um segundo de se cravarem em minha carne. Não vejo o buraco da bala. Só vejo sangue escorrendo para o mato, empapando a terra quente. A pele reluz com a elegância lustrosa tão cobiçada pelas amantes dos magnatas de Knightsbridge, e quero tocá-la, mas isso me parece errado, como se a morte o tivesse reduzido a um gatinho inofensivo. Ele teria me matado há alguns instantes e merece meu respeito.

— Vamos deixá-lo aqui — diz Johnny.

— As hienas vão pegá-lo.

— Sempre pegam. — Ele respira fundo e olha para a figueira, mas seu olhar parece distante, como se fitasse além da árvore, além desse dia. — Agora posso buscá-lo.

— Você me disse que nunca mataria um leopardo. Nem para salvar a própria vida.

— E não mataria.

— Mas você acabou de matar.

— Não foi pela minha vida. — Ele me encara. — Foi pela sua.

Nessa noite, durmo na barraca da Sra. Matsunaga para ela não ficar sozinha. Ela passou todo o dia à beira da catatonia, encolhida, lamentando-se em japonês. As louras tentaram convencê-la a comer, mas Keiko só tomou algumas xícaras de chá. Recolheu-se em alguma caverna inalcançável em sua mente e, por ora, estamos todos aliviados por ela se manter calma. Não a deixamos ver o corpo de Isao, que Johnny trouxe da figueira e imediatamente enterrou.

Mas eu o vi. Sei como ele morreu.

— Os grandes felinos matam lacerando o pescoço da vítima — explicou Johnny enquanto abria a cova, a pá golpeando a terra seca com firmeza. Embora os insetos nos fustigassem, ele não os afastava, tão concentrado estava em cavar o lugar do último descanso de Isao. — O felino vai direto na garganta. Crava os dentes na traqueia, rasgando artérias e veias. É morte por asfixia. A pessoa se sufoca com o próprio sangue.

Foi o que vi quando olhei para Isao. Embora o leopardo já tivesse começado a se alimentar, rasgando o abdome e o tórax, foi o pescoço arrebentado que me revelou os últimos segundos dele, tentando respirar enquanto o sangue entrava em seus pulmões.

Keiko não sabe de nenhum desses detalhes. Sabe apenas que o marido morreu e que o enterramos.

Ouço-a suspirar no sono, um breve gemido de desespero, e ela se acalma novamente. Quase não se mexe, deitada de costas, como uma múmia envolta nos lençóis brancos. A barraca dos Matsunagas tem um cheiro diferente da minha. É um aroma exótico e agradável, como se a roupa deles estivesse impregnada de ervas orientais, e é tudo muito arrumado. As camisas de Isao, que ele nunca mais vai usar, encontram-se devidamente guardadas na mala junto com seu relógio de ouro, que tiramos do corpo. Tudo está no lugar, tudo é harmonioso. Bem diferente da minha barraca e de Richard, que é exatamente o oposto.

É um alívio ficar longe dele, motivo de eu ter tão prontamente me oferecido para fazer companhia a Keiko. O último lugar em que quero dormir hoje é na barraca com Richard, onde a hostilidade paira espessa feito névoa sulfúrica. Ele mal trocou duas frases comigo o dia inteiro. Passa o tempo todo com Elliot e as louras. Os quatro agora parecem ser uma equipe, como se isso fosse um *Survivor Botsuana* e a equipe deles jogasse contra a minha.

Só que não *tenho* de fato ninguém na minha equipe, a menos que eu conte com a coitada da Keiko. E Johnny. Mas Johnny não pertence a nenhum grupo; é um homem que age por conta própria, e matar aquele leopardo hoje o deixou perturbado e meditativo. Desde então, quase não falou comigo.

Portanto aqui estou, a mulher com quem ninguém fala, deitada numa barraca ao lado da mulher que não fala com ninguém. Embora esteja silencioso aqui, lá fora a sinfonia noturna começou, com o flautim dos insetos e o fagote dos hipopótamos. Aprendi a gostar desses sons e certamente sonharei com eles quando voltar para casa.

De manhã, acordo com o canto dos pássaros. Dessa vez, não há nenhum grito de alarme, apenas a doce melodia da alvorada. Lá fora, os quatro membros da Equipe Richard se encontram em torno da fogueira, tomando café. Johnny está sentado sozinho, debaixo de uma árvore. O cansaço parece verter de seus ombros, a cabeça pende para a frente enquanto ele tenta afastar o sono. Quero ir até ele, espantar seu cansaço, mas os outros estão me olhando. Dirijo-me a eles.

— Como está Keiko? — pergunta Elliot.

— Ainda está dormindo. Passou a noite tranquila. — Sirvo-me de café. — É bom ver que estamos todos vivos nessa manhã.

Minha brincadeira é de mau gosto, e me arrependo dela assim que as palavras escapam de minha boca.

— Eu me pergunto se *ele* acha isso bom... — comenta Richard, olhando para Johnny.

— O que você quer dizer com isso?

— Só acho estranho que tudo tenha dado tão errado. Primeiro Clarence morre. Depois Isao. E a caminhonete... Como uma caminhonete enguiça assim?

— Você acha que a culpa é do Johnny?

Richard olha para os outros três, e de repente me dou conta de que ele não é o único que acha que Johnny é o culpado. Será que é por isso que estão andando juntos? Trocando teorias, alimentando a paranoia?

Balanço a cabeça.

— Isso é ridículo!

— Claro que ela diria isso — cochicha Vivian. — Eu avisei.

— Como assim?

— É óbvio para todo mundo que você é a preferida de Johnny. Eu sabia que você o defenderia.

— Ele não precisa de ninguém para defendê-lo. É ele que está nos mantendo vivos.

— Está? — Vivian lança um olhar cauteloso na direção de Johnny. Ele está longe demais para nos ouvir, mas, de qualquer maneira, ela abaixa a voz. — Tem certeza?

Isso é um absurdo. Estudo o rosto deles, perguntando-me quem começou esses rumores.

— Vocês estão querendo dizer que Johnny matou Isao e o levou para o alto daquela árvore? Ou apenas o entregou ao leopardo e deixou que ele se encarregasse disso?

— O que sabemos sobre ele, Millie? — pergunta Elliot.

— Meu Deus. Você também não.

— Confesso que o que eles estão dizendo... — Elliot olha para trás e, embora sussurre, ouço o pânico em sua voz. — Está me apavorando.

— Pensa bem — insiste Richard. — Como todos nós viemos parar nesse safári?

Olho para ele

— O único motivo de eu estar aqui é *você*. *Você* queria a sua aventura africana e agora conseguiu. Não está intensa o bastante? Ou virou uma aventura grande demais até para você?

— Nós o encontramos na internet — diz Sylvia, que até agora havia se mantido calada. Noto que suas mãos tremem em torno da xícara de café. Tremem tanto que ela precisa deixar a xícara no chão para não derramar o conteúdo. — Vivian e eu queríamos viajar para acampar na selva, mas não podíamos gastar muito. Encontramos o site dele, Perdidos em Botsuana. — Ela solta uma risada quase histérica. — E de fato estamos.

— Eu vim com elas — afirma Elliot. — Nós estávamos num bar na Cidade do Cabo. E elas me falaram de um safári *maravilhoso* que iam fazer.

— Sinto muito, Elliot — lamenta Sylvia. — Sinto muito por você ter nos encontrado naquele bar. Sinto muito por termos te convencido a nos acompanhar. — Ela respira, trêmula, e a voz se perde. — Meu Deus, eu só quero ir para *casa*.

— Os Matsunagas também encontraram o safári pelo site — diz Vivian. — Isao me contou que estava procurando uma verdadeira experiência africana. Não um hotel para turistas, mas a oportunidade de realmente explorar a selva.

— Foi como nós também acabamos aqui — assente Richard. — A mesma merda de site. Perdidos em Botsuana.

Lembro-me da noite em que Richard me mostrou o site no computador. Fazia dias que ele estava navegando na internet, babando com imagens de hotéis e jantares à luz de velas. Não lembro por que Perdidos em Botsuana acabou sendo sua escolha. Talvez fosse a promessa de uma experiência autêntica na floresta, como Hemingway a teria vivido, embora ele fosse apenas um mentiroso convincente. Não participei do planejamento da viagem; foi uma escolha de Richard. O sonho de Richard. Agora, um pesadelo.

— O que vocês estão dizendo, que o site é uma farsa? — pergunto. — Que ele o usou para nos atrair até aqui? Vocês se dão conta do que estão dizendo?

— As pessoas vêm do mundo todo caçar animais de grande porte — diz Richard. — E se dessa vez *nós* formos a caça?

Se ele queria uma reação, conseguiu. Elliot parece estar prestes a vomitar. Sylvia põe a mão na boca, como se abafasse um soluço.

Mas reajo com um sorriso de escárnio.

— Você acha que Johnny Posthumus está nos *caçando*? Pelo amor de Deus, Richard, não transforme isso num dos seus suspenses.

— É Johnny quem está armado — argumenta Richard. — Ele tem o poder. Se não ficarmos *todos* juntos, estaremos mortos.

Aí está. Ouço na voz amarga dele. Vejo no olhar ressabiado que todos me lançam. Sou o Judas do grupo, aquela que vai correr para Johnny e fazer intriga. É tudo tão ridículo que eu deveria rir, mas estou irritada demais. Quando me levanto, mal consigo manter o tom de voz estável.

— Quando isso acabar, quando estivermos todos naquele avião de volta para Maun, na semana que vem, vou lembrá-los disso. E vocês vão se sentir uns idiotas.

— Espero que você tenha razão — murmura Vivian. — Espero mesmo que a gente seja idiota e embarque nesse avião. Que a gente não seja um bando de ossos ensanguentados no...

Ela se detém quando uma sombra surge de repente sobre nós.

Johnny se aproximou tão silenciosamente que eles não o ouviram chegar. Ele fica parado atrás de Vivian e seus olhos percorrem o grupo.

— Precisamos de água e lenha — diz. — Richard, Elliot, venham ao rio comigo.

Quando os dois se levantam, vejo medo nos olhos de Elliot. O mesmo medo que brilha nos olhos das louras. Johnny segura tranquilamente a arma junto ao corpo, a pose de um atirador em descanso, mas a simples presença da arma em seus braços altera o equilíbrio de poder.

— E as... e as meninas? — pergunta Elliot, olhando, aflito, para as louras. — Não é melhor eu... ficar para cuidar delas?

— Elas podem esperar na caminhonete. Agora preciso de músculos.

— Se você me der a arma — sugere Richard —, Elliot e eu podemos trazer lenha e água.

— Ninguém sai desse acampamento sem mim. E não ultrapasso essa cerca sem a espingarda. — O rosto de Johnny está sério. — Se vocês querem ficar vivos, precisam confiar em mim.

12

BOSTON

O filé de Gabriel estava perfeitamente malpassado, como ele sempre pedia quando jantava no Matteo's. Mas, nessa noite, quando eles se sentaram em torno de sua mesa preferida no restaurante, Jane mal conseguiu ver o sangue vertendo no prato quando o marido cortou a carne. Pensou no sangue de Debra Lopez escorrendo pelo rochedo. No corpo de Gott, pendurado como um animal. *Vaca ou gente, somos todos carne fresca.*

Gabriel notou que ela mal havia tocado a costeleta de porco e a fitou com o olhar interrogativo.

— Você ainda está pensando naquilo, não é?

— Não consigo evitar. Não acontece com você? Cenas que você não consegue tirar da cabeça, por mais que tente?

— Tente um pouquinho mais, Jane. — Ele segurou a mão dela. — Faz muito tempo que a gente não sai para jantar.

— Estou tentando, mas esse caso... — ela olhou o filé dele e deu de ombros — talvez me transforme numa vegetariana.

— É tão ruim assim?

— Nós dois já vimos muita coisa horrível. Já passamos muito tempo em salas de necropsia. Mas esse caso me assusta muito. O sujeito foi eviscerado. Deixado lá, pendurado. Comido pelos próprios animais de estimação.

— É por isso que não devemos adotar um cachorro.

— Gabriel, não tem graça.

Ele pegou a taça de vinho.

— Só estou tentando descontrair. Não temos muitas noites românticas, e essa está virando mais um estudo de caso. Para variar.

— É o nosso trabalho. Sobre o que mais vamos conversar?

— Sobre nossa filha, talvez? Sobre onde vamos passar as próximas férias? — Ele deixou a taça de vinho na mesa e a encarou. — A vida é mais do que homicídios.

— Foi o que nos uniu.

— Não foi a única coisa.

Não, pensou ela quando o marido mais uma vez pegou a faca, manejando-a com a destreza de um cirurgião. No dia em que eles se conheceram, na reserva de Stony Brook, onde um crime tinha acabado de ocorrer, ela havia achado a tranquilidade dele intimidante. No caos daquela tarde, quando policiais e peritos se amontoavam em torno do corpo em decomposição, Gabriel se mostrara uma presença imponente, o observador distante que tudo assimilava. Ela não ficou surpresa ao saber que ele era do FBI. Havia entendido de cara que ele era um intruso e que estava ali para desafiar sua autoridade. Mas o que os jogou um contra o outro foi também o que os uniu. A atração dos opostos. Mesmo agora, ao observar o marido irritantemente imperturbável, ela sabia por que havia se apaixonado por ele.

Ele olhou para ela e soltou um suspiro resignado.

— Tudo bem, queira eu ou não, parece que vamos conversar sobre homicídios. Então... — Ele deixou de lado o garfo e a faca. — Você acha mesmo que O'Brien, a Língua Mais Afiada de Boston, é a chave de tudo?

— Aqueles telefonemas para o programa dele eram terrivelmente parecidos com os comentários deixados no artigo sobre Leon Gott. Falavam de pendurá-lo e eviscerá-lo.

— Não há nada particularmente excepcional nessa imagem. É o que os caçadores fazem. Eu mesmo já fiz isso, depois de matar um cervo.

— A tal Suzy se identifica como integrante do Exército de Ação Vegano. De acordo com o site deles, existem cinquenta membros em Massachusetts.

Gabriel balançou a cabeça.

— Não me parece ter nada de estranho nessa organização. Não me lembro de ela aparecer nas listas de alerta do FBI.

— Nem da polícia de Boston. Mas talvez eles sejam inteligentes o bastante para manter silêncio. Não levar crédito pelo que fazem.

— Pendurar e eviscerar caçadores? Isso parece coisa de vegano?

— Pense na Frente de Libertação da Terra. Eles plantam bombas.

— Mas a FLT faz o possível para não matar ninguém.

— Ainda assim, veja o simbolismo. Leon Gott era caçador e taxidermista de animais de grande porte. A *Hub Magazine* publica um artigo sobre ele chamado "O mestre dos troféus de caça". Meses depois, ele é encontrado pendurado pelos tornozelos, cortado e eviscerado. Suspenso na altura exata para ser devorado por seus bichos de estimação. Existe maneira mais oportuna de dar fim ao corpo de um caçador do que deixá-lo ser despedaçado por animais?

Ela se deteve, subitamente ciente de que o restaurante estava silencioso. Com o canto dos olhos, viu que o casal da mesa ao lado a observava.

— Não é a hora nem o local, Jane — advertiu Gabriel.

Ela fitou a costeleta de porco.

— O tempo tem estado ótimo.

Só quando o burburinho ao redor voltou, ela prosseguiu, em voz mais baixa:

— Acho que o simbolismo é óbvio.

— Ou pode não ter nada a ver com o fato de que ele era caçador. Existe também o roubo como motivo.

— Se foi roubo, foi muito específico. A carteira e o dinheiro ainda estavam no quarto, intocados. Até onde sabemos, a única coisa que desapareceu da casa foi a pele do leopardo-das-neves.

— E você me disse que ela vale muito.

— Mas uma pele rara assim seria dificílima de vender. Teria que ser para a coleção particular de alguém. E, se roubo foi o único motivo, por que o ritual sanguinário de eviscerar a vítima?

— A mim, parece que você tem dois aspectos distintos aqui. Primeiro, o roubo da pele de um animal raro. Segundo, a maneira como o corpo da vítima foi deixado.

Gabriel franziu o cenho enquanto fitava a luz da vela, meditativo. Fora, afinal, arrastado para dentro do quebra-cabeça, e agora estava totalmente envolvido. Aquela podia ser a única noite do mês que eles tinham para não falar de trabalho, mas o assunto sempre resvalava para assassinatos. Como podia ser diferente, quando era isso que ambos respiravam? Ela observou a luz da vela oscilar sobre o rosto de Gabriel enquanto ele refletia sobre os fatos. Que sorte a dela poder dividi-los com ele! Jane pensou em como seria estar sentada ali com um marido que não fosse da área, morrendo de vontade de falar sobre o que a atormentava e não poder dizer nada. Como se não bastasse partilharem uma casa e a filha, eles também partilhavam a dura consciência de que a vida pode, de um instante para outro, mudar. Ou acabar.

— Vou ver que informações temos sobre o Exército de Ação Vegano — disse ele. — Mas eu estaria mais inclinado a me concentrar na pele de leopardo, já que foi o único objeto de valor que vocês sabem que foi roubado. — Ele fez uma pausa. — O que você achou de Jerry O'Brien?

— Além de ser um idiota chauvinista?

— Como suspeito. Algum possível motivo para matar Gott?

Ela balançou a cabeça.

— Os dois eram colegas de caça. Ele podia facilmente atirar no Sr. Gott numa floresta e dizer que foi acidente. Mas sim, eu pensei em O'Brien. E no assistente dele. Gott era solitário, não existem muitos suspeitos. Pelo menos que a gente saiba.

Mas bastava ir mais fundo na vida das pessoas para surgirem surpresas. Ela pensou em outras vítimas, outras investigações que tinham revelado amantes secretos, contas bancárias ocultas ou desejos ilícitos que só aparecem quando a vida é desnudada por um fim violento.

E pensou em seu pai, que tinha segredos próprios, cujo caso com outra mulher destruíra seu casamento. Mesmo o homem que ela achava que conhecia, o homem com quem passava todo Natal, todo aniversário, acabara se revelando um estranho.

Mais tarde, naquela mesma noite, Jane foi obrigada a confrontar esse estranho quando ela e Gabriel pararam o carro em frente à casa de Angela para buscar a filha. Jane viu o automóvel conhecido estacionado na entrada de veículos da casa e murmurou:

— O que meu pai está fazendo aqui?

— Essa é a casa dele.

— Essa era a casa dele.

Ela desceu do carro e fitou o Chevy, estacionado no lugar de praxe, como se jamais tivesse saído dali. Como se Frank

Rizzoli pudesse simplesmente voltar à sua antiga vida e tudo seria como sempre. O Chevy tinha um amassado novo na parte esquerda do para-lama dianteiro; ela imaginou se a vadia havia sido a responsável por aquilo e se ele tinha gritado com ela por isso, como fizera com Angela certa vez, quando ela arranhou a porta do carro. Bastava um tempinho para qualquer homem, mesmo um novo amante, mostrar as garras. Quando será que a vadia havia descoberto que Frank tinha pelos no nariz e mau hálito pela manhã, como todo homem?

— Vamos só pegar Regina e ir para casa — propôs Gabriel enquanto subiam a escada da varanda.

— O que você acha que vou fazer?

— Espero que não comece o drama familiar de sempre.

— Família sem drama — retrucou ela, tocando a campainha — não seria a minha.

A mãe de Jane abriu a porta. Pelo menos *parecia* ser Angela, mas aquela era apenas uma versão zumbi. Ela os cumprimentou com um sorriso sem vida quando eles entraram na casa.

— Regina está dormindo, não dá trabalho nenhum. Como foi o jantar?

— Foi bom. Por que o papai está aqui? — indagou Jane.

— Estou na minha casa — gritou Frank. — Que pergunta é essa?

Jane entrou na sala e viu o pai sentado em sua antiga poltrona, o rei errante de volta para reclamar o trono. O cabelo estava preto, cor de graxa de sapato. Quando ele o tinha tingido? Também havia outras mudanças: a camisa de seda de gola aberta, o relógio sofisticado. Essas coisas o faziam parecer uma versão de Las Vegas de Frank Rizzoli. Será que ela tinha entrado na casa errada, num universo paralelo com uma mãe androide e um pai moderninho?

— Vou pegar Regina — disse Gabriel, desaparecendo no corredor. *Covarde.*

— Sua mãe e eu finalmente nos entendemos — anunciou Frank.

— O que isso quer dizer?

— Vamos consertar as coisas. Voltar ao que éramos.

— Com ou sem a lourinha?

— Qual é o seu problema? Quer estragar tudo?

— Você já fez isso muito bem.

— Angela! Diga a ela.

Jane se virou para a mãe, que olhava o chão.

— É isso que você quer, mãe?

— Vai ficar tudo bem, Janie — respondeu Angela, num murmúrio. — Vai dar certo.

— Com esse tom de voz animado?

— Eu amo sua mãe — afirmou Frank. — Nós somos uma família, fundamos um lar e vamos ficar juntos. É isso que importa.

Jane fitava o pai e a mãe. O pai retribuía o olhar, belicoso. A mãe mantinha os olhos desviados. Havia tanto que ela queria dizer, tanto que ela *deveria* dizer... Porém era tarde, e Gabriel já estava junto à porta, segurando no colo a filha adormecida.

— Obrigada por cuidar dela, mãe — disse Jane. — Eu ligo para você.

Eles saíram da casa. Quando Gabriel estava terminando de afivelar a cadeirinha de Regina no carro, Angela saiu de casa trazendo a girafa de pelúcia da menina.

— Ela vai ficar louca se vocês esquecerem o Benny — disse, entregando a girafa a Jane.

— Você está bem, mãe?

Angela passou os braços em torno do corpo e voltou os olhos para casa, como se esperasse que alguém respondesse à pergunta.

— Mãe?

Angela suspirou.

— É como deve ser. Frankie quer. Mike também.

— A opinião dos meus irmãos não conta. É a sua que conta.

— Ele nunca assinou os papéis do divórcio, Jane. Ainda somos casados, e isso quer dizer alguma coisa. Quer dizer que ele nunca nos abandonou de fato.

— Quer dizer que ele não queria abrir mão de nada.

— É seu pai.

— É, e eu o amo. Mas também amo você, e você não me parece estar feliz.

Na penumbra, ela viu a mãe se esforçar para abrir um sorriso.

— Nós somos uma família. Vai dar tudo certo.

— E Vince?

A simples menção do nome de Korsak fez o sorriso da mãe murchar de súbito. Ela levou as mãos à boca e se virou.

— Meu Deus! Meu Deus! — Quando começou a chorar, Jane a abraçou. — Sinto saudades dele. Todos os dias. Ele não merece isso.

— Você ama Vince?

— Amo.

— Ama o papai?

Angela hesitou.

— Claro que amo. — Mas a verdadeira resposta estava naquela pausa, naqueles segundos de silêncio antes que ela conseguisse contradizer o que o coração já sabia. Ela se desvencilhou do abraço de Jane, respirou fundo e endireitou o corpo. — Não se preocupe comigo. Vai ficar tudo bem. Agora vá para casa e bote essa menininha na cama.

Jane observou a mãe voltar para casa. Pela janela, viu Angela se sentar no sofá da sala, de frente para Frank, que ainda estava plantado na poltrona. Como nos velhos tempos, pensou Jane. A mãe no seu canto. O pai no canto dele.

13

Maura se deteve na entrada para carros e ergueu a cabeça ante a grasnada de um corvo. Havia dezenas deles, empoleirados numa árvore como frutos agourentos, as asas pretas se agitando contra o céu. Os pássaros pareciam compor bem aquela tarde fria e cinzenta, em que nuvens negras se aproximavam e uma tarefa soturna a aguardava. A fita amarela que delimita a cena do crime tinha sido estendida ao longo do caminho que levava ao quintal. Maura passou por baixo dela e, ao avançar pela terra remexida, sentiu que os corvos a observavam, registrando cada passo enquanto discutiam sobre a nova intrusa em seu reino. No quintal, os detetives Darren Crowe e Johnny Tam se achavam ao lado de uma retroescavadeira e um monte de terra molhada. Quando ela se aproximou, Tam acenou com a mão calçada em luva roxa. Ele era novo na Unidade de Homicídios, um detetive jovem, intenso e sério, recém-transferido de Chinatown. Para seu azar, fora designado para trabalhar com Crowe, cujo parceiro anterior, Thomas Moore, havia recebido sua tão merecida aposentadoria. "Um casamento fadado ao fracasso", decretara Jane, e o setor já fazia apostas de quanto tempo levaria para o sempre tenso Tam perder a cabeça e partir para cima de Crowe. Com certeza seria um passo desastroso na carreira de Tam, mas todos concordavam que seria bom de ver.

Mesmo ali no quintal repleto de árvores, sem nenhuma câmera de TV por perto, Crowe mantinha um visual próprio à revista *GQ*, com cabelo de astro do cinema e terno bem ajustado aos ombros largos. Era um homem acostumado a atrair todas as atenções, e seria fácil deixar de notar o bem mais discreto Tam. Mas foi nesse último que Maura se concentrou, porque sabia que podia contar com ele para lhe transmitir os fatos com precisão.

Antes que Tam pudesse dizer qualquer coisa, Crowe se adiantou, com uma risada:

— Acho que os donos da casa não esperavam encontrar *isso* na piscina nova.

Maura olhou o crânio e os ossos da caixa torácica sujos de terra, estendidos numa lona azul parcialmente dobrada. Bastou uma breve olhada no crânio para saber que era humano.

Ela calçou as luvas.

— Qual é a história?

— Deveria ser uma piscina nova. Os donos compraram a casa há três anos, contrataram a Lorenzo Construction para fazer a escavação. A sessenta centímetros da superfície, encontraram *isso*. O motorista da retroescavadeira abriu a lona, ficou desesperado e telefonou para o serviço de emergência. Por sorte, parece que não causou muitos danos com o equipamento.

Maura não viu roupas ou joias, mas não precisou nem de uma coisa nem de outra para definir o sexo da pessoa morta. Agachou-se, estudou os delicados rebordos supraorbitais do crânio. Afastou a lona dobrada, expondo a pelve com os ossos largos. O fêmur lhe dizia que a pessoa não era alta, teria no máximo um metro e sessenta.

— Faz tempo que ela está aqui — disse Tam. Ele não tinha necessitado da ajuda de Maura para entender que os restos eram de uma mulher. — Quanto tempo, na sua opinião?

— O esqueleto está todo descarnado, a coluna não tem articulação — observou Maura. — Esses ligamentos já apodreceram.

— Seriam meses? Anos? — perguntou Crowe.

— É.

Crowe soltou um resmungo impaciente.

— É o máximo de precisão que você pode nos dar?

— Já vi um corpo ser reduzido a esqueleto numa cova rasa depois de apenas três meses, por isso não posso dar uma resposta mais específica. Minha melhor estimativa para o tempo de morte é um mínimo de seis meses. O fato de ela estar nua e de a cova ser bastante rasa aceleraria a decomposição, mas ela estava enterrada fundo o bastante para ficar protegida dos animais que se alimentam de carniça.

Como resposta a isso, uma grasnada alta ecoou. Ela ergueu a cabeça e viu três corvos empoleirados num galho, observando-os. Já testemunhara os estragos que os corvos podiam fazer ao corpo humano, aqueles bicos rasgando ligamentos e arrancando os olhos de suas órbitas. Em uníssono, as aves alçaram voo numa agitação de asas.

— Que pássaros repugnantes! Parecem urubus pequenos — disse Tam, observando-os enquanto se afastavam.

— Mas são inteligentes. Ah, se pudessem falar... — Ela o encarou. — Qual é o histórico da casa?

— Durante quarenta anos, pertenceu a uma senhora. Ela morreu há quinze anos, a casa ficou em inventário, acabou se deteriorando. Foi alugada algumas vezes, mas se manteve vazia durante a maior parte do tempo. Até esse casal decidir comprá-la, há três anos.

Maura correu os olhos pelo quintal.

— Não tem cerca. E os fundos dão na mata.

— É, a reserva de Stony Brook. Fácil acesso para qualquer pessoa que estivesse procurando um lugar para enterrar um corpo.

— E os proprietários atuais?

— São um jovem casal. Estão reformando a casa aos poucos, começaram pelo banheiro e a cozinha. Esse ano, decidiram fazer uma piscina. Disseram que, antes de iniciar a escavação, essa parte do quintal era cheia de mato.

— Então o enterro do corpo provavelmente antecede a compra da casa.

— E nossa menina aqui? — interveio Crowe. — Você vê uma possível causa da morte?

— Tenha um pouco de paciência, detetive. Nem terminei de desembrulhá-la.

Maura afastou o restante da lona azul, revelando tíbias, fíbulas, metatarsos e... Ela se deteve, fitando a corda de náilon laranja, ainda amarrada em torno dos ossos dos tornozelos. Uma imagem imediatamente lhe surgiu à mente. Outra cena de crime. Corda de náilon laranja. Um corpo pendurado pelos tornozelos, eviscerado.

Sem dizer nada, Maura se voltou para as costelas. Estudou o processo xifoide, no qual as costelas se uniam para formar a extremidade inferior do esterno. Mesmo naquele dia nublado, à sombra das árvores, viu a lasca no osso. Imaginou o corpo pendurado de cabeça para baixo, pelos tornozelos Imaginou a faca cortando o abdome, do púbis ao esterno. A lasca se encontrava exatamente no ponto em que a lâmina terminaria o corte.

Ela sentiu as mãos esfriarem de súbito dentro das luvas.

— Dra. Isles? — disse Tam.

Ela o ignorou e se voltou para o crânio. No osso frontal, na parte de baixo da testa, havia três arranhões paralelos.

Perplexa, ela se afastou.

— Precisamos ligar para Rizzoli.

Isso vai ser muito animado, pensou Jane ao se abaixar para passar pela fita policial. Aquela não era sua área, e ela já imaginava que Darren Crowe deixaria isso claro desde o início. Pensou em Leon Gott gritando "Sai do meu jardim!" para o filho da vizinha. Imaginou Crowe dali a trinta anos, um velho igualmente rabugento, gritando "Sai da minha cena de crime!".

Mas foi Johnny Tam que a recebeu, na lateral da casa.

— Rizzoli — cumprimentou-a.

— Como está o humor dele?

— O de sempre. Alegre e radiante.

— Bom assim?

— Ele não está muito satisfeito com a Dra. Isles no momento.

— Também não estou muito satisfeita.

— Ela fez questão de que você viesse. E, quando ela fala, eu escuto.

Jane fitou Tam, mas como sempre não conseguiu decifrar seu rosto. Nunca foi capaz de fazer isso. Embora fosse novo na Unidade de Homicídios, ele já havia construído uma bela reputação como o rapaz que faz seu trabalho com discreta e despretensiosa obstinação. Ao contrário de Crowe, Tam não era dado a presunção.

— Você concorda com ela que haja um elo entre os casos? — perguntou Jane.

— Sei que a Dra. Isles não se fia em intuições. Por isso fiquei surpreso quando ela me pediu para te chamar. Considerando a reação previsível.

Não era preciso dizer o nome para saber que ambos falavam de Crowe.

— Está muito ruim trabalhar com ele? — perguntou Jane quando os dois avançavam pelo caminho de pedras em direção ao quintal.

— Além do fato de eu já ter destruído três sacos de pancada na academia?

— Acredite, não melhora com o tempo. Trabalhar com ele é como tortura chines... — Ela se deteve. — Você sabe o que quero dizer.

Tam soltou uma risada.

— Nós, chineses, podemos tê-la inventado, mas Crowe a aperfeiçoou.

Quando chegaram ao quintal, Jane viu o objeto de seu escárnio ao lado de Maura. Tudo na linguagem corporal de Crowe gritava "estou furioso", do pescoço rígido aos gestos abruptos.

— Antes de transformar isso num circo — dizia ele a Maura —, que tal nos oferecer uma previsão mais exata da data da morte?

— Não posso ser mais precisa que isso — respondeu Maura. — O resto cabe a vocês. É *seu* trabalho.

Crowe viu Jane se aproximar:

— Tenho certeza de que a todo-poderosa Rizzoli tem as respostas.

— Vim a pedido da Dra. Isles — defendeu-se Jane. — Só vou dar uma olhada e sair do seu caminho.

— É. Sei.

— Ela está aqui, Jane — disse Maura.

Jane a acompanhou até o outro lado do quintal, onde havia uma retroescavadeira. Os restos se achavam sobre uma lona azul, na beira de uma cova recém-cavada.

— Mulher, adulta — informou Maura. — Em torno de um metro e sessenta. Sem artrite na coluna, as epífises estão fechadas. Calculo que a idade fique entre os 20 e os 30 anos.

— No que você me meteu? — cochichou Jane.

— Como?

— Já estou na lista negra dele.

— Eu também, mas isso não me impede de fazer meu trabalho. — Maura fez uma pausa. — Se é que vou conseguir manter meu emprego...

Isso era algo incerto desde que o testemunho dela no tribunal pusera na cadeia um policial querido por todos. A indiferença de Maura — algumas pessoas chamariam de "esquisitice" — jamais fizera dela uma profissional popular entre os policiais de Boston, e agora todos a consideravam uma traidora da corporação.

— Preciso ser sincera — disse Jane. — O que você me disse pelo telefone não me deixou muito convencida. — Ela fitou os restos, reduzidos pela decomposição a nada além de ossos. — Para começar, é uma mulher.

— Os tornozelos dela estavam amarrados com corda de náilon laranja. A mesma corda que estava nos tornozelos de Gott.

— É uma corda comum. Ao contrário de Gott, essa vítima é mulher, e a pessoa se deu ao trabalho de enterrá-la.

— Tem um corte na base do esterno, exatamente como Gott. Acho que é possível que ela tenha sido eviscerada.

— Possível?

— Sem nenhum tecido ou órgão, não posso provar. Mas esse corte no esterno é de faca. O tipo de corte que se faz quando se abre o abdome. E tem mais uma coisa. — Maura se ajoelhou para indicar o crânio. — Olha isso aqui.

— Esses três arranhões?

— Você se lembra da radiografia do crânio de Gott, do local em que havia três arranhões lineares? Como as marcas de uma garra no osso.

— Esses não são lineares. São só lascas minúsculas.

— São espaçadas de maneira precisa. Podem ter sido feitas com o mesmo instrumento.

— Ou por um animal. Ou por essa retroescavadeira.

Jane se virou ao ouvir vozes. A unidade responsável por coletar provas na cena do crime havia chegado, e Crowe conduzia três peritos na direção da ossada.

— E aí, Rizzoli? — perguntou. — Vai dizer que esse caso te pertence?

— Não estou brigando por território com você. Só estou conferindo algumas semelhanças.

— A sua vítima era o quê? Um homem de 64 anos?

— Era.

— E essa é uma mulher jovem. Parece haver alguma semelhança?

— Não — admitiu Jane, sentindo o olhar de Maura sobre ela.

— A sua vítima... O que vocês descobriram na necropsia? A causa da morte?

— Havia uma fratura no crânio, além de danos na cartilagem tireoide — respondeu Maura.

— Aparentemente, não há nenhuma fratura no crânio da minha garota — disse Crowe. *Minha garota.* Como se aquela vítima anônima lhe pertencesse. Como se ele já tivesse reivindicado sua posse.

— Era uma mulher pequena, mais fácil de subjugar do que um homem — argumentou Maura. — Não haveria necessidade de apagá-la primeiro com um golpe na cabeça.

— É mais uma diferença — insistiu Crowe. — Mais um detalhe que não condiz com o outro caso.

— Detetive Crowe, estou considerando a *gestalt* desses dois casos. O quadro geral.

— Que só você parece estar vendo. Uma vítima é um homem mais velho, a outra é uma mulher jovem. Uma tem fratura craniana, a outra não. Uma foi assassinada e largada na garagem de casa, a outra foi enterrada num quintal.

— Ambas estavam nuas, os tornozelos presos com corda, e provavelmente foram evisceradas. Do jeito como um caçador...

— Maura — interrompeu Jane. — Vamos dar uma olhada no terreno?

— Já dei.

— Mas eu não. Vamos.

Relutante, Maura se afastou do buraco no chão e acompanhou Jane até a extremidade do quintal. Havia árvores ali, que obscureciam aquela tarde já cinza e deprimente.

— Você acha que Crowe tem razão, não acha? — perguntou Maura, a voz amarga.

— Você sabe que sempre respeito sua opinião.

— Mas, nesse caso, não concorda com ela.

— Você precisa admitir, existem diferenças entre as duas vítimas.

— Os cortes. A corda de náilon. Até os nós são parecidos e...

— Nó quadrado duplo não é raridade. Se eu fosse assassina, provavelmente o usaria para amarrar a vítima.

— E a evisceração? Quantos casos recentes você viu *desse* tipo?

— Você só encontrou um corte no esterno. Não é conclusivo. As vítimas não podiam ser mais diferentes. Idade, sexo, local.

— Até eu identificar essa mulher, você não pode dizer que não existe nenhuma ligação com Gott.

— Tudo bem — assentiu Jane com um suspiro. — É verdade.

— Por que estamos discutindo? Você sempre pode provar que estou errada. Basta fazer seu trabalho.

Jane endireitou o corpo.

— Algum dia não fiz?

Essa resposta, cheia de tensão, fez Maura recuar. O cabelo preto, sempre tão liso e lustroso, fora transformado pela umidade num emaranhado salpicado de mato. Na sombra daquelas árvores, com a bainha da calça suja de terra e a blusa amassada, ela parecia uma versão selvagem de si mesma, uma estranha cujos olhos brilhavam mais do que o normal. Febris.

— O que está acontecendo? — perguntou Jane num murmúrio.

Maura desviou os olhos, como se a resposta fosse dolorosa demais para ser partilhada. Ao longo dos anos, elas sempre souberam dos infortúnios e deslizes uma da outra. Conheciam o pior uma da outra. Por que agora Maura se esquivava de responder a uma simples pergunta?

— Maura? — insistiu Jane. — O que está acontecendo?

Maura suspirou.

— Recebi uma carta.

14

Elas estavam sentadas num reservado do J.P. Doyle's, bar muito frequentado pelos policiais de Boston, onde, às cinco da tarde, certamente haveria meia dúzia deles no balcão, trocando histórias de bravura. Mas três da tarde era a melhor hora em qualquer restaurante, e nesse dia apenas dois outros reservados se achavam ocupados. Embora Jane já tivesse almoçado inúmeras vezes no Doyle's, aquela era a primeira vez de Maura, mais um lembrete de que, apesar dos anos de amizade, havia um abismo que as separava. Policial versus médica, ensino público versus Stanford, água versus vinho branco. Enquanto a garçonete esperava junto à mesa, Maura corria os olhos pelo cardápio com uma expressão de "Qual é a coisa menos nojenta que posso pedir?".

— O fish and chips é bom — sugeriu Jane.

— Vou querer a salada Caesar — decidiu Maura, afinal. — Molho à parte.

A garçonete se afastou, e elas permaneceram alguns instantes num silêncio incômodo. No reservado em frente ao delas havia um casal que não se desgrudava. Homem mais velho, mulher mais jovem. Sexo vespertino, pensou Jane, e sem dúvida ilícito. Isso a fez pensar em seu pai, Frank, e na garotinha loura dele, o caso que havia acabado com o casamento de seus pais e feito a desolada Angela buscar consolo nos braços de Vince Korsak. Jane queria gritar: "Ei, senhor, volte para sua mulher agora, antes de foder a vida de todo mundo."

Como se um homem inebriado de testosterona desse ouvidos à razão.

Maura fitou o casal apaixonadamente abraçado.

— Belo restaurante. Também alugam quartos por hora?

— Quando se vive com o salário de policial, esse é o lugar para quem quer comida boa e farta. Sinto muito que não esteja no seu padrão.

Maura se retraiu.

— Não sei por que falei isso. Não vou ser boa companhia hoje.

— Você disse que recebeu uma carta. De quem?

— Amalthea Lank.

O nome era como um sopro gelado, que arrepiou a pele de Jane e eriçou os pelos de sua nuca. *A mãe de Maura*. A mãe que a abandonara logo depois do nascimento. A mãe que agora estava na penitenciária feminina de Framingham, onde cumpria pena de prisão perpétua por vários assassinatos.

Mãe, não. Monstro.

— Por que você está recebendo cartas dela? — perguntou Jane. — Achei que tivesse cortado o contato.

— E cortei. Pedi à penitenciária que parasse de encaminhar as cartas. Parei de atender as ligações.

— E como você recebeu essa carta?

— Não sei como ela conseguiu mandar. Talvez tenha su bornado um guarda. Ou enviado dentro da carta de outra detenta. Mas estava na minha caixa de correspondência ontem à noite.

— Por que você não me ligou? Eu teria resolvido o assunto. Bastava uma visita à Framingham e eu garanto que você nunca mais seria incomodada.

— Não consegui ligar. Precisava de tempo para pensar.

— O que tem para pensar? — Jane se inclinou para a frente. — Ela está manipulando você outra vez. É o tipo de coisa que ela adora fazer. Brincar com você a deixa em êxtase.

— Eu sei. Sei disso.

— Se você abrir uma fresta na porta, ela vai entrar com tudo na sua vida. Ainda bem que ela não te criou! Você não deve nada a ela. Nem uma palavra, nem um pensamento.

— Eu tenho o DNA dela, Jane. Quando olhei para ela, eu me vi em seu rosto.

— A genética é superestimada.

— A genética define quem somos.

— Isso quer dizer que você vai pegar um bisturi e sair cortando as pessoas, como ela?

— Claro que não. Mas ultimamente... — Maura fitou as próprias mãos. — Para onde quer que eu olhe, parece que vejo a escuridão. Vejo o lado sombrio das coisas.

Jane bufou.

— Claro que vê. Olha onde você trabalha.

— Quando entro num lugar cheio de gente, automaticamente me pergunto de quem eu deveria ter medo. Com quem preciso ter cuidado.

— Isso se chama consciência situacional. É uma medida inteligente.

— É mais do que isso. É como se eu pudesse *sentir* a escuridão. Não sei se isso vem do universo ao meu redor, ou se já está dentro de mim. — Ela ainda fitava as próprias mãos, como se as respostas estivessem escritas ali. — Eu me pego obcecada em procurar padrões. Coisas que estejam relacionadas. Quando vi aquela ossada hoje e me lembrei do corpo de Leon Gott, vi um padrão. A assinatura de um assassino.

— Isso não significa que você está indo para o lado sombrio. Apenas que está fazendo seu trabalho de patologista Sempre procurando a *gestalt*, como você mesma disse.

— Você não viu a assinatura de um assassino. Por que eu vejo?

— Porque você é mais inteligente do que eu?

— Essa é uma resposta leviana, Jane. E não é verdade.

— Tudo bem, então, usando meu cérebro *incrível* de policial, vou fazer uma observação: você teve um ano difícil. Terminou com Daniel e provavelmente ainda sente falta dele. Estou certa?

— Claro que sinto falta dele. — Num murmúrio, ela acrescentou: — E tenho certeza de que ele sente falta de mim.

— Depois teve seu testemunho contra Wayne Graff. Você botou um policial na cadeia, e a corporação te fez sofrer um bocado por causa disso. Já li sobre fatores de estresse e como deixam as pessoas doentes. Rompimento de namoro, conflito no trabalho... Poxa, seu índice de estresse está tão alto que, a essa altura, você deve estar com câncer

— Obrigada por me dar mais uma preocupação.

— E agora essa carta. Essa maldita carta.

Elas se mantiveram em silêncio quando a garçonete chegou com a comida. *Club sandwich* para Jane, salada Caesar — com molho à parte — para Maura. Só quando a garçonete se afastou, Maura perguntou, em voz baixa:

— Você recebe cartas *dele*?

Ela não precisava dizer o nome. Ambas sabiam a quem ela estava se referindo. Automaticamente, Jane fechou os dedos sobre a cicatriz na palma das mãos, onde Warren Hoyt havia enterrado sua lâmina. Fazia quatro anos que ela não o via; no entanto, lembrava-se de cada detalhe de seu rosto, um rosto tão comum que facilmente se perderia em qualquer multidão. O encarceramento e a doença com certeza o haviam envelhecido, mas ela não tinha nenhum interesse em ver essas mudanças. Ficava satisfeita apenas em saber que a justiça havia se cumprido quando ela disparou aquela única bala em sua coluna e que o castigo dele duraria a vida inteira.

— Ele tentou me mandar cartas quando estava se recuperando — respondeu Jane. — Ele dita para as visitas, que mandam para mim. Jogo fora imediatamente.

— Nunca leu?

— Por que leria? É a maneira dele de tentar se manter na minha vida. De eu saber que ainda pensa em mim.

— A mulher que escapou.

— Eu não escapei apenas. Eu o derrubei. — Jane soltou uma risada e pegou o sanduíche. — Ele é obcecado por mim, mas não gasto nem um milésimo de segundo pensando nele.

— Não pensa mesmo, nunca?

A pergunta, feita muito baixinho, pairou sobre a mesa sem resposta por alguns instantes. Jane se mantinha concentrada no sanduíche, tentando se convencer de que o que havia dito era verdade. Mas como poderia ser? Por mais que estivesse preso em seu corpo paralisado, Warren Hoyt ainda tinha poder sobre ela, por causa da história que ambos compartilhavam. Ele a vira indefesa e apavorada. Era testemunha do momento em que ela tinha sido dominada.

— Não vou dar a ele esse poder — afirmou Jane. — Me recuso a pensar nele. E é isso que você devia fazer.

— Mesmo ela sendo minha mãe?

— Essa palavra não se aplica a ela. Ela é doadora de DNA, é isso.

— É um *isso* bastante poderoso. Ela faz parte de todas as células do meu corpo.

— Achei que você estivesse decidida, Maura. Você se afastou dela e jurou não olhar para trás. Por que está mudando de ideia?

Maura fitou a salada intocada.

— Porque li a carta.

— E imagino que ela tenha escrito tudo direitinho para conseguir o que queria. "Sou sua única parente de sangue. Temos um elo inquebrável." Estou certa?

— Está — admitiu Maura.

— Ela é sociopata e você não lhe deve nada. Rasgue a carta e esqueça isso.

— Ela está morrendo, Jane.

— O quê?

Maura a encarou com aflição nos olhos.

— Tem seis meses de vida, no máximo um ano.

— Mentira. Está brincando com você.

— Telefonei para a enfermaria da penitenciária ontem à noite, depois que li a carta. Amalthea já tinha assinado o formulário de autorização, por isso me passaram as informações médicas dela.

— Ela não perde a chance, não é? Sabia exatamente como você reagiria e preparou a armadilha.

— A enfermeira confirmou. Amalthea tem câncer no pâncreas.

— Não podia ter acontecido com alguém mais merecedor.

— Minha única parente de sangue está morrendo. Quer meu perdão. Está me implorando por isso.

— E ela espera que você dê? — Jane limpou a maionese dos dedos com movimentos agressivos do guardanapo. — E todas as pessoas que ela matou? Quem vai perdoá-la por isso? Não vai ser você. Você não tem o direito.

— Mas posso perdoá-la por ter me abandonado.

— Abandonar você foi a única coisa boa que ela fez. Em vez de ser criada por uma mãe maluca, você teve a chance de levar uma vida normal. Acredite, ela não fez isso porque era o *certo*.

— Mas ainda assim estou aqui, Jane. Inteira, saudável. Cresci com todas as vantagens, criada por pais que me amaram, e não tenho motivo para nutrir rancor. Por que não posso dar um pouco de conforto a uma mulher que está morrendo?

— Então escreva uma carta. Diga que ela está perdoada e a esqueça.

— Ela só tem seis meses. Quer me ver.

Jane atirou o guardanapo na mesa.

— Não vamos nos esquecer de quem ela realmente é. Você me disse uma vez que sentia calafrios quando olhava nos olhos dela, porque não via um ser humano retribuindo o olhar. Disse que via um vazio, uma criatura sem alma. Foi você que a chamou de monstro.

Maura suspirou.

— É, chamei.

— Não entre na jaula do monstro.

Os olhos de Maura se encheram de lágrimas.

— E, daqui a seis meses, quando ela estiver morta, como lido com a culpa? Com o fato de que não atendi a seu último desejo? Vai ser tarde demais para mudar de ideia. É isso que mais me preocupa. Que eu me sinta culpada para o resto da vida. E que nunca tenha a chance de entender.

— Entender o quê?

— O motivo de eu ser como sou.

Jane fitou o rosto amargurado da amiga.

— Como? Brilhante? Coerente? Sincera demais para seu próprio bem?

— Obcecada — disse Maura, num murmúrio. — Pelo lado sombrio das coisas.

O celular de Jane tocou. Ao pegar o aparelho na bolsa, ela disse:

— É por causa do trabalho que fazemos e das desgraças que vemos. Nós escolhemos esse trabalho porque não somos mulheres radiantes que sonham com pôneis. — Ela apertou o botão ATENDER do celular: — Detetive Rizzoli.

— A operadora finalmente liberou o registro de chamadas do telefone de Leon Gott — informou Frost.

— Alguma coisa interessante?

— *Muito* interessante. No dia da morte, ele fez várias ligações. Uma foi para Jerry O'Brien, o que já sabíamos.

— Para que ele buscasse a carcaça do Kovo.

— Isso. Ele também fez uma ligação para a Interpol de Johannesburgo, África do Sul.

— Interpol? Qual foi o motivo do telefonema?

— O desaparecimento do filho em Botsuana. O investigador não estava no escritório, por isso Gott deixou recado avisando que ligaria mais tarde. Não ligou.

— O filho dele desapareceu há seis anos. Por que Gott estaria fazendo perguntas sobre isso agora?

— Não faço ideia. Mas eis o item *realmente* interessante do registro de chamadas. Às duas e meia da tarde, ele telefonou para um celular registrado sob o nome de Jodi Underwood, em Brookline. A ligação durou seis minutos. Naquela mesma noite, às nove e quarenta e seis, Jodi Underwood telefonou para Gott. Essa ligação durou só dezessete segundos, então é provável que ela só tenha deixado um recado na secretária eletrônica.

— Não havia nenhum recado daquela noite na secretária eletrônica.

— Exatamente. E às nove e quarenta e seis é muito provável que Gott já estivesse morto. Já que a vizinha da casa ao lado disse que viu a luz se apagar entre as nove e as dez e meia.

— Então quem apagou o recado? Frost, isso é estranho.

— Fica bem mais estranho. Telefonei para o celular de Jodi Underwood duas vezes, e caiu na caixa postal. Aí de repente me dei conta de que o nome dela me parecia conhecido. Você se lembra?

— Pista, por favor.

— Notícia da semana passada. Brookline.

O coração de Jane acelerou.

— Houve um homicídio...

— Jodi Underwood foi assassinada em casa, na noite de domingo. Mesma noite que Leon Gott.

15

— Entrei na página dela do Facebook — disse Frost quando eles se dirigiam a Brookline. — Para dar uma olhada no perfil.

Fugindo à regra, era ele quem dirigia, enquanto Jane procurava se atualizar no iPad de Frost, entrando em páginas que ele já havia visitado. Ela abriu a página do Facebook e viu a fotografia de uma ruiva bonita. Segundo o perfil, Jodi Underwood tinha 37 anos, era solteira e bibliotecária numa escola de ensino médio. Tinha uma irmã chamada Sarah e era vegetariana. Suas curtidas incluíam a PETA, direitos dos animais e saúde holística.

— Não é exatamente o tipo de Gott — comentou Jane. — Por que uma mulher que certamente desprezava tudo que ele representava conversaria com ele pelo telefone?

— Não sei. Esquadrinhei as quatro semanas anteriores do registro de chamadas, e não há nenhum outro telefonema entre eles. Só esses dois no domingo. Ele ligou para ela às duas e meia, ela ligou para ele às nove e quarenta e seis. Quando ele provavelmente já estava morto.

Jane imaginou como as coisas teriam se passado naquela noite. O assassino ainda na casa de Gott, o cadáver já pendurado na garagem, talvez sendo eviscerado. O telefone toca, a secretária eletrônica atende, e Jodi Underwood deixa um recado. O que havia nesse recado que impeliu o assassino a apagá-lo, deixando uma marca de sangue na secretária? O que o faria ir até Brookline para cometer um segundo assassinato naquela mesma noite?

Ela encarou Frost.

— Não chegamos a encontrar uma agenda de telefones na casa dele.

— Não. E vasculhamos tudo, porque queríamos os contatos. Não achamos nenhuma agenda.

Ela pensou no assassino, parado junto ao telefone, vendo o número de Jodi no visor, número para o qual Gott havia ligado mais cedo. Número que Gott certamente tinha guardado em sua agenda, com o endereço de Jodi.

Jane continuou lendo as postagens da página de Jodi no Facebook. Ela escrevia com regularidade, pelo menos com intervalos de poucos dias. A última postagem era de sábado, dia anterior à sua morte

> Confiram essa receita de *pad thai* vegetariano. Fiz para minha irmã e o marido dela ontem à noite, e eles nem sentiram falta da carne. É saudável, saboroso e bom para o planeta!

Teria Jodi suspeitado de que seu jantar com macarrão de arroz e tofu naquela noite seria uma de suas últimas refeições? De que todos os seus esforços para ser saudável logo seriam irrelevantes?

Jane leu as postagens anteriores de Jodi, sobre livros que havia lido e filmes de que tinha gostado, sobre casamentos e aniversários de amigos, sobre um dia triste de outubro em que ela pensou no sentido da vida. Algumas semanas antes, em setembro, ela estava animada com o começo de um novo ano escolar.

> Como é bom ver rostos conhecidos na biblioteca!

No começo de setembro, ela havia postado a fotografia de um jovem sorridente, de cabelo castanho, com um comentário melancólico.

Há seis anos perdi o amor da minha vida. Nunca vou deixar de sentir saudade, Elliot.

Elliot.

— O filho dele — disse Jane, num murmúrio.

— O quê?

— Tem uma postagem de Jodi sobre um homem chamado Elliot. Ela escreveu: "Há seis anos perdi o amor da minha vida."

— Há seis anos? — Frost a encarou, surpreso. — Foi quando Elliot Gott desapareceu.

No mês de novembro, com o fim do horário de verão, o sol se põe cedo na Nova Inglaterra e, às quatro e meia daquela tarde escura, já parecia anoitecer. A chuva havia ameaçado cair o dia inteiro, e uma garoa fina cobria o para-brisa quando Jane e Frost chegaram à casa de Jodi Underwood. Havia um Ford Fusion cinza estacionado em frente à casa, e, no lado do motorista, dava para ver a silhueta de uma mulher. Mesmo antes de Jane desafivelar o cinto de segurança, a porta do Ford se abriu e a motorista saltou do veículo. Era esbelta, o cabelo gracioso com mechas prateadas, vestida com peças elegantes mas práticas: terninho cinza, capa de chuva bege e sapatilhas confortáveis. Eram roupas que podiam ter saído do armário de Jane, o que não era nenhuma surpresa, porque aquela mulher também era policial.

— Detetive Andrea Pearson — apresentou-se ela. — Polícia de Brookline.

— Jane Rizzoli, Barry Frost — disse Jane. — Obrigada por nos encontrar.

Eles trocaram um aperto de mão, mas não perderam tempo demorando-se na chuva, que já apertava. Pearson imediatamente os conduziu aos degraus que levavam à porta da frente. Era uma casa modesta, com um pequeno jardim dominado por forsítias dispostas de par em par, os galhos desprovidos de folhas por causa do outono. A fita policial ainda se achava presa à cerca da varanda, anunciando uma tragédia mais adiante.

— Preciso dizer que fiquei surpresa com a ligação de vocês — disse a detetive Pearson ao pegar no bolso a chave da casa. — A operadora ainda não nos mandou o registro de chamadas de Jodi Underwood, e o celular desapareceu. Então não fazíamos ideia de que ela e o Sr. Gott tinham se falado.

— Você disse que o celular desapareceu — observou Jane. — Foi roubado?

— Com algumas outras coisas. — A detetive Pearson destrancou a porta. — O motivo aqui era roubo. Pelo menos foi o que imaginamos.

Eles entraram na casa, e a detetive Pearson acendeu a luz. Jane passou os olhos pela sala com piso de madeira e decoração ao estilo minimalista sueco, mas sem nenhuma mancha de sangue. O único indício de que ocorrera um crime ali eram os borrões do pó usado para tirar impressões digitais.

— O corpo estava caído aqui, perto da porta de entrada — indicou a detetive Pearson. — Como Jodi não apareceu no trabalho na manhã de segunda-feira, a escola telefonou para a irmã dela, Sarah, que veio imediatamente até a casa. Ela foi encontrada por volta das dez da manhã. Estava de pijama e roupão. A causa da morte era bastante óbvia. Havia marcas de corda em torno do pescoço, e o patologista confirmou que se tratava de estrangulamento. A vítima também tinha um hematoma na têmpora direita, talvez de um primeiro golpe, para derrubá-la. Não havia nenhum indício de investida sexual. Foi um ataque rápido, que provavelmente aconteceu assim que ela abriu a porta.

— Você disse que ela estava de pijama e roupão? — perguntou Frost.

Pearson assentiu.

— O patologista estimou que a hora da morte foi entre as oito da noite e as duas da manhã. Se ela telefonou para Gott às nove e quarenta e seis, isso reduz o intervalo para nós.

— Presumindo que quem fez a ligação tenha sido ela e não outra pessoa usando o telefone.

Pearson se deteve.

— É uma possibilidade, já que o celular desapareceu. Todas as ligações feitas para ela na manhã de segunda caíram na caixa postal, então parece que quem está com o aparelho decidiu desligá-lo.

— Você disse que achava que o motivo era roubo. O que mais foi levado? — indagou Jane.

— Segundo a irmã dela, Sarah, os objetos roubados incluem um MacBook Air, uma câmera, o celular e a bolsa de Jodi. Houve outros roubos no bairro, mas eles aconteceram quando os moradores não estavam em casa. O mesmo tipo de objeto foi levado, sobretudo aparelhos eletrônicos.

— Vocês acham que foi a mesma pessoa?

A detetive Pearson não respondeu de imediato, mas voltou os olhos para o chão, como se ainda pudesse ver o corpo de Jodi Underwood caído a seus pés. Uma mecha de cabelo prateado deslizou por seu rosto, e ela a afastou. Voltou-se para Jane.

— Não sei. Nos outros roubos havia impressões digitais, evidentemente trabalho amador. Mas aqui não havia nenhum rastro. Nenhuma impressão digital, nenhuma pegada. É tudo muito limpo, muito eficiente, parece quase...

— Profissional.

A detetive Pearson assentiu

— Foi por isso que fiquei intrigada com os telefonemas trocados com Leon Gott. A morte dele parecia premeditada?

— Premeditada, não sei — respondeu Jane. — Mas sem dúvida não foi limpa e eficiente como essa aqui

— Como assim?

— Vou te mandar as fotos da cena do crime. Tenho certeza de que você vai concordar que o assassinato de Leon Gott foi bem mais caótico. E mais grotesco.

— Então talvez não haja nenhuma ligação entre os dois casos — sugeriu a detetive Pearson. — Mas vocês sabem por que eles se falaram? Como se conheciam?

— Tenho um palpite, mas preciso confirmá-lo com a irmã de Jodi. Você disse que o nome dela é Sarah?

— Ela mora a mais ou menos um quilômetro e meio daqui. Vou ligar para ela e avisar que vamos dar uma passada lá. Por que vocês não me seguem no seu carro?

— Minha irmã detestava tudo que Leon Gott defendia. A caça de animais de grande porte, sua política, mas sobretudo a maneira como ele tratava o filho — disse Sarah. — Não imagino por que ele telefonaria para Jodi. Ou por que *ela* telefonaria para ele.

Estavam sentados na sala de estar bem-arrumada de Sarah, onde os móveis eram todos de madeira clara e vidro. Era evidente que as duas irmãs tinham gostos semelhantes, inclusive a sofisticada decoração sueca. Elas também se pareciam fisicamente: ambas tinham o cabelo ruivo cacheado e pescoço comprido. Mas, ao contrário da fotografia sorridente de Jodi no Facebook, o rosto de Sarah era um retrato da exaustão. Ela havia trazido uma bandeja de chá e biscoitos para as três visitas, mas sua própria xícara esfriava intocada. Embora tivesse 38 anos, sob a luz cinzenta da janela, parecia mais velha, como se o sofrimento tivesse exercido sua própria gravidade no rosto, puxando para baixo os cantos da boca e dos olhos.

A detetive Pearson e Sarah já se conheciam e tinham criado um vínculo por causa da morte de Jodi, por isso Jane e Frost deixaram para ela as primeiras perguntas.

— Talvez esses telefonemas não tenham nada a ver com o assassinato de Jodi, Sarah — disse Pearson. — Mas é uma coincidência assombrosa. Jodi chegou a mencionar Leon Gott nas últimas semanas?

— Não. Nem nos últimos meses, ou anos. Depois que ela perdeu Elliot, não havia motivo para falar do pai dele.

— O que ela dizia de Leon Gott?

— Dizia que ele era o pai mais detestável do mundo. Jodi e Elliot moraram juntos durante mais ou menos dois anos, então ela ouviu falar muito de Leon. Que ele gostava mais de suas armas do que da família. Que levou o Elliot para caçar um dia, quando ele tinha só 13 anos. Aí pediu a ele para eviscerar um cervo e, quando o Elliot se recusou, chamou o filho de bicha.

— Que horror!

— A mulher de Leon o deixou pouco tempo depois disso, levando Elliot junto. Melhor coisa que podia ter feito como mãe. Uma pena que não tenha feito isso antes.

— E Elliot tinha muito contato com o pai?

— Esporadicamente. Jodi me disse que o último telefonema do Leon para Elliot tinha sido no aniversário dele, mas que foi uma conversa rápida. Elliot tentou ser educado, mas desligou quando o pai começou a falar mal da mãe dele, já falecida. Um mês depois, Elliot foi para a África. Era a viagem dos sonhos dele, algo que ele tinha passado anos planejando. Ainda bem que Jodi não conseguiu tirar férias para acompanhá-lo, ou podia ter...

Sarah baixou a cabeça e fitou a xícara de chá intocada.

— Depois que Elliot desapareceu — prosseguiu a detetive Pearson —, Jodi teve algum contato com Leon?

Sarah assentiu.

— Poucas vezes. Foi preciso ele perder o filho para se dar conta do péssimo pai que tinha sido. Minha irmã era uma pessoa muito boa e tentou oferecer algum consolo a ele. Os dois nunca se deram bem, mas, depois do serviço fúnebre em memória de Elliot, ela escreveu um cartão para Leon. Até imprimiu e emoldurou a última fotografia de Elliot, tirada quando ele estava na África. Ela deu essa foto a Leon e ficou surpresa ao receber uma carta de agradecimento dele. Mas, depois disso, eles perderam o contato. Até onde sei, fazia anos que não se falavam.

Até esse momento, Jane se mantivera em silêncio, deixando a detetive Pearson conduzir a conversa. Agora ela não podia deixar de intervir.

— Sua irmã tinha outras fotografias de Elliot na África?

Sarah lhe dirigiu um olhar confuso.

— Algumas. Ele mandou todas do celular quando estava viajando. A câmera nunca foi encontrada, por isso essas fotografias são as únicas que existem da viagem.

— Você as viu?

— Vi. Eram só fotos típicas de viagem. Imagens do voo, pontos turísticos na Cidade do Cabo. Nada memorável. — Ela soltou um riso triste. — Elliot não era exatamente bom fotógrafo.

A detetive Pearson encarou Jane.

— Existe algum motivo para você estar perguntando sobre as fotografias da África?

— Conversamos com uma testemunha que estava na casa de Gott por volta das duas e meia de domingo. Ele o ouviu falando ao telefone, dizendo a alguém que queria todas as fotos de Elliot na África. Com base no horário do telefonema, essa conversa teria sido com Jodi. — Jane fitou Sarah. — Por que Leon queria essas fotos?

— Não faço ideia. Culpa?

— Pelo quê?

— Por não ter sido um pai melhor. Por todos os erros que cometeu, as pessoas que magoou. Talvez estivesse finalmente pensando no filho que ignorou durante todos aqueles anos.

Era isso que Jerry O'Brien também tinha dito a eles, que recentemente Leon Gott tinha ficado obcecado com o desaparecimento do filho. Com a idade, vinham os arrependimentos e os pensamentos sobre como *poderia* ter sido a relação entre eles, mas, para Leon, jamais haveria a oportunidade de fazer as pazes com Elliot. Sozinho naquela casa, com a companhia de apenas um cachorro e dois gatos, ele teria de repente se dado conta de que os animais de estimação não substituíam o amor de um filho?

— É só o que posso dizer sobre Leon Gott — continuou Sarah. — Só o encontrei uma vez, no serviço fúnebre em memória de Elliot, há seis anos. Nunca mais o vi.

O último vislumbre do crepúsculo se apagara, e agora estava escuro do outro lado da janela. Sob o brilho suave do abajur, o rosto de Sarah parecia ter rejuvenescido alguns anos e ela se mostrava mais animada. Talvez porque havia deixado de lado o papel de irmã enlutada e estava agora entretida no quebra-cabeça das últimas horas de Jodi e seu possível envolvimento com Leon Gott.

— Você disse que ele ligou para Jodi às duas e meia — continuou Sarah, olhando para a detetive Pearson. — Ela ainda estaria em Plymouth. Em um seminário.

A detetive Pearson voltou-se para Jane e Frost.

— Tentamos fazer uma reconstituição do último dia de Jodi. Sabemos que ela estava em um seminário sobre biblioteconomia no domingo, que terminou às cinco da tarde. Ela provavelmente chegou em casa depois da hora do jantar. Talvez por isso tenha retornado a ligação de Gott tão tarde, às nove e quarenta e seis.

— Sabemos que ele telefonou para ela às duas e meia para falar sobre as fotografias — observou Jane. — Então imagino que ela tenha ligado de volta à noite para falar do mesmo assunto. Talvez para dizer que tinha encontrado as fotos... — Jane se deteve. Olhou para Sarah. — Onde sua irmã guardava as fotos da viagem de Elliot à África?

— Eram arquivos digitais, então ficariam no laptop.

Jane e a detetive Pearson se entreolharam.

— Que desapareceu — murmurou Jane.

Do lado de fora da casa, os três detetives conversavam em voz baixa, tremendo de frio ao sereno, perto dos carros estacionados.

— Mandaremos nosso material para você, e ficaríamos agradecidos se você nos mandasse o seu — disse Jane.

— Claro. Mas ainda não sei o que estamos procurando.

— Nem eu — admitiu Jane. — Mas me parece que tem *alguma coisa* aqui. Alguma coisa relacionada às fotografias de Elliot na África.

— Vocês ouviram a descrição de Sarah. Eram fotos típicas de turista, nada notável.

— Pelo menos para ela.

— E são de seis anos atrás. Por que alguém ligaria para isso agora?

— Não sei. Só estou seguindo uma...

— Intuição?

A palavra fez Jane parar. Ela pensou na conversa que tivera com Maura ainda naquele dia, quando havia rechaçado a intuição da amiga sobre a ossada recém-encontrada. Quando se trata de palpites, pensou, só confiamos nos nossos. Mesmo que não sejamos as melhores pessoas para defendê-los.

A detetive Pearson afastou uma mecha do cabelo molhado pelo sereno e suspirou.

— Não faz mal dividir informações. É uma boa mudança. Em geral, os rapazes usam meu material, mas não partilham o deles. — Ela encarou Frost. — Sem querer falar mal dos homens.

Jane riu.

— Esse aqui é diferente. Divide tudo, menos suas batatas fritas.

— Que você rouba de qualquer jeito — respondeu Frost.

— Vou mandar o que tenho por e-mail para vocês assim que chegar em casa — prometeu a detetive Pearson. — Vocês podem pedir o relatório da necropsia de Jodi ao Departamento de Medicina Legal.

— Que médico fez a necropsia?

— Não conheço todos os patologistas que trabalham lá. Era um homem grandalhão. Voz grossa.

— Parece o Dr. Bristol — imaginou Frost.

— Isso mesmo. Dr. Bristol. Ele fez a necropsia na terça-feira passada. — Pearson pegou no bolso a chave do carro. — Não houve nenhuma surpresa.

16

Há algo com relação às surpresas: nunca se sabe quando uma vai aparecer para mudar o curso da investigação.

Jane dedicou a tarde seguinte à procura de uma surpresa desse tipo nos arquivos que Andrea Pearson lhe enviara. Sentada diante do computador, com as sobras do almoço espalhadas sobre a mesa, ela via página por página os depoimentos e anotações da detetive Pearson. Jodi Underwood morava na mesma casa há oito anos, casa essa que herdara dos pais, e era uma vizinha tranquila e atenciosa. Não tinha inimigos nem namorado. Na noite do assassinato, nenhum vizinho se lembrava de ter ouvido gritos ou barulho, nada que indicasse que alguém estava lutando para se manter vivo.

"Um ataque rápido" havia sido a descrição de Pearson, tão rápido que a vítima não teve chance de resistir. As fotografias da cena do crime condiziam com a descrição de Pearson. O corpo de Jodi foi encontrado no hall de entrada, caído de costas, com um braço estendido em direção à porta, como se houvesse menção de se arrastar para fora da casa. Ela usava um pijama listrado e um roupão azul-escuro. Um chinelo ainda se achava no pé esquerdo, o outro estava a alguns centímetros de distância. Jane tinha chinelos idênticos, de camurça bege com forro de lã, comprados na L.L.Bean. Jamais conseguiria usá-los novamente sem pensar naquela fotografia do pé de uma mulher morta.

Ela abriu o relatório da necropsia, redigido pelo colega de Maura, o Dr. Bristol. Abe Bristol tinha uma personalidade vivaz, risada alta, apetite enorme e péssimos hábitos alimentares, mas, no trabalho, era tão detalhista quanto Maura. Embora nada tivesse sido encontrado no local, as marcas no pescoço da vítima haviam sido suficientes para Bristol afirmar que se tratava de corda, e não de fio. A hora da morte se situava entre as oito da noite e as duas da manhã.

Jane percorreu as páginas que descreviam os órgãos internos (todos saudáveis) e o exame genital (nenhum indício de trauma ou atividade sexual recente). Ainda nenhuma surpresa.

Ela se voltou para a lista das roupas: pijama feminino listrado de duas peças, 100% algodão, tamanho pequeno. Roupão azul-escuro aveludado, tamanho pequeno. Chinelos femininos de lã, tamanho 36, marca L.L.Bean.

Abriu a página seguinte. Percorreu a lista de vestígios entregues à perícia forense e viu o de sempre: aparas de unha, pelos pubianos, material de coleta. Então se voltou para os itens que havia no fim da página.

> Três pelos brancos/acinzentados, possivelmente de animal, de três a quatro centímetros de comprimento. Colhidos no roupão da vítima, perto da bainha.

Possivelmente de animal.

Jane pensou no piso de madeira e nos sofisticados móveis suecos de Jodi, tentando se lembrar de ter notado algum sinal de que havia um animal de estimação na casa. Um gato, talvez, que tivesse se esfregado no roupão azul aveludado. Pegou o telefone e ligou para a irmã de Jodi.

— Ela adorava animais, mas não tinha nenhum bicho de estimação, a menos que a gente conte o peixe dourado que morreu uns meses atrás — disse Sarah.

— Ela nunca teve cachorro ou gato? — perguntou Jane.

— Não podia. Era tão alérgica que, só de ficar perto de um gato, já começava a espirrar. — Sarah soltou um riso triste. — Quando era pequena, ela sonhava em ser veterinária e se ofereceu para trabalhar como voluntária numa clínica de animais. Foi quando teve a primeira crise de asma.

— Ela tinha algum casaco de pele? Talvez de coelho ou marta?

— Sem chance. Jodi pertencia à PETA.

Jane desligou o telefone e fitou aquelas palavras no computador. "Três pelos brancos/acinzentados, possivelmente de animal."

E pensou: Leon Gott tinha gatos.

— Esses três pelos apresentam um quebra-cabeça interessante — avaliou Erin Volchko. Perita forense veterana da polícia de Boston, especializada em pelos e fibras, Erin já havia transmitido seus conhecimentos a dezenas de detetives, conduzindo-os pela intrincada análise de fibras de tapete e fios de cabelo, destacando as diferenças entre lã e algodão, sintético e natural, fio arrancado e cortado. Embora Jane já tivesse olhado no microscópio diversas vezes para examinar fios de cabelo de incontáveis cenas de crime, jamais teria a habilidade de Erin para distinguir um do outro. Todo cabelo louro parecia o mesmo para Jane.

— Um dos pelos está no microscópio agora — continuou Erin. — Sente-se, vou te mostrar meu problema.

Jane se acomodou no banco do laboratório, de frente para o microscópio com duas cabeças binoculares. Através das lentes, viu um pelo que se estendia em diagonal em seu campo de visão.

— Esse é o primeiro pelo colhido no roupão da Sra. Underwood — explicou Erin, olhando pelo outro par de lentes. — Cor: branca. Curvatura: nula. Comprimento: três centímetros. Dá para ver a cutícula, o córtex e a medula muito claramente. Concentre-se primeiro na cor. Está vendo que não é uniforme? Ela fica mais clara à medida que se aproxima da ponta. O cabelo humano costuma ser de cor uniforme por toda a extensão do fio, então essa é a primeira pista de que estamos lidando com algo que não é humano. Agora olhe a medula, o núcleo ao longo de todo o fio. Essa medula é mais larga do que no cabelo humano.

— Então que pelo é esse?

— A camada externa da cutícula nos dá uma boa ideia. Tirei algumas fotomicrografias. Vou mostrar a você.

Erin se voltou para o computador sobre a mesa e digitou algo no teclado. Uma imagem ampliada do pelo surgiu na tela. A superfície do fio era coberta de finas escamas triangulares, dispostas como uma armadura.

— Eu diria que essas escamas são espinhosas — prosseguiu Erin. — Está vendo que elas se erguem um pouco, como se fossem abrir, feito pequenas pétalas? Adoro como tudo fica complexo quando aumentado! É todo um novo universo que não podemos ver a olho nu.

Erin sorriu para a tela, como se contemplasse uma cidade estrangeira que gostaria de visitar. Fechada o dia inteiro naquela sala sem janelas, seu campo de ação eram essas paisagens microscópicas feitas de queratina e proteína.

— E o que isso significa? — perguntou Jane. — O fato de que o pelo tem escamas espinhosas?

— Isso confirma minha primeira impressão de que não é humano. Quanto à espécie, esse formato de escama é compatível com marta, foca e gato doméstico.

— O mais comum é sempre o mais provável. Logo, imagino que seja de um gato doméstico.

Erin assentiu.

— Não posso afirmar com 100% de certeza, mas é mais provável que seja de gato. Um único gato solta centenas de milhares de pelos por ano.

— Minha nossa! Haja aspirador de pó.

— E, se a pessoa tem mais de um gato na casa, ou dezenas deles, imagine quantos pelos isso não rende.

— Não quero nem imaginar.

— Já li um estudo que mostrava ser impossível entrar em uma casa onde se tem gato sem sair com alguns pelos. A maioria das famílias americanas tem pelo menos um gato ou cachorro, então quem sabe como esse pelo chegou até o roupão da vítima? Se ela própria não tinha gato, podia ter estado com o gato de uma amiga.

— A irmã diz que a vítima era muito alérgica e evitava contato com animais. Estou imaginando se esses pelos não teriam chegado até ela por outro meio. Pelo assassino.

— E você acha que o assassino os teria trazido da casa de Leon Gott.

— Gott tem dois gatos e um cachorro, por isso a casa era uma fábrica de pelos. Fiquei cheia de pelos de gato só de andar pelos cômodos. O mesmo teria acontecido com o assassino. Se eu colher alguns pelos dos gatos de Gott, você poderia fazer comparações de DNA com esses três fios?

Erin suspirou e pôs os óculos no alto da cabeça.

— O exame de DNA seria um problema. Esses três fios colhidos no roupão de Jodi Underwood se soltaram durante a fase telogênica. Não têm DNA nuclear.

— E esse aqui sob o microscópio? Uma comparação visual?

— Isso só nos diria que estamos diante de pelos brancos que *poderiam* ser do mesmo gato. Não serve como prova num tribunal.

— Existe alguma maneira de eu provar que esses pelos vieram da casa de Gott?

— Talvez. Se você tiver contato com algum gato, vai notar que eles estão sempre se limpando. E, toda vez que lambem os pelos, os gatos soltam da boca células epiteliais. Talvez possamos obter o DNA mitocondrial a partir desses fios. Mas os resultados talvez demorem algumas semanas.

— Seria uma prova?

— Seria.

— Então acho que preciso colher uns pelos de gato.

— Eles devem ser tirados diretamente do animal, para termos o material adequado.

Jane resmungou.

— Não vai ser fácil, porque não conseguimos pegar um dos gatos. Ainda está escondido em algum lugar na casa da vítima.

— Ah, coitado! Espero que alguém o esteja alimentando.

— Adivinha quem vai lá todo dia para deixar comida e água e limpar a caixa de areia?

Erin riu.

— Não me diga. O detetive Frost.

— Ele diz que *detesta* gato, mas juro que entraria numa casa em chamas só para salvar um.

— Sempre gostei do detetive Frost. Ele é um amor.

Jane bufou.

— É, comparada a ele pareço uma vaca.

— O que ele precisa é encontrar outra mulher — disse Erin ao remover a lâmina do microscópio. — Eu queria apresentá-lo a uma amiga, mas ela se recusa a namorar um policial. Diz que são controladores. — Ela botou uma nova lâmina sob o microscópio. — Muito bem, agora vou mostrar a você outro pelo colhido no mesmo roupão. Foi esse que me deixou completamente aturdida.

Jane voltou a se sentar no banco do laboratório e encostou os olhos no par de lentes.

— Parece o primeiro pelo. Qual é a diferença?

— À primeira vista, parece semelhante, sim. Branco, reto, em torno de cinco centímetros. Tem a mesma gradação de cor que nos diz que provavelmente não é humano. No início, achei que também fosse de *Felis catus*, o gato doméstico. Mas, se ampliarmos ainda mais a imagem, veremos que tem origem bem distinta.

Ela retornou ao computador e abriu uma segunda janela na tela, mostrando outra fotomicrografia. Dispôs as duas imagens lado a lado.

Jane franziu a testa.

— O segundo pelo não se parece nada com o do gato doméstico.

— As escamas cuticulares são muito diferentes. Parecem pequenos cumes de montanha. Nada a ver com as escamas espinhosas do gato doméstico.

— De que animal é esse segundo pelo?

— Comparei-o com o pelo de todos os animais do meu banco de dados. Mas é algo que nunca vi.

Uma criatura misteriosa. Jane pensou na casa de Leon Gott e suas paredes cheias de animais empalhados. E pensou na oficina de taxidermia onde ele sempre raspava, secava e esticava a pele de animais de todo o mundo.

— Poderia ser de um leopardo-das-neves? — perguntou.

— Isso é bastante específico. Por que um leopardo-das-neves?

— Porque Gott estava trabalhando na pele de um, que desapareceu.

— Eles são animais extremamente raros, por isso não sei onde eu obteria uma amostra de pelo para fazer a comparação. Mas existe uma maneira de definirmos a espécie. Você se lembra de como identificamos aquele pelo estranho do assassinato de Chinatown? O pelo que no fim das contas era de um macaco?

— Você o mandou para um laboratório de Oregon.

— Exatamente, o Laboratório Forense de Vida Selvagem. Eles têm um banco de dados de padrões de queratina de espécies do mundo inteiro. Com a eletroforese, podemos analisar os componentes da proteína de um pelo e compará-lo a padrões de queratina conhecidos.

— Vamos fazer isso. Se esse pelo for de um leopardo-das-neves, é quase certo que tenha vindo da casa de Gott.

— Nesse meio-tempo — disse Erin —, traga para mim o pelo dos gatos. Se o DNA for correspondente, você vai ter a prova de que esses dois assassinatos estão relacionados.

17

— Você foi um grande erro — disse Maura. — Eu nunca devia ter te trazido para casa.

O gato a ignorou, lambendo a pata, limpando-se meticulosamente depois de devorar atum espanhol importado e conservado no azeite. Uma extravagância de dez dólares, mas ele havia se recusado a tocar na ração, e Maura tinha se esquecido de comprar mais latas de patê para gatos quando voltava para casa naquela tarde. Ao vasculhar a despensa, encontrara aquela preciosa lata de atum, que ela pretendia usar numa bela salada niçoise com vagem e batata. Mas não, o pequeno e guloso hóspede devorou todo o conteúdo e se retirou da cozinha, deixando claro que os serviços de Maura já não eram necessários.

Uma companhia e tanto! Sou só a empregada. Maura lavou a vasilha do gato com água quente e sabão e a deixou na lava-louças, para uma limpeza que eliminasse todos os micróbios. Dava para pegar *Toxoplasma gondii* de um gato em apenas uma semana? Ela andava obcecada com toxoplasmose, porque tinha lido que causava esquizofrenia. As loucas dos gatos ficavam loucas *por causa* dos gatos. É assim que esses animais astutos nos controlam, pensou. Eles nos infectam com um parasita que nos faz servir para eles latas de atum de dez dólares.

A campainha tocou.

Ela lavou e secou as mãos, pensando “Morram, micróbios!”, e se dirigiu à porta.

Jane Rizzoli se achava na varanda.

— Vim pegar o pelo do gato — disse, tirando do bolso uma pinça e um saco de provas. — Você faz as honras?

— Por que você não faz?

— É seu gato.

Com um suspiro, Maura pegou a pinça e foi para a sala. O gato estava agora sentado sobre a mesinha de centro, fitando-a com desconfiança nos olhos verdes. Fazia uma semana que eles estavam juntos, e ela ainda não tinha estabelecido um laço afetivo com o animal. Seria possível criar um laço afetivo com um gato? Na casa de Gott, ele havia enchido Maura de carinho, miando e se esfregando em sua calça até ela se convencer a adotá-lo. Desde que o levara para casa, a atitude dele era de pura indiferença, embora ela o tivesse enchido de atum e sardinhas. Era a queixa universal das esposas decepcionadas: “Ele me cortejou, me seduziu, agora sou a empregada.”

Ela se ajoelhou ao lado do gato, que imediatamente saltou da mesinha de centro e se retirou para a cozinha, com postura de desprezo.

— Precisa ser arrancado direto do animal — disse Jane.

— Eu sei, eu sei. — Maura seguiu o gato pelo corredor, murmurando: — Por que me sinto tão ridícula?

Ela encontrou o gato sentado onde deveria estar sua vasilha, os olhos fixos nela, com um brilho acusatório.

— Talvez ele esteja com fome — sugeriu Jane.

— Acabei de dar comida.

— Dê de novo.

Jane abriu a geladeira e pegou uma caixa de creme de leite.

— Preciso disso para uma receita — disse Maura.

— Preciso do pelo do gato. — Jane botou o creme de leite numa tigela e a deixou no chão. O gato imediatamente começou a lambê-lo. Nem notou quando Jane tirou três pelos de seu dorso. — Quando tudo o mais falha, experimente o suborno — disse, guardando os pelos no saco de provas. — Agora só preciso de uma amostra do outro gato.

— Ninguém conseguiu pegar o outro gato.

— É, vai ser um problema. Frost foi à casa todos os dias da semana e nem o viu.

— Tem certeza de que ele ainda está na casa? Não fugiu?

— Alguma coisa está comendo a ração, e aquela casa tem muitos lugares que servem de esconderijo. Talvez eu possa fazer uma armadilha. Você tem uma caixa de papelão que eu possa usar?

— Você também vai precisar de luvas. Faz ideia de quantas infecções terríveis você pode pegar se for arranhada por um gato? — Maura se dirigiu ao armário do corredor e pegou um par de luvas de couro marrom. — Experimente.

— Nossa, parecem caras! Vou tentar não estragá-las.

Ela se virou para a porta.

— Espere. Preciso de um par. Sei que tem mais um aqui.

— Você também vai?

— Aquele gato não quer ser pego. — Maura enfiou a mão no bolso de um casaco e encontrou o segundo par de luvas. — Sem dúvida isso é trabalho para duas mulheres.

O cheiro de morte ainda pairava na casa. Embora o corpo e as vísceras tivessem sido levados alguns dias antes, a decomposição deixa sua assinatura química no ar, um misto de odores que entra em frestas e armários, impregnando móveis, tapetes e cortinas. Como fuligem depois de um incêndio, o fedor do apodrecimento não se rende fácil e agora prendia-se obstinadamente à casa como se fosse o fantasma do próprio Gott. Nenhum serviço de limpeza fora chamado, e as pegadas de sangue ainda marcavam o chão. Uma semana antes, ao entrar ali, Maura estivera acompanhada de detetives e peritos cujas vozes ecoavam pelos cômodos. Hoje ela ouvia o sossego de uma casa abandonada, o silêncio quebrado apenas pelo zumbido de uma única mosca, voando a esmo pela sala.

Jane deixou no chão a caixa de papelão.

— Vamos de cômodo em cômodo. Comecemos pelo primeiro andar.

— Por que de repente pensei na funcionária do zoológico morta? — perguntou Maura.

— Esse é um gato doméstico, não um leopardo.

— Mesmo lindos gatinhos domésticos são predadores em sua base genética. — Maura calçou as luvas. — Um estudo que eu li calcula que os gatos de estimação caçam quase 4 bilhões de pássaros por ano.

— Bilhões? Sério?

— É da natureza deles. São ágeis e silenciosos.

— Em outras palavras, difíceis de serem capturados — concluiu Jane, com um suspiro.

— Infelizmente. — Maura pegou na caixa uma toalha de banho que havia trazido de casa. Seu plano era jogá-la sobre o gato fugitivo e botá-lo na caixa sem ser arranhada. — Uma hora isso vai ter mesmo que ser feito. O coitado do Frost não pode passar o resto da vida trazendo comida e areia de gato para cá. Quando o pegarmos, você acha que Frost vai ficar com ele?

— Se o levarmos a uma instituição que cuida dos animais, ele nunca mais vai falar com a gente. Confie em mim, quando eu o deixar na casa dele, é lá que o gato vai ficar.

Ambas calçaram as luvas. Os animais empalhados fitavam-nas em sua busca pela sala. Jane agachou para olhar debaixo do sofá e da poltrona. Maura vasculhou armários e compartimentos onde o gato podia ter se escondido. Batendo a poeira das mãos, endireitou o corpo e fitou a cabeça do leão-africano, os olhos de vidro reluzindo com uma inteligência tão genuína que ela quase esperava que o animal saltasse da parede.

— Ali está ele! — gritou Jane.

Maura deu meia-volta e viu uma coisa branca atravessar a sala e subir a escada correndo. Pegou a caixa de papelão e seguiu Jane até o segundo andar.

— Na suíte! — exclamou Jane em voz alta.

Elas entraram no quarto e fecharam a porta.

— Muito bem, ele está preso — disse Jane. — Sei que entrou aqui. Onde se escondeu?

Maura correu os olhos pela mobília. Viu a cama queen size, duas mesinhas de cabeceira e uma cômoda imensa. O espelho da parede refletia o rosto frustrado das duas.

Jane se ajoelhou para olhar debaixo da cama.

— Não está aqui — anunciou.

Maura se virou para o closet, a porta entreaberta. Era o único esconderijo do cômodo. Elas se entreolharam e, juntas, respiraram fundo.

— Cadê o gato, foi pro mato — cantarolou Jane, num murmúrio, e acendeu a luz do closet. Elas viram casacos, suéteres e muitas camisas xadrez. Jane afastou uma parca para olhar o fundo do armário. Recuou quando o gato saiu correndo, miando.

— Que merda! — Jane olhou seu braço direito, onde a manga da blusa havia se rasgado. — Agora eu oficialmente *odeio* gatos. Onde ele se meteu?

— Correu para debaixo da cama.

Jane seguiu na direção do adversário.

— Chega de ser a policial boazinha. Gato, agora eu te pego.

— Jane, você está sangrando. Tenho sachê de gaze embebida em álcool na bolsa, lá embaixo.

— Antes vamos pegá-lo. Vá para o outro lado da cama. Dê um susto nele, para ele vir para mim.

Maura se ajoelhou e espiou debaixo da cama. Um par de olhos amarelos retribuiu o olhar, e o rosnado que saiu da garganta do animal foi tão feroz que arrepiou os pelos de seus braços. Aquilo não era um gatinho bonitinho. Era o Fofinho do Inferno.

— Estou com a toalha preparada — avisou Jane. — Dê um susto nele para que venha na minha direção.

Maura agitou timidamente a mão para o animal.

— Xô!

O gato mostrou os dentes e soltou um chiado.

— *Xô?* — indignou-se Jane. — Sério, Maura, é o melhor que você pode fazer?

— Tudo bem. Vai, gato! — Maura agitou a mão com mais força, afastando o animal. Tirou o sapato e fez menção de jogá-lo. — *Vai!*

O gato saiu correndo de baixo da cama. Embora não pudesse ver a luta que se seguiu, Maura ouviu miados, chiados e os palavrões murmurados de Jane ao se engalfinhar com sua presa. Quando Maura se levantou afinal, Fofinho do Inferno já estava devidamente preso na toalha. Jane pôs o gato e a toalha na caixa de papelão e fechou as abas. A caixa se mexia com sete quilos de gato enfurecido.

— Preciso tomar uma vacina antirrábica? — perguntou Jane, olhando o braço arranhado.

— O que você precisa, antes de mais nada, é de sabão e antisséptico. Lave o braço. Vou lá embaixo pegar os sachês.

Maura seguia o lema dos escoteiros de estar sempre preparada, e em sua bolsa havia luvas de borracha, sachês de gaze embebida em álcool, pinça, protetores para os pés e sacos para provas. No andar de baixo, pegou a bolsa na mesinha de centro, onde a havia deixado. Catou os sachês, e estava subindo a escada quando notou o prego vazio na parede. Em torno dele, havia fotografias emolduradas de Leon Gott em várias expedições de caça, posando com sua espingarda e animais mortos. Um cervo, um búfalo, um javali, um leão. Também havia o artigo sobre Gott da *Hub Magazine*: "O mestre dos troféus de caça: uma entrevista com o grande taxidermista de Boston."

Jane desceu as escadas até a sala.

— Então, é melhor eu tomar a antirrábica?

Maura indicou o prego vazio.

— Vocês tiraram alguma coisa daqui?

— Estou com medo de que meu braço caia, e você está preocupada com um espaço vazio na parede.

— Alguma coisa sumiu daqui, Jane. Estava assim na semana passada?

— Estava. Eu tinha notado o prego. Posso dar uma olhada nos vídeos da cena do crime para confirmar. — Jane se deteve, franzindo a testa. — Será que...

— O quê?

Jane se virou para ela.

— Gott telefonou para Jodi Underwood para pedir fotografias de Elliot na África. — Ela indicou o espaço vazio na parede. — Você acha que isso teria a ver com o motivo da ligação?

Perplexa, Maura balançou a cabeça.

— Uma fotografia desaparecida?

— Naquele mesmo dia, ele também telefonou para a Interpol da África do Sul. Novamente por causa de Elliot.

— Por que ele estaria interessado no filho agora? Elliot não desapareceu há seis anos?

— Há seis anos. — Jane se voltou mais uma vez para o espaço vazio na parede, de onde algo havia sido retirado. — Em Botsuana.

18

BOTSUANA

Quanto tempo um homem consegue ficar acordado, eu me pergunto ao observar Johnny batendo cabeça à luz da fogueira, os olhos semicerrados, o torso vergando para a frente como uma árvore prestes a cair. No entanto, seus dedos ainda se mantêm fixos em torno da espingarda em seu colo, como se a arma fizesse parte de seu corpo, uma extensão de seus membros. Durante toda a noite, os outros ficaram observando-o, e sei que Richard está tentado a brigar pela arma, mas, mesmo semiadormecido, Johnny é um obstáculo temível. Desde a morte de Isao, ele apenas tira cochilos durante o dia e está decidido a passar as noites acordado. Se continuar assim, em poucos dias estará catatônico ou louco.

De qualquer maneira, estará com a arma.

Estudo os rostos em torno da fogueira. Sylvia e Vivian estão aninhadas, juntas, o cabelo louro igualmente emaranhado, a fisionomia igualmente aflita. É estranho o que a selva faz mesmo às mulheres bonitas. Ela as despe de todo brilho superficial, desbota o cabelo, tira a maquiagem, reduz seu corpo a carne e osso. É o que vejo quando olho para elas agora: duas mulheres sendo lentamente reduzidas a seus elementos básicos. Já aconteceu com a Sra. Matsunaga, que agora se resume a sua essência frágil, dilacerada. Ela ainda não está comendo. O prato de carne que lhe entreguei permanece intocado a seus pés. Para lhe garantir algum tipo de nutriente, acrescentei duas colheres de açúcar ao chá, mas ela imediatamente cuspiu o líquido e agora me olha com desconfiança, como se eu tivesse tentado envenená-la.

Na verdade, todos agora me olham com desconfiança, porque não me juntei ao time "a culpa é do Johnny". Eles acham que me entreguei ao mal e que sou espiã de Johnny, quando tudo que estou tentando fazer é descobrir uma maneira possível de ficarmos vivos. Sei que Richard não é um homem da natureza, embora ele ache que é. Elliot, desajeitado, apavorado, não faz a barba há dias; seus olhos estão injetados, e a qualquer momento acredito que ele vá começar a balbuciar como um louco. As louras estão desmoronando diante de meus olhos. A única pessoa que está física e mentalmente apta, que sabe o que está fazendo, é Johnny. Meu voto é para ele.

Esse é o motivo de os outros não olharem mais para mim. Quando passam a meu lado, lançam olhares furtivos uns aos outros, num código Morse de piscadelas silenciosas. Estamos vivendo a versão real do *Survivor*, e está claro que votaram em mim para ser eliminada da ilha.

As louras se retiram primeiro, abraçadas, cochichando ao sair de perto da fogueira. Então Elliot e Keiko vão para suas barracas. Por um instante, ficamos apenas Richard e eu sentados em torno do fogo, ressabiados demais um com o outro para dizer alguma coisa. É quase impossível acreditar que já amei esse homem. Três dias na selva acrescentaram um belo vigor a seus traços, mas agora vejo a futilidade trivial por baixo de tudo. O verdadeiro motivo de ele não gostar de Johnny é não estar à sua altura. Tudo se resume à necessidade de ser mais homem. Richard sempre precisa ser o herói de sua própria história.

Ele parece estar prestes a dizer alguma coisa quando nos damos conta de que Johnny está acordado, os olhos brilhando na penumbra. Sem uma palavra, Richard se levanta. Ao observá-lo se afastar e entrar em nossa barraca, estou consciente do olhar de Johnny sobre mim, sinto o calor desse olhar em meu rosto.

— Onde você o conheceu? — pergunta ele. Está sentado tão imóvel, recostado na árvore, que é como se fizesse parte do tronco, seu corpo uma raiz comprida e sinuosa.

— Numa livraria, claro. Ele foi autografar o livro *Opção: matar*.

— Sobre o que era o livro?

— Ah, é um típico suspense de R. Renwick. O herói está preso numa ilha remota com terroristas. E usa suas habilidades para derrubá-los um a um. Os homens devoram esses livros, por isso tivemos casa cheia na noite de autógrafos. Depois ele e os funcionários da livraria foram beber num pub. Eu tinha certeza de que ele estava de olho na minha colega Sadie. Mas não, foi para casa comigo.

— Você parece surpresa.

— Você não conhece Sadie.

— E quanto tempo tem isso?

— Faz quase quatro anos.

Tempo o bastante para Richard se entediar. Tempo o bastante para as várias ofensas e ressentimentos se acumularem e motivarem um homem a imaginar melhores opções.

— Então vocês devem se conhecer bem — diz Johnny.

— Devíamos.

— Você não tem certeza?

— E é possível ter?

Ele olha para a barraca de Richard.

— Com algumas pessoas, não. Do mesmo jeito que nunca podemos nos sentir seguros com alguns animais. É possível domar um leão ou um elefante, até mesmo aprender a confiar neles. Mas não se pode jamais confiar num leopardo.

— Que animal você acha que Richard é? — pergunto, um pouco na brincadeira.

Johnny não sorri.

— Me diga você.

A resposta dele, dita em voz baixa, me obriga a refletir sobre meus quase quatro anos com Richard. Quatro anos dividindo a cama e as refeições, mas sempre com uma distância entre nós. Foi ele que impôs essa distância, que zombou da ideia de casamento como se isso estivesse abaixo de nós, mas acho que eu sempre soube por que ele não se casou comigo, só não queria admitir. Ele estava esperando "a mulher certa". E não sou eu.

— Você confia nele? — indaga Johnny.

— Por que está perguntando isso?

— Depois de quatro anos, você pode dizer que o conhece? Sabe do que ele é capaz?

— Você acha que é o Richard que...

— O que você acha?

— É isso que os outros estão falando de *você*. Que não podemos confiar em você. Que você nos prendeu aqui de propósito.

— É o que acha?

— Acho que, se quisesse, você já teria nos matado.

Ele me encara, e me dou conta da espingarda a seu lado. Enquanto tiver a arma, ele terá controle sobre nós. Agora me pergunto se cometi um erro fatal. Se confiei no homem errado.

— O que mais estão falando? — pergunta ele. — O que estão planejando?

— Ninguém está planejando nada. Só estão assustados. *Todos* estamos assustados.

— Não precisam ficar assustados, contanto que ninguém faça nenhuma besteira. Contanto que vocês confiem em mim. Em ninguém além de mim.

"Nem em Richard" é o que ele deixa subentendido. Será que ele realmente acha que Richard é o responsável pelo que está acontecendo? Ou isso faz parte do jogo de Johnny para dividir o grupo e nos dominar, plantando as sementes da desconfiança?

As sementes já estão criando raízes.

Mais tarde, quando me deito ao lado de Keiko em sua barraca, recordo todas as noites em que Richard chegava em casa tarde. Estava com o agente literário, ele me dizia. Ou jantando com o pessoal da editora. Meu maior medo era que ele tivesse um caso com outra mulher. Agora me pergunto se eu sofria de falta de imaginação e os motivos dele eram mais sombrios, mais terríveis do que a mera infidelidade.

Lá fora, os insetos cantam seu coro noturno enquanto predadores contornam o acampamento, mantidos a distância apenas pela fogueira. E por um homem solitário com uma espingarda.

Johnny quer que eu confie nele. Johnny promete que nos manterá em segurança.

É nesse pensamento que me agarro ao finalmente adormecer. Johnny diz que vamos sobreviver a isso, e acredito nele.

Até o amanhecer, quando tudo muda.

Dessa vez, é Elliot quem grita. Seus ganidos desesperados de "Meu Deus! Meu Deus!" me acordam e me trazem de volta ao pesadelo da vida real. Keiko saiu, e estou sozinha na barraca.

Nem me incomodo de vestir a calça. Saio de camiseta e calcinha, parando apenas para calçar as botas.

Todos estão acordados e reunidos em torno da barraca de Elliot. As louras se abraçam, o cabelo oleoso em desalinho, as pernas nuas na alvorada fria. Assim como eu, saíram da barraca apenas de calcinha. Keiko ainda está de pijama, os pés calçados em minúsculas sandálias japonesas. Apenas Richard se encontra totalmente vestido. Mantém a mão no ombro de Elliot, tentando acalmá-lo, mas ele continua balançando a cabeça, aos prantos.

— Ela já foi — diz Richard. — Não está mais aí.

— Pode estar escondida na minha roupa! Ou nos cobertores!

— Vou dar mais uma olhada, está bem? Mas não vi nada.

— E se tiver outra?

— Outra o quê? — pergunto.

Todos se viram em minha direção, e vejo cautela em seus olhos. Ninguém confia em mim, porque me juntei ao inimigo.

— Cobra — responde Sylvia, os braços em torno do corpo. — De algum jeito, ela entrou na barraca de Elliot.

Olho para o chão, em parte esperando ver uma serpente se aproximar de minhas botas. Nessa terra de aranhas e insetos, aprendi a jamais andar descalça.

— Ela sibilou para mim — diz Elliot. — Foi o que me acordou. Abri os olhos e ela estava *bem ali*, enroscada sobre minhas pernas. Achei que fosse... — Ele passa a mão trêmula no rosto. — Meu Deus. Não vamos sobreviver mais uma semana!

— Elliot, para! — exige Richard.

— Como posso dormir depois disso? Como qualquer um de nós pode dormir quando não sabemos o que vai subir em nossa cama?

— Era uma biúta — diz Johnny. — Provavelmente.

Mais uma vez ele consegue me assustar com sua chegada silenciosa. Dou meia-volta e o vejo jogar lenha na fogueira moribunda.

— Você viu a cobra? — pergunto.

— Não. Mas Elliot disse que ela sibilava. — Johnny se aproxima de nós, trazendo a sempre presente espingarda. — Ela era amarela e marrom? Pintada, com a cabeça triangular?

— Era uma cobra, só sei disso — responde Elliot. — Você acha que me incomodei de perguntar o nome dela?

— As biútas são comuns na selva. Provavelmente veremos mais.

— São venenosas? — pergunta Richard.

— Se a vítima não for tratada, o veneno pode ser fatal. Mas, se isso serve de consolo, as picadas geralmente são secas, sem inoculação de veneno. Ela provavelmente só rastejou até Elliot para se aquecer. É o que os répteis fazem. — Ele nos fita. — É por isso que avisei a vocês para manterem as barracas fechadas.

— *Estava* fechada — afirma Elliot.

— Então como ela entrou?

— Você sabe que eu morro de medo de pegar malária. *Sempre* fecho a barraca para manter os mosquitos do lado de fora. Achei que uma *cobra* não entraria!

— Ela pode ter entrado durante o dia — sugiro. — Enquanto você não estava na barraca.

— Eu *nunca* a deixo aberta. Mesmo durante o dia.

Sem dizer nada, Johnny contorna a barraca de Elliot. Será que ele está procurando a cobra? Será que acha que ela ainda está escondida em algum lugar, debaixo da lona, esperando outra chance de entrar? De repente Johnny agacha, e já não o vemos. O silêncio é insuportável.

Com a voz trêmula, Sylvia pergunta:

— A cobra ainda está aí?

Johnny não responde. Levanta-se e, quando vejo sua fisionomia, minhas mãos gelam.

— O que foi? — pergunta Sylvia. — *O que foi?*

— Venham ver por si mesmos — pede ele, a voz baixa.

Quase oculto pelo mato, o corte se estende pela extremidade inferior da barraca. Não um mero rasgão, mas um talho reto na lona, e seu significado fica claro para todos nós.

Elliot corre os olhos ao redor, incrédulo.

— Quem fez isso? Quem cortou minha barraca?

— Todos vocês têm faca — salienta Johnny. — Qualquer um poderia tê-la cortado.

— Qualquer um, não — responde Richard. — *Nós* estávamos dormindo. Foi *você* que passou a noite toda aqui, fazendo a *vigilância*, como gosta de dizer.

— Saí assim que o sol nasceu para buscar lenha. — Johnny olha para Richard. — Há quanto tempo *você* está acordado e vestido?

— Vocês estão vendo o que ele está fazendo? — Richard se vira para nós. — Não se esqueçam de quem tem a arma. De quem está no comando aqui, enquanto tudo dá errado.

— Por que *minha* barraca? — A voz de Elliot sai estridente, contagiando-nos com seu pânico. — Por que *eu*?

— Os homens — sussurra Vivian. — Ele está eliminando primeiro os homens. Matou Clarence. Depois Isao. Agora é Elliot...

Richard se aproxima de Johnny, que imediatamente levanta a espingarda, o cano apontado para o peito dele.

— Afaste-se — ordena Johnny.

— Então vai ser assim — diz Richard. — Ele vai atirar em mim primeiro. Depois vai matar Elliot. E as mulheres, Johnny? Você tem Millie ao seu lado, mas não pode matar todo o resto. Não se revidarmos.

— É você — afirma Johnny. — É você que está fazendo isso.

Richard dá mais um passo na direção dele.

— Sou eu que vou detê-lo.

— Richard — peço. — Não faça isso.

— É hora de escolher de que lado você está, Millie.

— Não existe lado! Nós precisamos conversar. Precisamos ser racionais.

Richard dá mais um passo na direção de Johnny. É um desafio, uma guerra de nervos. A selva lhe tirou a razão, e ele está se deixando guiar apenas pelo ódio a Johnny, seu rival. A mim, a traidora. O tempo desacelera, e registro cada detalhe com dolorosa clareza. O suor na testa de Johnny. O estalo de um ramo sob a bota de Richard quando ele se aproxima. A mão de Johnny, os músculos retesados, preparando-se para atirar.

E vejo Keiko — a pequenina e frágil Keiko — se aproximar em silêncio por trás de Johnny. Vejo-a erguer os braços. Vejo a pedra atingir a cabeça dele.

Ele ainda está vivo.

Minutos depois do golpe, seus olhos se abrem. A pedra abriu um corte em seu couro cabeludo, e ele perdeu uma quantidade alarmante de sangue, mas o olhar que nos dirige é claro e consciente.

— Vocês estão cometendo um erro, todos vocês — diz ele. — Precisam me ouvir.

— Ninguém vai te ouvir — responde Richard. Ele se aproxima de Johnny e o encara. É ele que está com a espingarda agora, é ele que está no comando.

Gemendo, Johnny tenta se levantar, mas depois de grande esforço, consegue apenas se sentar.

— Sem mim, vocês não vão conseguir.

Richard olha para os outros, que se acham em círculo em torno de Johnny.

— Vamos votar?

Vivian balança a cabeça.

— Não confio nele.

— Então o que vamos fazer? — pergunta Elliot.

— Amarrá-lo. — Richard se volta para as louras. — Procurem corda.

— Não. *Não!* — Johnny se põe de pé. Embora se mostre instável, ainda é intimidante demais para qualquer um. — Atire em mim se quiser, Richard. Aqui, agora. Mas não vou me deixar amarrar. Não vou ficar indefeso. Aqui, não.

— Vamos, amarrem ele! — grita Richard para as louras, mas elas permanecem imóveis. — Elliot, amarre você!

— Nem tente fazer isso — vocifera Johnny.

Elliot empalidece e se afasta.

Virando-se para Richard, Johnny diz:

— Agora você tem a arma, não é? Provou que é o macho alfa. Era esse o objetivo desse jogo todo?

— Jogo? — Elliot balança a cabeça. — Não, só estamos tentando sobreviver, porra!

— Então não confiem *nele* — diz Johnny.

As mãos de Richard se retesam na espingarda. Meu Deus, ele vai atirar! Vai matar um homem desarmado, a sangue frio. Tento desviar o cano da espingarda.

O tapa de Richard me derruba.

— Você quer nos matar, Millie? — grita ele. — É isso que está tentando fazer?

Toco meu rosto, que lateja. Ele nunca me bateu. Se isso tivesse acontecido em qualquer outro lugar, eu estaria telefonando para a polícia, mas aqui não há escapatória, nenhuma autoridade a quem recorrer. Quando volto os olhos para os outros, não vejo solidariedade em seus rostos. As louras, Keiko, Elliot, estão todos do lado de Richard.

— Tudo bem — diz Johnny. — Você está com a arma, Richard. Pode usá-la a qualquer momento. Mas, se quiser atirar em mim, vai ter que ser pelas costas.

Ele dá meia-volta e começa a se afastar.

— Se você voltar ao acampamento, eu te mato! — grita Richard.

Johnny rebate:

— Prefiro me aventurar na selva.

— Vamos ficar de olho! Se virmos você em qualquer lugar...

— Não vão ver. Prefiro confiar nos animais. — Johnny para, olha para mim. — Vem comigo, Millie. *Por favor*, vem.

Encaro Richard e Johnny, paralisada diante da necessidade de escolha.

— Não, fique com a gente — intervém Vivian. — Logo um avião vai vir à nossa procura.

— Quando o avião chegar, vocês vão estar mortos — profetiza Johnny. Ele estende a mão para mim. — Vou cuidar de você, eu juro. Não vou deixar que nada aconteça. Estou *implorando* para você confiar em mim, Millie.

— Não seja louca — diz Elliot. — Você não pode acreditar nele.

Penso em tudo que deu errado: Clarence e Isao, a carne deles arrancada dos ossos. A caminhonete, súbita e misteriosamente enguiçada. A serpente na barraca recém-cortada de Elliot. Lembro-me do que Johnny me disse poucos dias atrás sobre sua coleção de cobras quando pequeno. Quem além dele saberia manusear uma biúta? Nada do que aconteceu foi mero azar. Não, estávamos *destinados* a morrer aqui, e apenas Johnny podia executar um plano assim.

Ele adivinha a decisão em meus olhos e reage com uma expressão de dor, como se eu tivesse desferido nele um golpe mortal. Por um instante, permanece no mesmo lugar, derrotado, os ombros caídos, o rosto uma máscara de pesar.

— Eu teria feito qualquer coisa por você — diz ele, a voz baixa.

Então dá meia-volta e se vai.

Todos o observamos desaparecer na selva.

— Você acha que ele vai voltar? — pergunta Vivian.

Richard alisa a espingarda a seu lado, a arma que agora nunca está longe de seu alcance.

— Se ele tentar, estarei preparado.

Estamos sentados em torno da fogueira, que Elliot transformou num imenso fogaréu na escuridão. As chamas estão altas e quentes demais para oferecer conforto, e é um desperdício de lenha, mas entendo por que ele se sentiu impelido a aumentá-la. Essas chamas mantêm afastados os predadores que, nesse exato momento, nos observam. Não vimos nenhuma outra fogueira, portanto onde estará Johnny nessa noite escura? Que truque ele terá para se manter vivo quando há dentes e garras por toda parte?

— Manteremos guarda em duplas — propõe Richard. — Ninguém deve ficar sozinho aqui, em momento algum. Elliot e Vivian ficarão no primeiro turno. Sylvia e eu ficaremos no segundo. Assim, passaremos a noite. Se estivermos sempre alertas, vai correr tudo bem até o avião vir à nossa procura.

É dolorosamente óbvio que ele me deixou fora dos turnos de vigilância. Entendo por que não esperam que Keiko contribua: depois de seu ataque inusitado a Johnny, ela se recolheu novamente ao silêncio. Pelo menos agora está comendo.

Algumas colheres de feijão enlatado e um punhado de biscoitos de água e sal. Mas eu estou apta e pronta para ajudar, e ninguém sequer olha para mim.

— E eu? — pergunto. — O que devo fazer?

— A gente cuida disso, Millie. Você não precisa fazer nada.

O tom de voz dele não permite objeção, certamente não da mulher que ousou ficar do lado de Johnny. Sem dizer nada, deixo a fogueira e entro em nossa barraca. Nessa noite, vou voltar a dormir com Richard porque Keiko não me quer mais na barraca dela. Sou a pária, a traidora que pode apunhalar as pessoas no sono.

Uma hora depois, quando Richard se deita a meu lado, ainda estou acordada.

— Está tudo acabado entre nós — digo.

Ele nem se incomoda em discutir.

— Sim, claro.

— Quem você vai escolher? Sylvia ou Vivian?

— Isso importa?

— Não, acho que não. Seja qual for o nome, tudo se resume a transar com uma pessoa diferente.

— E você e Johnny? Admita, você estava pronta para me deixar e ficar com *ele*.

Viro-me para Richard, mas só vejo sua silhueta contra o brilho da fogueira, que arde do outro lado da barraca.

— Eu fiquei aqui, não fiquei?

— Só porque estamos com a arma.

— E isso faz de você o vencedor? O rei da selva?

— Estou lutando pela nossa vida, porra! Os outros entendem isso. Por que você não entende?

Minha respiração sai num suspiro longo e triste.

— Eu entendo, Richard. Sei que você *acha* que está fazendo o certo. Mesmo que não tenha ideia do que fazer em seguida.

— Apesar dos nossos problemas, Millie, precisamos ficar juntos agora, ou não sobreviveremos. Temos a arma e os suprimentos e estamos em maior número. Mas não sei o que Johnny vai fazer. Se vai só fugir ou se vai voltar para tentar nos eliminar. — Ele se detém. — Afinal, somos testemunhas.

— Testemunhas de quê? Nunca o vimos matar ninguém. Não podemos provar que ele tenha feito nada de errado.

— Então que a polícia prove. Depois que sairmos daqui.

Permanecemos alguns instantes em silêncio. Através da lona, ouço Elliot e Vivian conversando junto à fogueira, de guarda. Ouço o zumbido agudo dos insetos, o uivo distante das hienas, e me pergunto se Johnny ainda está vivo ou se seu cadáver está sendo devorado nesse exato momento.

A mão de Richard roça a minha. Devagar, hesitante, ele entrelaça os dedos nos meus.

— As pessoas seguem adiante, Millie. Isso não quer dizer que os últimos três anos tenham sido um desperdício.

— Quatro anos.

— Não somos as mesmas pessoas que éramos quando nos conhecemos. A vida é assim, e precisamos ser adultos. Decidir como dividir nossas coisas, como contar aos amigos. Fazer isso sem drama.

É tão mais fácil para ele dizer isso! Eu posso ter anunciado que estava tudo acabado entre nós, mas foi ele que me abandonou. Percebo agora que ele queria me abandonar há muito, muito tempo. Foi a África que finalmente nos pôs num beco sem saída, a África que nos mostrou o quanto somos incompatíveis.

Posso ter gostado dele um dia, mas agora penso que jamais cheguei a amá-lo de fato. Com certeza, não o amo agora, quando ele fala com tanta indiferença sobre as condições da separação. Que devo procurar um novo apartamento assim que chegarmos a Londres. Será que minha irmã poderia me receber na casa dela enquanto procuro o apartamento? E ainda há todas as coisas que compramos juntos. Os utensílios de cozinha podem ficar comigo, os CDs e aparelhos eletrônicos ficam com ele, é justo? E que bom que não temos animais de estimação... Como esse cenário está longe da noite em que nos aninhamos no sofá e planejamos essa viagem para Botsuana! Eu havia imaginado céus estrelados e coquetéis em torno da fogueira, não esses termos de separação tão cruéis.

Deito-me de lado, afastando-me de seu corpo.

— Tudo bem — diz ele. — A gente conversa sobre isso depois. Como pessoas civilizadas.

— Certo — murmuro. — Civilizadas.

— Agora tenho que dormir um pouco. Preciso acordar daqui a quatro horas para ficar de guarda.

São as últimas palavras que ouço de sua boca.

Acordo na escuridão e, por um instante, não sei em que barraca estou. Então me lembro de tudo, com uma dor quase física. Meu término com Richard. Os dias solitários que tenho pela frente. Está uma escuridão tão grande ali dentro que não sei se ele está deitado a meu lado. Estendo o braço, mas encontro apenas o vazio. Esse é o futuro. Terei de me acostumar a dormir sozinha.

Ouço alguém — ou alguma coisa — passar pela barraca.

Tento enxergar através da lona, mas está tão escuro que não consigo divisar sequer o menor brilho da fogueira. Quem deixou o fogo minguar? Alguém precisa botar lenha ali antes que ele se apague de vez. Visto a calça e pego as botas. Depois de toda aquela conversa de ficar alerta e ser vigilante, esses idiotas inúteis não conseguiram manter nem nossa defesa mais básica.

Quando abro a barraca, ouço o primeiro estampido.

Uma mulher grita. Sylvia? Vivian? Não sei qual, só ouço o desespero.

— Ele está com a arma! Meu Deus, ele está com a...

Na escuridão, procuro a mochila, onde guardo a lanterna. Minha mão se fecha sobre a alça quando ouço o segundo tiro.

Saio da barraca, mas só vejo sombras. Alguma coisa passa pelas brasas agonizantes da fogueira. *Johnny. Ele veio se vingar.*

Um terceiro tiro ecoa, e avanço para a escuridão da selva. Estou quase na cerca quando tropeço em algo e caio de joelhos. Sinto a pele quente, o cabelo comprido, emaranhado. E sangue. *Uma das louras.*

Imediatamente me levanto, fugindo cegamente pela noite. Ouço sininhos tilintarem quando minha bota atinge a cerca.

A bala seguinte passa tão perto que a ouço zunindo.

Mas agora estou protegida pela escuridão, um alvo que Johnny não vê. Atrás de mim, ouço gritos de terror e um último estampido.

Não tenho escolha. Avanço sozinha pela noite.

19

BOSTON

— Sempre tentando provar que é o melhor... Era de imaginar que pelo menos faria um esforço para chegar na hora — resmungou Crowe, conferindo o relógio. — Ele devia estar aqui há vinte minutos.

— Com certeza o detetive Tam tem um bom motivo para estar atrasado — respondeu Maura, dispondo na posição anatômica correta o fêmur da mulher encontrada no quintal, o que fez a mesa de aço inoxidável soltar um tinido lúgubre. Sob a iluminação fria do necrotério, os ossos pareciam plásticos e artificiais. Retiradas a pele e os músculos de uma jovem, era aquilo que sobrava: a teia óssea sobre a qual assentava a carne. Quando chegavam ao necrotério, os esqueletos humanos geralmente estavam incompletos, faltando os pequenos ossos das mãos e dos pés, facilmente arrancados pelos animais que se alimentam de carniça. Mas aquela mulher havia sido enrolada numa lona e enterrada fundo o bastante para ficar protegida de garras, dentes e bicos. Foram os insetos e micróbios que se banquetearam da carne e das vísceras, limpando o esqueleto. Maura posicionava os ossos sobre a mesa com a precisão de uma grande estrategista que se prepara para uma partida de xadrez.

— Todo mundo acha que ele é um gênio só porque é oriental — continuou Crowe. — Ele não é tão inteligente quanto pensa que é.

Maura não tinha nenhuma vontade de travar essa ou qualquer outra conversa com o detetive Crowe. Quando ele começava a se queixar da incompetência alheia, em geral os alvos eram advogados e juízes. Mas o fato de ele estar reclamando de seu próprio parceiro, Tam, deixava Maura especialmente incomodada.

— Ele também é dissimulado, já notou? Está escondendo alguma coisa de mim — prosseguiu Crowe. — Vi um documento no laptop dele ontem e perguntei o que era. Na mesma hora, ele fechou o arquivo. Disse que era uma coisa que estava investigando por conta própria. Hã?

Maura dispôs a fíbula esquerda ao lado da tíbia, como trilhos de uma estrada de ferro.

— Vi que era um arquivo do Programa de Captura de Criminosos Violentos. Não pedi nenhuma busca desse tipo. O que ele está tentando esconder de mim? Qual é o jogo dele?

Maura não ergueu os olhos, mantendo-os sobre a ossada.

— Não é ilegal pedir uma busca nesse programa.

— Sem contar ao parceiro? Estou te dizendo, ele é dissimulado. E isso o está distraindo do caso.

— Talvez seja sobre o caso.

— Então por que ele está fazendo segredo? Para tirar uma carta da manga no momento certo e deixar todo mundo impressionado? Surpresa, o genial detetive Tam resolveu o caso! Ele adoraria me desmoralizar.

— Isso não me parece algo que ele faria.

— Você ainda não o conhece, doutora.

Mas conheço *você*, pensou Maura. O discurso de Crowe era um exemplo clássico de projeção. Se alguém queria chamar atenção era o próprio Crowe, conhecido entre os colegas como Detetive Hollywood. Bastava surgir uma equipe de filmagem em qualquer lugar das redondezas para ele aparecer ali, bronzeado e pronto para as câmeras com seu terno feito sob medida. Quando Maura dispôs o último osso sobre a mesa, Crowe falava mais uma vez ao celular, deixando para Tam outra mensagem irritada. Como era mais simples lidar com o silêncio dos mortos! Enquanto a mulher do quintal aguardava pacientemente sobre a mesa, Crowe andava pela sala, irradiando uma nuvem tóxica de hostilidade.

— Você quer ouvir sobre os restos mortais da mulher, detetive? Ou prefere esperar meu relatório escrito? — perguntou ela, na esperança de que ele escolhesse a segunda opção e a deixasse em paz.

Ele meteu o celular no bolso.

— É, é. Pode falar. O que temos aqui?

— Felizmente temos um esqueleto completo, logo não precisaremos fazer especulações. É uma mulher com idade entre 18 e 35 anos. Calculo que a altura, baseada no comprimento do fêmur, fique em torno de um metro e sessenta. A modelagem facial vai nos dar uma ideia de sua aparência, mas se olharmos o crânio... — Maura o pegou e examinou os ossos nasais. Virou-o de cabeça para baixo, a fim de ver os dentes superiores. — Cavidade nasal estreita, raiz nasal alta. Incisivos lisos. Isso tudo condiz com traços caucasianos.

— Mulher branca.

— Sim, com boa dentição. Os quatro sisos foram extraídos, e ela não tem cáries. Os dentes são perfeitamente alinhados.

— Mulher branca, rica. E não é inglesa.

— Acredite, os ingleses *descobriram* a ortodontia.

Tentando ignorar os comentários irritantes dele, ela voltou a atenção para a caixa torácica. Mais uma vez, seu olhar se fixou no corte do processo xifoide. Tentou imaginar outras maneiras de aquele corte ter surgido no esterno, mas apenas a lâmina de uma faca fazia sentido para ela. Se o abdome tivesse sido cortado de uma ponta a outra, a lâmina teria terminado ali, no escudo ósseo que protege o coração e os pulmões.

— Talvez tenha sido uma punhalada — sugeriu Crowe. — Talvez o alvo fosse o coração.

— É possível.

— Você ainda acha que ela foi eviscerada. Como Leon Gott.

— Acho que todas as hipóteses ainda estão em consideração.

— Pode me oferecer uma data mais exata para a morte?

— Não existe data mais *exata* para morte. Só um intervalo mais preciso.

— Tanto faz.

— Como eu disse no quintal da casa, pode levar meses ou anos até o corpo humano se tornar apenas um esqueleto, dependendo da profundidade da cova. Qualquer estimativa seria imprecisa, mas o fato de que há significativa desarticulação me diz que...

Ela parou, de súbito concentrando-se numa das costelas. No quintal da casa, não havia notado esse detalhe e, mesmo agora, sob a iluminação forte do necrotério, as marcas mal eram visíveis. Três lascas equidistantes na parte traseira da costela. Exatamente como as lascas no crânio da mulher. *O mesmo instrumento fez isso.*

A porta do necrotério se abriu, revelando o detetive Tam.

— Atraso de 45 minutos — grunhiu Crowe — Era melhor nem ter vindo.

Tam mal olhou para o parceiro, a atenção voltada para Maura.

— Consegui sua resposta, Dra. Isles — disse ele, entregando-lhe uma pasta.

— Você agora está trabalhando para o Departamento de Medicina Legal? — resmungou Crowe.

— A Dra. Isles me pediu para fazer um favor.

— Engraçado você não ter comentado comigo.

Maura abriu a pasta e estudou a primeira folha. Virou uma página, virou a seguinte.

— Não gosto de segredos, Tam — disse Crowe. — E não gosto *nada* de colegas de trabalho que escondem as coisas de mim.

— Você falou sobre isso com a detetive Rizzoli? — perguntou Maura, olhando para Tam.

— Ainda não.

— É melhor ligarmos para ela.

— Por que vocês estão colocando Rizzoli nisso? — indignou-se Crowe.

Maura fitou os ossos sobre a mesa.

— Porque você e ela vão trabalhar juntos nesse caso.

Para um policial que havia ingressado na Unidade de Homicídios há apenas um mês, Johnny Tam mostrava extrema desenvoltura ao navegar na página do Programa de Captura de Criminosos Violentos do FBI, o VICAP. Rapidamente entrou no portal que lhe dava acesso ao banco de dados do FBI com mais de 150 mil casos de violência ocorridos em todo o país.

— É um saco arquivar esses relatórios — comentou Tam. — Ninguém quer responder a duzentas perguntas e escrever um ensaio só para acrescentar o caso ao banco de dados. Por isso tenho certeza de que se trata de uma lista parcial. Mas o que *aparece* no VICAP é bastante perturbador. — Ele girou o laptop, para que as outras pessoas sentadas em torno da mesa de reunião vissem a tela. — Aqui temos o resultado da minha busca preliminar, baseada em meus primeiros critérios. Todos esses casos ocorreram na última década. Tem um resumo nas pastas que entreguei a vocês.

Sentada à cabeceira da mesa, Maura observou Jane, Frost e Crowe folhearem o maço de papéis que Tam havia distribuído. Pela porta fechada, ouviu riso no corredor e o sinal do elevador, mas, na sala, havia apenas o ruído de páginas sendo viradas e resmungos céticos. Era muito raro ela participar de uma reunião com os detetives, mas naquela manhã Tam a havia chamado como consultora. O lugar dela era no necrotério, onde os mortos não faziam objeções, e ela se sentia pouco à vontade naquela sala cheia de policiais, onde a discordância estava sempre na ponta da língua.

Crowe jogou uma folha sobre a mesa.

— Então você acha que é *um* assassino que está percorrendo o país para fazer todas essas vítimas? E você vai pegá-lo sentado à sua mesa, brincando no VICAP?

— A primeira lista foi só um ponto de partida — explicou Tam. — Ela me forneceu um banco de dados preliminar com o que trabalhar.

— Tem assassinatos em oito estados! Três mulheres, oito homens. Nove pessoas brancas, uma latina, uma negra. Idades variadas, dos 20 aos 64 anos. Que assassino tem um padrão absurdo assim?

— Você sabe que detesto concordar com Crowe — disse Jane —, mas ele tem razão. São variações demais! Se for um único assassino, por que ele teria escolhido essas vítimas específicas? Pelo que estou vendo, elas não têm nada em comum.

— Porque nosso ponto de partida foi o fator em comum que a Dra. Isles notou quando viu a mulher enterrada no quintal: a corda de náilon laranja amarrada nos tornozelos. Igual a de Gott.

— Eu e ela já discutimos isso — observou Jane. — Acho que não é um vínculo forte o suficiente.

Maura notou que Jane não olhava para ela ao falar. Será porque está chateada comigo?, imaginou. Porque acha que eu não devia bancar a policial quando meu trabalho é no necrotério, segurando um bisturi?

— Essa é a única ligação que existe entre essas dezenas de assassinatos? As vítimas amarradas por uma corda? — perguntou Crowe.

— Em ambas as vítimas, foi usada a corda de náilon laranja trançada de 4,76 milímetros — afirmou Tam.

— Disponível em qualquer loja de ferragens do país. — Crowe bufou. — Eu mesmo devo ter essa corda na minha garagem.

— "Corda de náilon" não foram as *únicas* palavras de busca — defendeu-se Tam. — Todas as vítimas foram encontradas penduradas de cabeça para baixo. Algumas em árvores, outras em vigas.

— Ainda não é suficiente como assinatura de um assassino — objetou Crowe.

— Deixe-o terminar, detetive Crowe — pediu Maura. Até agora ela havia se mantido em silêncio, mas já não conseguia se segurar. — Talvez você entenda aonde estamos querendo chegar. Pode realmente haver uma ligação entre nossos dois casos e outros pelo país.

— E você e Tam vão fazer essa mágica acontecer. — Crowe espalhou as folhas da pasta sobre a mesa. — Muito bem, vamos ver o que vocês descobriram. Primeira vítima: advogado, branco, 50 anos, em Sacramento. Seis anos atrás, encontrado pendurado na garagem de casa, mãos e tornozelos amarrados, garganta cortada.

"Segunda vítima: motorista de caminhão, latino, 22 anos, encontrado pendurado de cabeça para baixo em Phoenix, Arizona. Mãos e pés atados, marcas de queimadura e cortes no torso, órgão sexual removido. Hum. Maravilha. Deixe-me adivinhar: cartel de drogas.

"Terceira vítima: homem branco, 32 anos, fichado por pequenos delitos, encontrado pendurado de cabeça para baixo numa árvore no Maine, abdome aberto, órgãos internos devorados por animais. Ah, já sabemos quem foi o assassino aqui. Expediram um mandado de prisão para um antigo colega da vítima. Então podemos riscá-lo da lista. — Ele ergueu a cabeça. — Preciso continuar, Dra. Isles?"

— É mais do que apenas a corda e tornozelos amarrados.

— Sei. Tem aqueles cortes, talvez de faca, talvez não. Isso é loucura. Tam pode ficar brincando de seguir suas pistas, mas eu tenho um caso em que me concentrar. E você ainda não me disse quando a mulher encontrada no quintal morreu.

— Já fiz uma estimativa.

— É, entre dois e vinte anos. *Muito* específico.

— Detetive Crowe, seu parceiro investiu horas de trabalho nessa análise. O mínimo que você pode fazer é ouvi-lo.

— Tudo bem. — Crowe deixou a caneta sobre a mesa. — Pode falar, Tam. Conte para nós como as pessoas mortas dessa lista estão relacionadas com a mulher encontrada no quintal.

— Nem todas estão — retrucou Tam. Os ânimos podiam estar se alterando na sala, mas ele se mostrava tranquilo como sempre. — A primeira lista que você viu foi apenas o conjunto inicial de homicídios identificados com base no tipo de corda e no fato de que as vítimas estavam penduradas de cabeça para baixo. Depois fiz uma busca isolada usando a palavra "evisceração", porque sabemos que isso foi feito com Gott. E a Dra. Isles desconfia de que também aconteceu com a mulher encontrada no quintal, baseada no corte do esterno. O VICAP nos forneceu alguns outros nomes, de vítimas que foram apenas evisceradas, mas não penduradas com corda.

Jane fitou Frost.

— Está aí uma expressão que não ouvimos todos os dias: "apenas evisceradas".

— Enquanto eu estava lendo esses casos de evisceração, um em especial, de quatro anos atrás, me chamou atenção. A vítima era uma mulher de 35 anos, mochileira, que estava acampando com amigos em Nevada. Havia duas mulheres e dois homens no grupo, mas ela foi a única encontrada. Os outros continuam desaparecidos. Com o estudo das larvas do corpo, foi determinado que ela tinha morrido há três ou quatro dias. O corpo ainda estava intacto o bastante para o Departamento de Medicina Legal determinar que havia ocorrido a evisceração.

— Três a quatro dias exposto ao ar livre, e ainda sobrou o bastante para verem isso? — estranhou Crowe.

— Sim. Porque ela não foi largada no chão. O corpo estava no galho de uma árvore. Eviscerado e *também* pendurado. Fiquei pensando se *essa* seria a combinação-chave. É o que o caçador faz com o animal. Pendura e eviscera. E isso me trouxe de volta a Leon Gott e sua ligação com a caça e os caçadores. Entrei novamente no banco de dados do VICAP e recomecei. Dessa vez procurei casos em áreas selvagens. Vítimas que tivessem cortes no esterno ou qualquer outra coisa compatível com a evisceração. E foi quando encontrei algo interessante. Não apenas uma única vítima, mas outro grupo desaparecido, exatamente como os quatro mochileiros de Nevada. Há três anos, em Montana, três caçadores de alces desapareceram. Eram todos homens. Um deles foi encontrado já praticamente reduzido ao esqueleto, largado numa árvore. O osso maxilar de um segundo homem foi achado meses depois, apenas o osso maxilar, perto de uma caverna de pumas. A teoria do patologista era ataque de urso ou puma, mas urso não arrastaria o corpo para o alto de uma árvore. Isso o levou a concluir que seria ataque de puma. Embora eu também não saiba se um puma arrastaria a presa para o alto de uma árvore.

— Você disse que eram caçadores, portanto estariam armados — deduziu Frost. — Como alguém mata três homens armados?

— Boa pergunta. Uma das espingardas nunca foi encontrada. As outras duas ainda estavam nas barracas. As vítimas devem ter sido tomadas de surpresa.

Até esse momento, Jane tinha se mostrado cética. Agora se inclinava para a frente, toda a atenção voltada para Tam.

— Fale mais sobre a mochileira de Nevada. O que o Departamento de Medicina Legal disse sobre a causa da morte?

— Naquele caso, também consideraram a possibilidade de ser ataque de puma. Mas estamos falando de *quatro* mochileiros, e dois deles eram homens. A causa da morte ficou "indeterminada".

— Um puma poderia matar sozinho quatro adultos?

— Não sei — respondeu Tam. — Teríamos de consultar um especialista em felinos de grande porte. Mas, mesmo que o puma tenha matado de fato os quatro mochileiros, um detalhe incomodou o Departamento de Medicina Legal. Motivo de a vítima ter entrado no banco de dados do VICAP.

— O corte no esterno?

— Exatamente. E três cápsulas de bala. Encontradas no chão. Os mochileiros não estavam armados, mas evidentemente alguém no local estava. — Tam correu os olhos pelos detetives sentados em torno da mesa. — Comecei procurando corda de náilon e acabei com um conjunto totalmente diferente de denominadores comuns. Evisceração. Cadáveres pendurados. E áreas onde podia haver caçadores.

— E o bandidinho do Maine, encontrado com o abdome aberto, pendurado numa árvore? — perguntou Frost. — Você disse que identificaram um suspeito para o caso.

Tam assentiu.

— O nome do suspeito é Nick Thibodeau, suposto amigo da vítima. Branco, um metro e oitenta e oito, noventa quilos. Tem ficha por invasão, roubo, assalto e agressão.

— Portanto um histórico de violência.

— Sem dúvida. E mais: Thibodeau é um ávido caçador de cervos. — Tam girou o laptop para mostrar a fotografia de um jovem de cabelo cortado rente e olhar firme. Ele estava ao lado de um cervo com a pele parcialmente arrancada, pendurado numa árvore pelas patas traseiras. Mesmo com a volumosa roupa de caça, era evidente que Nick Thibodeau era musculoso, com o pescoço largo e mãos grandes.

— Essa fotografia foi tirada há seis anos, então temos de imaginá-lo um pouco mais velho agora — continuou Tam. — Ele cresceu no Maine, conhece as florestas e sabe usar uma arma. Com base nessa fotografia, também sabe eviscerar um cervo.

— E talvez outros animais de grande porte — disse Maura. — Esse é o denominador comum: a caça. Talvez Thibodeau tenha se cansado dos cervos. Talvez matar um homem tenha provocado tanta emoção que ele decidiu buscar presas mais desafiadoras. Pensem na cronologia dessas mortes. Cinco anos atrás, o amigo de Thibodeau é morto, pendurado e eviscerado. Thibodeau desaparece. Um ano depois, quatro mochileiros desarmados são atacados em Nevada. Um ano depois, são três caçadores armados em Montana. O assassino está aumentando as apostas, tornando o desafio mais emocionante. E talvez o perigo também.

— Leon Gott também teria sido um desafio — concordou Frost. — Andava armado até os dentes e era bem conhecido entre os caçadores. O assassino teria ouvido falar nele.

— Mas por que esse assassino iria atrás da mulher encontrada no quintal? — perguntou Crowe. — Uma mulher? Qual é o desafio?

Jane bufou.

— É, porque somos criaturas muito fracas e indefesas. Ela poderia muito bem ser caçadora.

— Não se esqueçam de Jodi Underwood. Ela era mulher — disse Frost. — E seu assassinato parece estar ligado ao de Gott.

— Acho que devemos nos concentrar na mulher do quintal — sugeriu Tam. — Se ela morreu há mais de seis anos, talvez seja uma das primeiras vítimas. Identificá-la pode ser a solução desse caso.

Jane fechou a pasta e encarou Tam.

— Você e Maura parecem formar uma equipe e tanto. Quando isso aconteceu?

— Quando ela me pediu para buscar casos semelhantes no VICAP — respondeu Tam. — Foi por onde comecei.

Jane olhou para Maura.

— Você podia ter me pedido.

— Podia — admitiu Maura. — Mas só tinha minha intuição. E não queria desperdiçar seu tempo. — Ela se levantou para sair. — Obrigada, detetive Tam. Você explicou tudo muito bem, e não tenho nada a acrescentar. Vou voltar ao necrotério.

Meu verdadeiro lugar, entre os mortos, obedientes, pensou ela ao se retirar da sala de reunião.

Quando Maura entrou no elevador, Jane a seguiu.

— Fala — pediu Jane quando a porta se fechou, impedindo qualquer fuga à conversa. — Por que você procurou Tam?

Maura mantinha os olhos fixos no indicador luminoso dos andares.

— Ele estava disposto a me ajudar.

— E eu não estava?

— Você não concordou comigo em relação às semelhanças.

— Você me pediu *especificamente* para fazer uma busca num banco de dados?

— Tam já estava registrando o relatório da mulher encontrada no quintal no VICAP. É novo na Unidade de Homicídios e está ávido para mostrar serviço. Estava aberto à minha teoria.

— E eu sou só uma policial cínica e cansada.

— Você é cética, Jane. Eu teria que convencê-la, e era esforço demais.

— Esforço demais? Entre amigas?

— Mesmo entre amigas — respondeu Maura, saindo do elevador.

Jane ainda não tinha dado o assunto por encerrado e manteve o passo, acompanhando Maura até o estacionamento.

— Você ainda está chateada porque não concordei com você.

— Não.

— Está sim. Ou teria pedido a mim, e não a Tam.

— Você se recusou a enxergar as semelhanças entre Gott e a mulher do quintal, mas elas existem. Eu sinto.

— *Sente?* Desde quando você se fia em palpites em vez de indícios?

— É você que sempre fala em intuição.

— Mas você não. Você sempre se baseia em fatos e lógica, então o que mudou?

Maura parou ao lado do carro, mas não o abriu. Apenas ficou junto à porta, olhando seu próprio reflexo na janela.

— Ela me escreveu de novo — disse. — Minha mãe.

Houve um longo silêncio.

— E você não jogou a carta fora?

— Não consegui, Jane. Tem coisas que preciso saber antes de ela morrer. Por que ela me abandonou. Quem eu realmente sou.

— Você sabe quem você é, e isso não tem nada a ver com ela.

— Como você sabe disso? — Ela deu um passo na direção de Jane. — Talvez você só esteja vendo o que deixo você ver. Talvez eu tenha escondido a verdade.

— Que você é um monstro como ela? — Maura havia se aproximado tanto que agora encaravam uma a outra, mas Jane apenas soltou uma risada. — Você é a pessoa *menos* assustadora que conheço. Com exceção de Frost. Amalthea é louca, mas não passou isso para você.

— Tem uma coisa que ela me passou. Ambas enxergamos o lado sombrio das coisas. Onde as pessoas veem alegria, nós percebemos o que está por trás daquilo. A criança com hematomas, a esposa que tem medo demais para falar. A casa em que as cortinas estão sempre fechadas. Amalthea chamava isso de "dádiva" para reconhecer o mal.

Maura tirou um envelope da bolsa e o entregou a Jane.

— O que é isso?

— Artigos que ela coleciona dos jornais. Guarda tudo em que apareço e acompanha todos os casos em que estou trabalhando.

— Inclusive Gott e a mulher do quintal.

— Claro.

— Agora sei de onde vem tudo isso. Amalthea Lank diz a você que existe uma ligação, e você acredita. — Jane balançou a cabeça. — Eu não avisei? Ela está brincando com você.

— Ela enxerga coisas que ninguém mais enxerga. Identifica pistas perdidas entre todos os detalhes.

— Como ela poderia fazer isso? Ela não tem acesso aos detalhes.

— Mesmo na prisão, ela fica sabendo das coisas. As pessoas falam, escrevem ou mandam recortes de jornal. Ela estabelece as conexões. E estava certa em relação a esse caso.

— É. Se não fosse uma assassina condenada, daria uma excelente perita forense.

— Talvez sim. Afinal, é minha mãe.

Jane ergueu as mãos, um gesto de desistência.

— Tudo bem. Se você quer dar a ela esse poder, não posso te impedir. Mas reconheço um erro quando o vejo.

— E sempre adora apontá-lo.

— Quem mais vai falar? É isso que uma amiga faz, Maura. Ela te impede de ferrar sua vida de novo.

De novo. Maura não conseguiu discordar, por isso apenas retribuiu o olhar em silêncio, atingida pela verdade. *De novo.* Ela pensou em todas as vezes que Jane tentara impedi-la de cometer o erro que ainda a assombrava, mesmo tantos meses depois. Quando ela e o padre Daniel Brophy se aproximaram, arrastados para um caso amoroso sem final feliz possível, Jane havia sido a voz da razão, advertindo-a do sofrimento que se seguiria. Voz que Maura tinha ignorado.

— Por favor — pediu Jane, num tom de voz baixo. — Só não quero que você se machuque. — Ela segurou o braço de Maura com o aperto firme de uma amiga. — Você é tão inteligente em todas as outras áreas!

— Menos quando se trata de pessoas.

Jane riu.

— As pessoas *são* o problema, não são?

— Talvez eu deva me ater aos gatos — disse Maura, abrindo a porta e entrando no carro. — Com eles, pelo menos sabemos exatamente qual é o nosso lugar.

20

Lagosta, alce e mirtilo. É isso que a maioria das pessoas imagina quando pensa no estado do Maine, mas as impressões de Jane eram bem mais soturnas. Ela pensava em florestas escuras, pântanos lúgubres e todos os esconderijos em que uma pessoa poderia desaparecer. E também na última vez em que ela e Frost haviam feito aquela viagem para o norte, apenas cinco meses antes, numa noite que terminara em sangue e morte. Para Jane, Maine não era um destino de férias; era um lugar onde aconteciam desgraças.

Cinco anos antes, uma desgraça havia acontecido com um bandido chamado Brandon Tyrone.

A chuva se transformou em granizo enquanto eles avançavam pela Coastal Route 1, com Frost ao volante. Mesmo com o aquecedor ligado, os pés de Jane estavam frios, e ela desejou ter calçado botas pela manhã, em vez das leves sapatilhas que agora usava. Por mais que detestasse admitir que o verão havia terminado, bastava olhar pela janela do carro para ver que a estação mais sombria do ano havia chegado, com suas árvores nuas e céus cinzentos. Parecia que eles estavam seguindo em direção ao próprio inverno.

Frost desacelerou ao passar por dois caçadores vestindo roupa laranja fluorescente. Eles colocavam uma corça eviscerada numa caminhonete. Balançou a cabeça, em desalento.

— A mãe do Bambi.

— Novembro. É a época do ano.

— Com todas essas armas disparando, fico nervoso ao cruzar a estatal. "Bum! Acertei outro idiota de Massachusetts!"

— Você já caçou?

— Nunca tive vontade.

— Por causa da mãe do Bambi?

— Não que eu seja contra a caça. Só não vejo qual é a graça, levar uma espingarda para a floresta. Ficar congelado. E aí...

Ele estremeceu.

— Ter que eviscerar um cervo? — Ela soltou uma risada. — Não te vejo fazendo isso.

— Você faria?

— Se fosse preciso. É de onde vem a carne.

— Não, a carne vem do supermercado, onde ela está embalada em plástico. Sem vísceras.

Lá fora, a água gelada pingava dos galhos nus das árvores, e nuvens escuras pairavam no horizonte. Era um péssimo dia para se aventurar numa floresta, e, quando eles finalmente chegaram ao estacionamento da trilha, duas horas depois, ela não ficou surpresa ao ver que não havia nenhum outro carro. Os dois permaneceram sentados por um instante, observando a floresta sombria e as mesas de piquenique cheias de folhas.

— Bem, chegamos. Onde ele está? — perguntou ela.

— Só está dez minutos atrasado. — Frost pegou o celular. — Não tem sinal. Como vamos falar com ele?

Jane abriu a porta.

— Não consigo ficar esperando. Vou dar uma volta na floresta.

— Tem certeza? Na temporada de caça?

Ela indicou a placa de PROIBIDO CAÇAR presa numa árvore próxima.

— Aqui não é permitido. Deve ser seguro.

— Acho que deveríamos esperar no carro.

— Não, não posso mesmo ficar esperando. Preciso fazer xixi.

Ela saiu do veículo e avançou na direção da floresta. O vento entrava por sua calça fina, e a bexiga doía de tanto frio que Jane sentia. Ela entrou alguns metros no bosque, mas novembro havia arrancado todas as folhas das árvores e, através dos galhos nus, ainda dava para ver o carro. Ela continuou andando, o silêncio da mata fazendo qualquer estalo de ramos no chão parecer um estrondo. Escondendo-se atrás de algumas sempre-vivas, desabotoou a calça e se agachou, na esperança de que ninguém passaria por ali para vê-la no esplendor de sua nudez.

Ouviu-se um tiro.

Antes que pudesse se levantar, ela ouviu Frost chamar seu nome. Ouviu passos se aproximando pelo mato. De repente, ali estava ele. E não estava sozinho. Em seu encalço, vinha um homem robusto que a fitou divertido enquanto ela vestia a calça.

— Ouvimos um tiro — justificou-se Frost, enrubescido, imediatamente desviando os olhos. — Desculpe, eu não queria...

— Esquece — disse Jane, abotoando afinal a calça. — Aqui não é permitido caçar. Quem está atirando?

— O barulho pode ter vindo do vale — explicou o homem robusto. — E vocês não deveriam estar na floresta sem a roupa fluorescente. — Com certeza ninguém deixaria de ver o colete laranja que ele usava sobre a parca. — Você deve ser Rizzoli.

Ele olhou para o local onde ela havia se agachado e não estendeu a mão.

— Esse é o detetive Barber, da polícia estadual do Maine — apresentou Frost.

Barber a cumprimentou com um leve gesto de cabeça.

— Fiquei surpreso quando vocês telefonaram ontem. Nunca imaginei que Nick Thibodeau acabaria em Boston.

— Não estamos dizendo que ele esteve lá — objetou Jane. — Só queremos ter mais informações sobre ele. Quem ele é e se pode ser o homem que estamos procurando.

— Vocês queriam ver onde encontramos o corpo de Tyrone há cinco anos. Venham comigo.

Ele avançou, seguro, pelo mato. Depois de alguns passos, Jane prendeu a perna da calça num caule espinhoso de amora e teve de parar para se desvencilhar. Quando ergueu a cabeça novamente, o colete fluorescente de Barber já estava bem mais à frente, depois de um emaranhado de galhos nus.

Ouviu-se outro tiro a distância. *E eu aqui, usando preto e marrom, como um urso.* Ela seguiu na direção de Barber, ansiosa para chegar à segurança daquele neon laranja. Quando finalmente se aproximou, Barber os conduziu para uma trilha.

— Dois caras da Virginia que estavam acampando encontraram o corpo de Tyrone — comentou Barber, sem se incomodar de olhar para trás para ver se Jane o acompanhava. — Eles tinham um cachorro, que os levou direto ao corpo.

— É, são sempre os cachorros que acham os cadáveres na floresta — disse Frost, parecendo um especialista no assunto.

— Era fim de verão, por isso as árvores estavam cheias de folhas, que o mantiveram escondido. Eles próprios poderiam ter sentido o cheiro se o vento estivesse soprando na direção certa. Mas as coisas estão sempre morrendo na floresta, então já esperamos encontrar um animal morto de vez em quando. O que não esperamos é encontrar um homem pendurado de cabeça para baixo com a barriga aberta. — Ele indicou a trilha. — Estamos chegando.

— Como você sabe? — perguntou Jane. — Essas árvores todas me parecem iguais.

— Por causa daquilo. — Ele apontou para uma placa de PROIBIDO CAÇAR pregada na margem da trilha. — Passando a placa, são só algumas dezenas de passos mata adentro.

— Você acha que o local é significativo? Essa placa quer dizer alguma outra coisa?

— É um grande "foda-se" para as autoridades.

— Ou talvez ela seja o próprio recado: proibido caçar. Uma das nossas vítimas em Boston caçava, e ficamos imaginando se o assassino não estaria praticando um ato político.

Barber balançou a cabeça.

— Então vocês estão procurando o cara errado. Nick Thibodeau não estava nem aí para os direitos dos animais. Adorava caçar. — Ele saiu da trilha, para a mata. — Vou mostrar a árvore a vocês.

A cada passo, a temperatura parecia mais baixa. Os sapatos de Jane estavam molhados, e o frio agora atravessava o couro. As folhas batiam na altura da batata da perna, ocultando poças de lama e raízes traiçoeiras. Naquele dia quente de agosto, cinco anos antes, o assassino teria realizado uma travessia muito mais agradável na floresta, embora provavelmente houvesse muitos mosquitos, atiçados por sua passagem. Estaria a vítima ainda viva, caminhando de bom grado a seu lado, sem saber de suas intenções? Ou Brandon Tyrone já estaria morto, pendurado como um cervo eviscerado nos ombros do assassino?

— Essa é a árvore — indicou Barber. — Ele estava pendurado de cabeça para baixo naquele galho.

Jane fitou o galho ao qual algumas folhas marrons ainda se prendiam, trêmulas. Não viu nada que distinguisse aquele carvalho de qualquer outra árvore, nenhuma pista do que havia sido pendurado ali cinco anos antes. Era uma árvore comum, que não revelava nenhum segredo.

— Tyrone estava morto há dois dias, de acordo com o Departamento de Medicina Legal — explicou Barber. — Pendurado ali, os únicos animais que o alcançavam eram as aves e os insetos, por isso o corpo ainda estava inteiro. — Ele se deteve. — Com exceção das vísceras, que teriam sido comidas de qualquer jeito. — Ele olhou para o galho como se ainda visse Brandon Tyrone pendurado ali, à sombra da copa da árvore no verão. — Nunca encontramos a carteira ou as roupas dele. Provavelmente foram eliminadas para dificultar a identificação.

— Ou o assassino as levou como um troféu — sugeriu Jane. — Da mesma maneira que os caçadores levam a pele do animal, para lembrá-los da emoção da caça.

— Não, duvido que fosse por qualquer tipo de ritual. Nick só estava sendo prático, para variar.

Jane encarou Barber.

— Você parece conhecer bem o suspeito.

— Conheço. Crescemos na mesma cidade, por isso conheço ele e o irmão, Eddie.

— Conhece bem?

— O bastante para saber que esses caras sempre foram um problema. Aos 12 anos, Nick já roubava dinheiro do casaco das outras crianças. Aos 14, arrombava carros. Aos 16, eram casas. A vítima, Brandon Tyrone, tinha o mesmo histórico. Nick e Tyrone vinham aqui juntos para roubar objetos das barracas e dos carros das pessoas que estavam acampando. Depois que Nick matou o amigo, encontramos uma bolsa de objetos roubados escondida na garagem de Tyrone. Talvez por isso eles tenham se desentendido. Havia itens de valor na bolsa. Câmeras, um isqueiro de prata, uma carteira cheia de cartões de crédito. Acho que eles devem ter brigado pela partilha, e Tyrone perdeu. O desgraçado. Bem feito.

— E onde você acha que Nick Thibodeau está agora?

— Imaginei que tivesse ido para o Oeste. A Califórnia, talvez. Não achei que fosse ficar numa cidade próxima como Boston, mas talvez ele não queira ficar longe demais do irmão, Eddie.

— Onde Eddie mora?

— A oito quilômetros daqui. Nós fomos duros no interrogatório dele, mas até hoje ele se recusa a nos dizer onde Nick está.

— Se recusa? Ou não sabe?

— Ele jura que não sabe. Mas, na cabeça dessa gente, são eles contra o mundo. Vocês precisam se lembrar do seguinte: Maine é o extremo norte da região apalache, e algumas dessas famílias prezam a lealdade sobre todas as coisas. Fique do lado do seu irmão, por mais que ele tenha errado. Acho que foi exatamente o que Eddie fez. Bolou um plano para tirar Nick daqui e ajudá-lo a desaparecer.

— Por cinco anos?

— Não é tão difícil quando temos a ajuda de um irmão. É por isso que ainda vigio Eddie. Sei aonde ele vai e para quem telefona. Ele não me aguenta mais, porque sabe que não vou desistir. Que estou de olho nele.

— Precisamos falar com Eddie Thibodeau — decidiu Jane.

— Vocês não vão arrancar a verdade dele.

— Mas gostaríamos de tentar.

Barber consultou o relógio.

— Tudo bem, tenho uma hora livre. Podemos passar na casa dele agora.

Jane e Frost se entreolharam.

— Talvez fosse melhor se o víssemos sozinhos — disse Frost.

— Não querem que eu participe?

— Vocês dois têm um histórico — justificou Jane. — Um histórico de hostilidade. Se você aparecer, ele vai ficar alerta.

— Ah, entendo. Eu sou o policial mau, e vocês querem ser os policiais bonzinhos. Faz sentido. — Ele olhou a pistola presa na cintura de Jane. — E estou vendo que os dois estão armados. Melhor.

— Por quê? Eddie é um problema? — perguntou Frost.

— É imprevisível. Pensem no que Nick fez com Tyrone e fiquem atentos. Porque esses irmãos são capazes de tudo.

Havia um cervo de quatro chifres, eviscerado, pendurado de cabeça para baixo na garagem de Eddie Thibodeau. Cheia de ferramentas, pneus, latas de lixo e acessórios de pesca, aquela parecia ser uma garagem comum, encontrada em qualquer parte do país, se não fosse pelo animal suspenso num gancho do teto, vertendo sangue em uma poça no chão de concreto.

— Não sei o que mais posso dizer sobre meu irmão. Já falei para a polícia tudo o que sabia.

Eddie ergueu a faca até a pata traseira do cervo, fez uma incisão em torno da junta do tornozelo e cortou a pele, do tornozelo à virilha. Agindo com a desenvoltura de um homem que já havia desmembrado muitos cervos, agarrou a pele com ambas as mãos e arrancou-a com esforço, expondo a musculatura arroxeada e o tendão coberto pela fáscia prateada. Fazia frio na garagem aberta, e ele expirava nuvens de vapor quando parou para descansar. Assim como sugeria a fotografia de Nick, Eddie tinha os ombros largos, olhos castanhos e a mesma fisionomia dura, mas era uma versão desleixada do irmão, vestido com macacão sujo de sangue e gorro de lã, a barba por fazer já grisalha aos 39 anos.

— Depois que encontraram Tyrone pendurado naquela árvore, os policiais ficaram me perturbando, fazendo sempre as mesmas perguntas. Para onde Nick teria ido? Quem o estava escondendo? Cansei de dizer que eles estavam enganados. Que devia ter acontecido alguma coisa com Nick também. Se quisesse desaparecer, ele jamais iria sem sua mochila de fuga.

— Que tipo de mochila era essa? — perguntou Frost.

— Não me diga que você nunca ouviu falar em mochila de fuga — respondeu Eddie, encarando-o por entre as patas traseiras do cervo.

— O que é, exatamente?

— É onde guardamos o material básico de sobrevivência. Para quando tudo dá errado. Olha, se acontecer uma catástrofe, tipo uma bomba nuclear ou um ataque terrorista, as pessoas das cidades grandes vão ficar perdidas. Sem energia elétrica, todo mundo em desespero. É por isso que precisamos da mochila de fuga.

Eddie arrancou mais um pedaço da pele, e o cheiro da carne crua, cheia de sangue, fez Frost recuar.

Eddie o encarou, achando graça.

— Não gosta de carne de cervo?

Frost olhou para a carne reluzente, riscada de gordura.

— Só experimentei uma vez.

— Não gostou?

— Não muito.

— Então não estava bem-preparada. Ou não mataram bem o animal. Para a carne ficar saborosa, o cervo precisa morrer rápido. Uma bala, sem luta. Se ele ficar apenas ferido e for preciso segui-lo, a carne vai ter gosto de medo.

Frost fitou os músculos expostos que antes haviam impelido aquele cervo a correr por campos e florestas.

— E qual é o gosto do medo?

— A carne fica ressecada. O medo libera todo tipo de hormônios no corpo do animal, e a gente sente o gosto da luta. Estraga o paladar. — Ele cortou um pedaço da carne do lombo e jogou-o numa travessa de aço inoxidável. — Esse aqui foi morto direito. Nunca nem soube o que o atingiu. Vai render um ensopado delicioso.

— Você sempre saía para caçar com seu irmão? — perguntou Jane.

— Nick e eu crescemos caçando juntos. — Ele cortou mais um pedaço. — Sinto saudade disso.

— Ele era bom atirador?

— Melhor do que eu. Tinha a mão firme, sempre esperava a hora certa.

— Então ele pode ter sobrevivido na floresta.

Eddie dirigiu a ela um olhar frio.

— Faz cinco anos. Você acha que ele ainda estaria lá, vivendo sozinho como um eremita?

— Onde *você* acha que ele está?

Eddie largou a faca num balde, derramando no chão de concreto um pouco da água suja de sangue.

— Vocês estão atrás do homem errado.

— Quem é o homem certo?

— Não é o Nick. Ele não é assassino.

Ela olhou o cervo morto, a pata traseira agora reduzida ao osso.

— Quando encontraram o amigo de Nick, Tyrone, ele estava eviscerado e pendurado exatamente como esse cervo.

— E daí?

— Nick era caçador.

— Eu também sou e não matei ninguém. Só estou alimentando minha família; essa realidade é tão distante de vocês que nunca devem ter nem usado uma faca de desossar. — Ele pegou uma faca molhada no balde e a estendeu para Jane.

— Experimente, detetive. Vamos, segure. Corte um pedaço e veja qual é a sensação de obter sua própria refeição. Ou você tem medo de um pouco de sangue nas mãos?

Jane viu o desdém nos olhos dele. Ah, não, uma mulher da cidade grande jamais sujaria as mãos. Eram homens como os irmãos Thibodeau que caçavam e cuidavam das fazendas para ela ter seu bife no prato. Ela podia desprezar pessoas como ele, mas ele também desprezava pessoas como ela.

Jane pegou a faca, aproximou-se do cervo e fez um corte profundo, até o osso. Quando a carne se partiu, sentiu o cheiro do que o cervo havia sido antes: mato fresco, fruto de carvalho e limo. E sangue, selvagem, cor de cobre. A carne se soltou do osso, um naco espesso, arroxeado, que ela jogou na travessa. Não olhou para Eddie ao cortar o pedaço seguinte.

— Se Nick não matou Tyrone — perguntou, a faca atravessando a carne —, quem você acha que foi?

— Não sei.

— Nick tem um histórico de violência.

— Ele não era nenhum anjo. Se meteu em algumas brigas.

— Já tinha brigado com Tyrone?

— Uma vez.

— Que você saiba.

Eddie pegou outra faca e se aproximou da carcaça para cortar um pedaço do lombo. A faca se agitava perto de Jane, mas ela continuou calmamente desossando a pata.

— Tyrone também não era nenhum anjo, e os dois gostavam de beber. — Eddie arrancou o pedaço de carne, escorregadio como uma enguia, e jogou-o na travessa. Lavou a faca no balde de água gelada. — Se descontrolar de vez em quando não faz de ninguém um monstro.

— Talvez Nick tenha feito mais do que se descontrolar. Talvez a discussão tenha levado a algo pior do que uma simples briga.

Eddie a encarou.

— Por que ele o deixaria pendurado numa árvore, a céu aberto, onde todos podiam vê-lo? Nick não é burro. Sabe como não deixar rastros. Se tivesse matado Tyrone, teria enterrado o corpo na floresta. Ou espalhado as partes para os animais comerem. O que fizeram com Tyrone foi outra coisa, foi doentio. *Não* foi meu irmão. — Ele se dirigiu à bancada para afiar a lâmina da faca, e a conversa foi interrompida pelo rangido do amolador. A travessa de aço estava agora cheia, pelo menos dez quilos de carne, e ainda faltava cortar metade do cervo. Lá fora caía uma chuva fina. Naquela rua isolada do interior havia poucas casas, e na última meia hora Jane não vira nenhum carro passar. E ali estavam eles, no meio do nada, vendo um homem irritado afiar sua faca.

— Seu irmão ia muito a Boston? — perguntou ela, acima do barulho.

— Às vezes. Não muito.

— Alguma vez mencionou um homem chamado Leon Gott?

Eddie a fitou.

— Então é isso? O assassinato de Leon Gott?

— Você o conhecia?

— Pessoalmente, não, mas conhecia o nome, claro. A maioria dos caçadores conhece. Eu nunca poderia pagar pelo trabalho dele, mas para quem queria empalhar a caça, Gott era o cara. — Eddie se deteve. — É por isso que vocês estão aqui, perguntando sobre Nick? Vocês acham que ele matou Gott?

— Só estamos perguntando se eles se conheciam.

— Nós líamos os artigos do Gott na *Trophy Hunter*. E íamos à Cabela's, para ver os animais que ele tinha empalhado. Mas, até onde sei, Nick nunca o conheceu.

— Ele já foi a Montana?

— Há alguns anos. Nós dois fomos, para ver o parque nacional de Yellowstone.

— Há quantos anos?

— Isso importa?

— Importa.

Eddie deixou de lado a faca que estava afiando e, em voz baixa, perguntou:

— Por que vocês querem saber sobre Montana?

— Outras pessoas foram assassinadas, Eddie.

— Do mesmo jeito que Tyrone?

— Há semelhanças.

— Quem são essas outras pessoas?

— Caçadores, em Montana. Aconteceu há três anos.

Eddie balançou a cabeça.

— Meu irmão desapareceu há cinco anos.

— Mas já foi a Montana. Conhece o estado.

— Foi só uma viagem a Yellowstone!

— E Nevada? — perguntou Frost. — Ele já esteve em Nevada?

— Não. Por quê? Ele teria matado alguém lá também? — Incrédulo, Eddie olhou para Jane e Frost. — Tem mais algum assassinato que vocês queiram atribuir a Nick? Ele não pode se defender, então por que não jogar todo o arquivo morto sobre ele?

— Onde ele está, Eddie?

— Eu gostaria de saber! — Frustrado, Eddie jogou longe uma travessa vazia, que caiu no chão com um tinido alto. — Eu gostaria que vocês fizessem a merda do trabalho de vocês e me dessem uma resposta! Mas ficam enchendo minha paciência, perguntando sobre Nick. Faz cinco anos que não o vejo nem falo com ele. Na última vez que o vi, ele estava na varanda, bebendo com Tyrone. Estavam discutindo por causa de alguma coisa que tinham pegado no acampamento.

— Pegado? — Jane bufou. — Você quer dizer "roubado".

— Enfim. Mas não era uma briga, está bem? Era uma... negociação acalorada, só isso. Eles foram para a casa de Tyrone e pronto. Foi a última vez que os vi. Poucos dias depois, os policiais apareceram aqui. Tinham encontrado a caminhonete do Nick parada no estacionamento da trilha. E Tyrone. Mas nunca acharam nenhum vestígio de Nick. — Como se estivesse cansado demais para continuar de pé, Eddie desabou num banco e respirou fundo. — É isso que eu sei. É só o que sei.

— Você disse que a caminhonete do Nick estava parada no estacionamento da trilha.

— É. A polícia deduziu que ele tivesse se embrenhado na mata. Que ele está em algum lugar da floresta, como Rambo, vivendo do que a natureza oferece.

— O que você acha que aconteceu?

Por um instante, Eddie se manteve em silêncio, olhando as mãos calejadas, as unhas sujas de sangue.

— Acho que meu irmão está morto — respondeu, afinal. — Acho que os ossos dele estão espalhados em algum lugar e simplesmente ainda não os encontramos. Ou ele está pendurado numa árvore, como Tyrone.

— Então você acha que ele foi assassinado.

Eddie ergueu a cabeça e olhou para ela.

— Acho que eles encontraram alguém na floresta.

21

BOTSUANA

Quando o sol nasce, estou sozinha na selva. Passei horas fugindo às cegas pela escuridão e não faço ideia da distância que me separa do acampamento. Só sei que desci o rio, porque durante toda a noite o barulho da correnteza se manteve à minha esquerda. Quando o céu abandona seu aspecto rosado e assume tons dourados, estou com tanta sede que me ajoelho na beira da água e bebo como um animal selvagem. Ontem eu teria feito questão de que a água fosse antes fervida ou purificada com iodo. Teria ficado desesperada com a quantidade de micróbios que estou ingerindo, uma dose fatal de bactérias e parasitas a cada gole. Nada disso importa agora, porque vou morrer de qualquer maneira. Pego a água na palma das mãos e bebo com tanta avidez que ela se derrama em meu rosto, escorre pelo queixo.

Quando finalmente me sacio, fico de cócoras e fito, por entre os papiros, as árvores e o mato que balança ao sabor do vento do outro lado do rio. Para as criaturas que habitam esse estranho mundo verde, não passo de um pedaço de carne ambulante, e, para onde quer que eu olhe, imagino dentes esperando para me devorar. Com a luz do sol, vem o barulho das aves, e, quando olho para cima, vejo abutres traçando círculos langorosos no céu. Será que já me identificaram como a próxima refeição? Viro-me na direção oposta à do rio, na direção do acampamento, e vejo as pegadas evidentes que deixei ao longo da margem. Lembro-me da facilidade de Johnny para identificar a pegada mais tênue. Meu rastro será como um letreiro luminoso para ele. Agora que é dia, ele vai vir em meu encalço porque não pode me deixar viva. Sou a única que sobrou, que sabe o que aconteceu.

Levanto-me e continuo andando rio abaixo.

Não posso me permitir pensar em Richard ou nos outros. Preciso me concentrar em continuar viva. O medo me impulsiona, me faz avançar na selva. Não sei onde esse rio dá. Do guia de viagem, lembro-me de que os rios do Delta do Okavango se alimentam da água das chuvas dos planaltos angolanos. Toda essa água, que anualmente enche as lagoas e os pântanos de onde a vida selvagem brota feito mágica, desembocará no Deserto do Kalahari. Ergo a cabeça para avaliar a direção do sol, que só agora se ergue acima da copa das árvores. Avanço em sentido sul.

E estou com fome.

Na mochila, encontro seis barras de cereal, com 240 calorias cada. Lembro-me de tê-las enfiado na mala, em Londres, para o caso de não suportar a comida na selva, e de Richard ter zombado do meu paladar pouco aventureiro. Devoro uma barra em poucos instantes e preciso me obrigar a deixar as outras cinco para mais tarde. Se me mantiver perto do rio, pelo menos terei água, uma provisão infinita, embora ela certamente traga uma miríade de doenças cujos nomes não sei nem pronunciar. Mas a beira da água é um lugar perigoso, onde predadores e presas com frequência se encontram, para onde a vida e a morte convergem. Aos meus pés, há o crânio de um animal, desbotado pelo sol. Algo parecido com um cervo teve seu fim aqui na beira do rio. Algumas ondulações agitam a água, e os olhos de um crocodilo surgem na superfície. Esse não é um bom lugar para ficar. Afasto-me para o mato e vejo que alguém já abriu passagem por aqui. Pelas pegadas na terra, estou seguindo o rastro de elefantes.

Quando sentimos medo, ficamos superalertas. Vemos tudo, ouvimos tudo, e sou soterrada por uma rápida sucessão de imagens e sons, qualquer coisa que pudesse ser a única advertência sobre algo que vai me matar. Tudo deve ser assimilado ao mesmo tempo. Aquela oscilação do mato? Apenas o vento. A agitação de asas sobre os juncos? Uma águia pescando. O ruído do mato é apenas um javali de passagem. Antílopes e búfalos se deslocam no horizonte. Por todo lado, vejo seres vivos, voando, chilreando, nadando, se alimentando. Belos, famintos e perigosos. Agora que os pernilongos me encontraram, eles se banqueteiam do meu sangue. Meus preciosos comprimidos ficaram na barraca, portanto acrescentemos malária à lista de maneiras de morrer, como se não bastasse a possibilidade de ser atacada por um leão, pisoteada por um búfalo, afogada por um crocodilo e esmagada por um hipopótamo.

À medida que o calor aumenta, os pernilongos ficam mais implacáveis. Afasto-os desesperadamente ao caminhar, mas eles formam uma nuvem de picadas à qual não consigo fugir. Em pânico, volto à margem do rio, onde passo lama no rosto, no pescoço e nos braços. A lama é cheia de vegetais em decomposição, e o cheiro me provoca ânsia de vômito, mas continuo passando camadas cada vez mais espessas, até estar totalmente coberta. Levanto-me, uma criatura primitiva emergindo da terra. Como Adão.

Continuo avançando no rastro dos elefantes. Eles também preferem andar ao longo do rio, e, enquanto caminho, vejo outras pegadas que me informam que essa rota é usada por um grande número de animais diferentes. É o equivalente da selva a uma grande rodovia, todos avançando no rastro dos elefantes. Se um antílope passa por esse caminho, certamente um leão passa também.

Aqui é outra zona de ataque, onde predador e presa se encontram.

Mas o mato alto não esconde menos ameaças, e não tenho energia para abrir meu próprio caminho pela mata fechada. Preciso andar rápido, porque Johnny, o predador mais implacável de todos, está no meu encalço. Por que me recusei a enxergar isso? Enquanto os outros eram assassinados um a um, a carne e os ossos entregues para alimentar essa terra faminta, mantive-me cega ao jogo dele. Cada olhar que Johnny me lançava, cada palavra gentil, era apenas o prelúdio para uma morte.

Quando o sol atinge seu ápice, ainda avanço pela trilha dos elefantes. A lama seca em minha pele, transformando-se em uma crosta dura, e pedaços dela entram em minha boca quando como a segunda barra de cereal, que devoro com terra e tudo. Sei que deveria economizar as barras, mas estou faminta, e a tragédia máxima seria morrer com comida ainda na mochila. A trilha se volta para a beira da água, onde encontro uma lagoa de água tão escura e parada que o céu se reflete nela. O calor do meio-dia aquietou a selva. Até os pássaros se calaram. Na beira da água, há uma árvore com dezenas de pêndulos estranhos, como bolas de Natal. Na loucura da exaustão, imagino que esbarrei numa colônia de casulos alienígenas, deixados para incubar onde ninguém os encontraria. Então um pássaro entra num dos pêndulos. São ninhos de tecelões.

A água da lagoa se agita, como se algo acabasse de despertar. Recuo, pressentindo ali o mal, esperando para pegar os incautos. Sinto um calafrio ao me afastar novamente para a mata.

Ao anoitecer, encontro a manada de elefantes.

Na mata até um animal grande como um elefante pode nos pegar de surpresa, e, quando saio do bosque de acácias, de repente *um deles* está na minha frente. Parece tão surpreso quanto eu e solta um barrido tão alto que reverbera em meus ossos. Estou chocada demais para fugir. Permaneço parada, as acácias atrás de mim, o elefante me encarando, tão imóvel quanto eu. Enquanto nos fitamos, vejo imensos vultos cinza se deslocarem à minha volta. Há uma manada inteira quebrando os galhos, comendo ramos. Sabem que estou aqui e param de se alimentar para avaliar a intrusa coberta de lama. Como seria fácil para qualquer um deles me matar! Um golpe da tromba, uma pata pesada em meu peito, acabaria com essa ameaça. Sinto todos me analisando, considerando meu destino. Então o elefante calmamente ergue a tromba, quebra um ramo e o leva até a boca. Um a um, os outros voltam a se alimentar. Me julgaram e decretaram a suspensão da pena capital.

Em silêncio, volto para o mato e me dirijo a uma árvore imponente, mais alta que as acácias. Subo no tronco grosso até estar acima da manada e me acomodo na dobra de um galho. Assim como meus ancestrais primatas, encontro segurança nas árvores. A distância, hienas uivam e leões rugem, uma prévia da batalha que virá à noite. De onde estou, vejo o sol se pôr. À sombra da minha árvore, os elefantes continuam se alimentando. Um ruído reconfortante.

A noite ganha vida com guinchos e rugidos. As estrelas cintilam, cristalinas na escuridão do céu. Através dos galhos retorcidos, vejo a constelação de escorpião, que Johnny me mostrou na primeira noite. É apenas uma das muitas coisas que ele me ensinou sobre a vida na selva, e imagino por que teria feito isso. Para me dar uma chance de lutar e me tornar uma presa mais digna?

De algum modo, sobrevivi a todos os outros. Penso em Clarence e Elliot, nos Matsunagas e nas louras. Sobretudo penso em Richard e no que já tivemos juntos. Lembro-me das promessas que fizemos e das noites em que adormecíamos abraçados. De repente, estou chorando por Richard, por tudo que já tivemos, e meus soluços são como o grito de mais um animal nesse ruidoso coro noturno. Choro até o peito doer e a garganta estar seca. Até me sentir tão exausta que fico sem forças.

Durmo da mesma forma que meus antepassados dormiam há um milhão de anos, numa árvore, sob as estrelas.

No amanhecer do quarto dia, abro a última barra de cereal. Como devagar, cada mordida um ato de reverência ao poder sagrado do alimento. Como é minha última refeição, cada castanha, cada floco de aveia é uma explosão prazerosa de sabor que eu nunca havia apreciado de verdade. Penso nas muitas festas de fim de ano em que eu me empanzinava, mas nenhuma refeição foi tão sagrada quanto essa, feita numa árvore quando o céu se tinge do dourado do sol nascente. Lambo as últimas migalhas da embalagem, desço da árvore e vou para a beira do rio, onde me ajoelho como se fizesse uma oração e bebo a água que corre impetuosa.

Quando me levanto, sinto-me estranhamente satisfeita. Não me lembro de quando o avião deverá voltar à pista de pouso, mas isso quase não tem importância agora. Johnny dirá ao piloto que houve uma desgraça terrível e que não há sobreviventes. Ninguém virá me procurar. Para o mundo, estou morta.

Pego lama junto ao rio e passo uma nova camada no rosto e nos braços. Já sinto o calor do sol no pescoço, e um enxame de insetos se ergue dos juncos. O dia mal começou, e já estou exausta.

Obrigo-me a caminhar. Novamente, sigo em direção sul.

Na tarde do dia seguinte, estou com tanta fome que me curvo, tamanha dor no estômago. Bebo a água do rio, na esperança de aliviá-la, mas bebo demais, rápido demais, e tudo volta. Ajoelho-me na lama, vomitando aos prantos. Como seria fácil desistir agora! Deitar e deixar os animais me comerem. Minha carne, meus ossos, tudo será devorado pela natureza, será para sempre ligado à África. Todos viemos dessa terra, e a ela retorno. É um lugar apropriado para morrer.

Ouço a água se agitar e ergo a cabeça, deparando-me com duas orelhas se erguendo à superfície. Um hipopótamo. Estou próxima o bastante para assustá-lo, mas já não tenho medo, já não ligo se vivo ou morro. Embora saiba que estou aqui, ele permanece impassível, aproveitando o sol. A água se ondula com pequenos peixes e insetos, e os grous descem do céu para se alimentar. Há tanta vida neste lugar em que estou morrendo! Observo um inseto voar na direção de uma moita de papiros e de repente tenho fome suficiente para comer até essa libélula. Mas não sou rápida o bastante e pego apenas um punhado de juncos espessos e fibrosos. Não sei se são venenosos. Não ligo. Só quero algo que encha meu estômago e atenue a dor.

Com o canivete da mochila, corto alguns juncos e como os caules. A casca é macia, a polpa dura. Mastigo e mastigo até só sobrar na boca um bolo de fibras, que cuspo. A dor no estômago diminui. Corto mais um punhado de plantas, que mastigo como um animal. Como o hipopótamo, que pasta tranquilamente aqui perto. Corto e mastigo, corto e mastigo. A cada dentada, assimilo a selva, sinto que nos tornamos uma só.

A mulher que já fui, Millie Jacobson, atingiu o fim de sua jornada. De joelhos, na beira do rio, entrego sua alma.

22

BOSTON

Maura não o via, mas sabia que ele a observava.

— Ali, naquela saliência da rocha — indicou o Dr. Alan Rhodes, especialista em felinos de grande porte do zoológico. — Está atrás daquele arbusto. É difícil vê-lo porque ele se confunde com as pedras.

Só então Maura divisou os olhos castanhos. Eles estavam fixos nela, com a concentração fria e certeira que une predador e presa.

— Eu não o teria visto de jeito nenhum — murmurou ela. Já tremendo com o vento gelado, Maura sentiu um calafrio ao se deparar com o olhar inexorável do puma.

— Mas ele viu *você* — disse Rhodes. — Provavelmente está te observando desde que você entrou no campo de visão.

— Você diz que ele está me observando. Mas por que não você?

— Para o predador, trata-se de identificar a presa mais acessível, a mais fácil. Antes de atacar um homem adulto, o puma vai preferir uma criança ou uma mulher. Está vendo essa família que vem na nossa direção? Observe o que o puma faz. Observe os olhos dele.

Na saliência da rocha, a cabeça do puma girou de repente, e ele se pôs em alerta, os músculos se retesando quando ele se agachou. Seu olhar já não se fixava em Maura, mas em um novo alvo, que agora avançava na direção da jaula. Uma criança.

— É tanto o movimento quanto o tamanho que o atraem — explicou Rhodes. — Quando passa uma criança correndo aqui, é como se um interruptor fosse acionado dentro da cabeça do felino. O instinto assume o controle. — Rhodes se virou para ela. — Por que você se interessou pelos pumas de repente? Não que eu me incomode em responder suas perguntas — tratou de acrescentar. — Aliás, eu adoraria falar mais durante um almoço, algum dia, se você quiser.

— Acho os felinos fascinantes, mas na verdade estou aqui por um caso em que estou trabalhando.

— Então é trabalho.

Foi decepção que ela notou na voz dele? Ela não conseguiu decifrar sua fisionomia, porque ele tinha se voltado para a jaula, os cotovelos apoiados no parapeito, o olhar novamente sobre o puma. Imaginou como seria almoçar com Alan Rhodes. Conversa interessante com um homem evidentemente apaixonado pela profissão. Ela via inteligência em seu olhar, e, embora ele não fosse muito alto, o trabalho ao ar livre o mantinha bronzeado e em boa forma. Era o tipo de homem estável e confiável, por quem ela *deveria* se apaixonar, mas não havia aquela chama. Procurar por isso só tinha lhe trazido sofrimento. Por que nunca acontecia com um homem que podia fazê-la feliz?

— Como o comportamento do puma se relaciona com um caso do Departamento de Medicina Legal? — perguntou ele.

— Quero conhecer melhor o hábito de caça deles. Como matam.

Ele franziu a testa.

— Houve algum ataque de puma no estado? Isso confirma os rumores que tenho ouvido.

— Que rumores?

— Sobre pumas em Massachusetts. Há relatos de sua presença em toda a Nova Inglaterra, mas por enquanto são como fantasmas: vistos mas nunca confirmados. À exceção do puma morto em Connecticut, há alguns anos.

— Connecticut? O animal havia fugido de algum lugar?

— Não, era selvagem. Foi atropelado por uma caminhonete numa estrada em Milford. Segundo a análise de DNA, teria migrado para cá com um bando de Dakota do Sul. Portanto esse grupo sem dúvida chegou à Costa Leste. Provavelmente está aqui em Massachusetts.

— Isso é assustador. Mas você parece quase eufórico com a possibilidade.

Ele soltou um riso tímido.

— Especialistas em tubarão gostam de tubarão. Especialistas em dinossauro são loucos por tiranossauro. Não significa que querem se deparar com um, mas todos ficamos maravilhados com os grandes predadores. Sabe, o puma era dono desse continente, de costa a costa, antes de o expulsarmos. Acho emocionante eles estarem voltando.

A família com a criança havia se afastado. Mais uma vez, o olhar do puma se achava fixo em Maura.

— Se houver pumas aqui no estado — observou ela —, lá se vai qualquer possibilidade de um passeio tranquilo nas florestas.

— Eu não me apavoraria. Veja quantos pumas existem na Califórnia. Câmeras noturnas com detectores de movimento já os flagraram andando pelo Griffith Park, em Los Angeles. É raro ouvirmos algum incidente, embora eles já tenham vitimado ciclistas e corredores. Os pumas são preparados para atacar presas em fuga, por isso o movimento chama a atenção deles.

— Então a pessoa deve enfrentá-los?

— Para ser sincero, não o veríamos chegar. Quando nos déssemos conta de sua presença, ele já estaria cravando os dentes em nosso pescoço.

— Como Debbie Lopez.

Rhodes se deteve. Em voz baixa, respondeu:

— É. Coitada da Debbie. — Ele a encarou. — Mas *houve* algum ataque de puma aqui?

— É um caso em Nevada. Nas Sierras.

— Lá com certeza existem pumas. Quais foram as circunstâncias?

— A vítima era uma mulher. Quando a encontraram, o corpo havia sido devorado por aves que se alimentam de carniça, mas alguns detalhes fizeram o Departamento de Medicina Legal considerar um ataque de puma. Em primeiro lugar, a vítima foi eviscerada.

— Não é algo incomum no ataque de um felino de grande porte.

— Outra coisa que intrigou o patologista foi o local em que o corpo foi encontrado. Numa árvore.

Ele a fitou.

— Numa árvore?

— Ela estava largada num galho, a cerca de três metros do chão. A questão é: como teria chegado lá? Um puma poderia tê-la arrastado?

Ele pensou por um instante.

— Não é o comportamento clássico do puma.

— Depois de matar Debbie Lopez, o leopardo a arrastou para o alto do rochedo. Você disse que ele fez isso por instinto, para proteger a presa.

— É, esse é o comportamento típico do leopardo-africano. Na selva, eles enfrentam a rivalidade de outros carnívoros de grande porte: leões, hienas, crocodilos. Levar o animal morto para o alto da árvore é uma maneira de protegê-lo. Quando a presa está devidamente acomodada num galho, o leopardo pode se alimentar com tranquilidade. Na África, quando um antílope está morto no alto de uma árvore, só há um animal que poderia tê-lo levado para lá.

— E o puma? Usa as árvores?

— O puma norte-americano não enfrenta a mesma rivalidade que os carnívoros da África. Pode levar a presa para a mata cerrada ou para uma caverna antes de se alimentar. Mas levá-la para o alto de uma árvore? — Ele balançou a cabeça. — Seria inusitado. Esse é mais o comportamento do leopardo-africano.

Maura se voltou novamente para o cercado. Os olhos do puma ainda se achavam fixos nela, como se apenas ela pudesse satisfazer sua fome.

— Fale mais sobre os leopardos — pediu ela, num murmúrio.

— Duvido que haja um leopardo à solta em Nevada, a menos que tenha fugido de algum zoológico.

— Ainda assim, eu gostaria de saber mais sobre eles. Os costumes. Os hábitos de caça.

— Bom, conheço mais o *Panthera pardus*, o leopardo-africano. Também existem outras subespécies: *Panthera orientalis*, *Panthera fusca*, *Panthera pardus japonensis*, mas não são tão estudadas. Antes de serem caçados quase até a extinção, era possível encontrar leopardos na Ásia, na África e até no Ocidente, na Inglaterra. É triste ver que sobraram tão poucos no mundo. Ainda mais quando temos uma dívida com eles, que nos ajudaram na cadeia evolutiva.

— Como fizeram isso?

— Existe a teoria de que os primeiros hominídeos da África se alimentavam não caçando, mas roubando a carne que os leopardos guardavam nas árvores. Isso era equivalente ao nosso fast-food de hoje. Não tínhamos necessidade de perseguir o antílope. Apenas esperávamos o leopardo matá-lo e levá-lo para a árvore. O leopardo comia e saía por algumás horas. Era quando pegávamos o resto da carcaça. Esse suprimento de proteína teria elevado a capacidade mental de nossos antepassados.

— O leopardo não os teria impedido?

— O monitoramento com rádio-colar mostra que os leopardos não ficam com a presa durante do dia. Eles se alimentam, saem e voltam para comer algumas horas depois. Como as carcaças normalmente são evisceradas, a carne continua boa por alguns dias. Isso dava aos hominídeos a chance de roubar o alimento. Mas você tem razão, não teria sido uma empreitada sem riscos. Já encontramos muitos ossos hominídeos em antigas cavernas de leopardos. Embora roubássemos o jantar deles, às vezes éramos o jantar.

Ela pensou em seu próprio gato, que costumava observá-la com tanta atenção quanto o puma. A ligação entre felinos e seres humanos era mais complexa do que meramente a de predador e presa. O gato doméstico podia se sentar em nosso colo e comer na nossa mão, mas ainda tinha os instintos de um caçador.

Assim como nós.

— São animais solitários? — perguntou ela.

— São, como a maioria dos felídeos. O leão é uma exceção. O leopardo, em particular, vive só. A fêmea deixa os filhotes sozinhos por até uma semana, porque prefere caçar e procurar alimento sozinha. Depois de um ano e meio, esses filhotes deixam a mãe e vão estabelecer seu próprio território. Com exceção do período de reprodução, ficam sempre sozinhos. Isolados, difíceis de ver. São caçadores noturnos que agem furtivamente, por isso podemos entender o lugar de destaque que tinham na mitologia americana. A escuridão era um terror para o homem primitivo, porque ele sabia que, numa noite qualquer, podia sentir os dentes de um leopardo cravados em sua garganta.

Maura pensou em Debbie Lopez; para ela esse terror havia sido sua última sensação. Olhou para a jaula do leopardo, a poucos metros de distância. Desde a morte da funcionária, havia uma tela temporária escondendo a área, mas dois visitantes do zoológico estavam ali agora, tirando fotos com o celular. A morte era uma estrela para a qual sempre havia plateia.

— Você disse que o felino eviscera a presa — disse ela.

— É só uma consequência de como eles se alimentam. O leopardo rasga o celoma por trás. Isso libera as vísceras, que ele consome nas primeiras 24 horas, impedindo que a carne apodreça rápido. Assim ele pode se alimentar aos poucos. — Rhodes se interrompeu ao toque do celular. Com o olhar pesaroso, atendeu a ligação. — Alô? Meu Deus, Marcy, eu me esqueci completamente! Já estou indo. — Com um suspiro, desligou o aparelho. — Desculpe, mas estão me esperando para uma reunião do conselho. A eterna busca por fundos.

— Obrigada por me receber. Você foi de muita ajuda.

— Sempre às ordens. — Ele se pôs a andar, então se virou. — Se algum dia você quiser fazer um passeio pelo zoológico depois do horário de visita, me avise!

Ela o observou se afastar apressado até dobrar a esquina e de repente estava sozinha, tremendo sob o vento.

Não, não completamente sozinha. Pelas grades da jaula vazia do leopardo, ela divisou o cabelo louro, dourado como a juba de um leão, e ombros largos, cobertos por um casaco de lã marrom. Era o veterinário do zoológico, Dr. Oberlin. Por um instante, eles se entreolharam como dois animais assustados que se esbarraram na selva. Ele fez um aceno com a cabeça e desapareceu na camuflagem da mata.

Invisível como um puma, pensou Maura. Eu nem sabia que ele estava ali.

23

— Se esses ataques em diferentes estados estiverem de fato relacionados, estamos lidando com um conjunto de comportamentos ritualísticos bastante complexos — observou o Dr. Lawrence Zucker.

Psicólogo que servia de consultor para a polícia de Boston, Zucker, com sua pele clara e corpo volumoso, era uma figura conhecida na Unidade de Homicídios. Da cabeceira da mesa, ele fitava Maura e os quatro detetives que estavam na sala de reunião naquela manhã. Havia algo perturbadoramente reptiliano em Zucker, e, quando ele olhava para Maura, era como se ela sentisse no rosto o movimento gelado da língua de um lagarto.

— Antes de nos precipitarmos — interveio o detetive Crowe —, ainda não definimos que esses ataques *estão* relacionados. Foi a Dra. Isles que aventou essa hipótese, não fomos nós.

— E ainda estamos investigando — disse Jane. — Frost e eu fomos ao Maine ontem, para procurar saber sobre o caso que aconteceu há cinco anos. Um homem chamado Brandon Tyrone, que foi encontrado eviscerado, pendurado numa árvore.

— E o que vocês acham? — perguntou Zucker.

— Não posso dizer que as coisas estão mais claras. A polícia estadual do Maine se concentra num único suspeito, um homem chamado Nick Thibodeau. Ele e a vítima se conheciam. Podiam ter se desentendido, o que resultaria no assassinato.

— Telefonei para Montana e Nevada, falei com os detetives de ambos os casos — disse Crowe. — Todos acham que pode ter sido ataque de puma. Não vejo como os casos fora do estado se relacionam com o nosso, ou com o homicídio no Maine.

— É o *simbolismo* que une todos eles — disse Maura, sem conseguir mais se manter calada. Ela não era nem policial nem psicóloga, por isso se sentia novamente uma intrusa na reunião. Estava ali a convite do Dr. Zucker. Quando todos se viraram em sua direção, ela sentiu a muralha de ceticismo assomar sobre si. Uma muralha que ela teria que derrubar. Crowe se mantinha inflexível. Frost e Jane tentavam se mostrar mais receptivos, mas era nítida a falta de entusiasmo na voz de Jane. Johnny Tam permanecia impenetrável como sempre, guardando suas opiniões para si.

— Depois que falei com o Dr. Rhodes sobre a biologia do leopardo, entendi que *esse* era o padrão. A maneira como o leopardo caça, se alimenta, leva a presa para o alto. Vemos isso em todas as vítimas.

— Então o que estamos procurando? — Crowe riu. — O homem-leopardo?

— Você faz graça, detetive Crowe — repreendeu-o Zucker. — Mas não descarte tão rápido a hipótese da Dra. Isles. Quando ela me telefonou ontem, também fiquei em dúvida. Depois revi esses homicídios fora do estado.

— Nevada e Montana não foram necessariamente homicídios — salientou Crowe. — Repito: o Departamento de Medicina Legal afirma que *podem* ter sido ataques de puma.

— O Dr. Rhodes diz que puma não arrasta a presa para o alto das árvores — objetou Maura. — E o que teria acontecido com os outros integrantes de ambos os grupos? Eram quatro mochileiros em Nevada. Só uma mulher foi encontrada. Eram três caçadores em Montana, e só encontraram os restos de dois. Nenhum puma poderia ter matado *todos*.

— Talvez fosse um bando de pumas.

— Não foi puma — insistiu Maura.

— Dra. Isles, estou tendo um pouco de dificuldade em acompanhar a mudança das suas teorias. — Crowe correu os olhos ao redor da mesa. — Primeiro o assassino detestava caçadores e por isso os pendurava e eviscerava. Agora é o quê? Um maluco que se acha leopardo?

— Ele não é necessariamente louco.

— Se eu saísse por aí fingindo que sou um leopardo — disse Crowe —, vocês mandariam me internar.

— Podemos fazer isso agora? — murmurou Jane.

— Vocês precisam ouvir a Dra. Isles. — disse Zucker e voltou-se para Maura. — Por que você não descreve para nós o estado do cadáver do Sr. Gott?

— Todos já lemos o relatório da necropsia — desdenhou Crowe.

— Ainda assim, deixem-na descrever os ferimentos novamente.

Maura assentiu.

— Havia fratura com depressão do osso parietal direito, compatível com um golpe. Também havia diversas lacerações paralelas no tórax, provavelmente ocorridas depois da morte. Esmagamento da cartilagem tireoide, que decerto resultou em asfixia. Um único corte ia do processo xifoide, no esterno, ao púbis. E as vísceras, tanto torácicas quanto abdominais, tinham sido removidas. — Ela se deteve. — Querem que eu continue?

— Não, acho que já temos informação suficiente. Agora vou ler para vocês a descrição de um médico relativa a outro crime. — Zucker botou os óculos. — "A vítima é uma menina de 18 anos, encontrada morta em sua cabana, ao amanhecer. A garganta estava esmagada, e o rosto e o pescoço se achavam abertos pelo que pareciam ser várias marcas de garra. A carne estava tão terrivelmente mutilada que parecia parcialmente devorada. Faltavam os intestinos e o fígado, mas notei um detalhe peculiar: o corte preciso em uma das extremidades do intestino. Depois de examinar melhor, percebi que o abdome tinha sido aberto com um corte inusitadamente reto, ferimento que nenhum animal selvagem que eu conheça faria. Assim, apesar da minha primeira impressão de que a menina teria sido vítima de um leão ou leopardo, concluo que o ato foi, sem dúvida, humano." — Ele deixou sobre a mesa a página que estava lendo. — Vocês concordam que o relato tem uma semelhança incrível com o que a Dra. Isles acabou de descrever?

— Que caso foi esse? — perguntou Frost.

— Foi escrito por um médico missionário alemão que trabalhou em Serra Leoa. — Zucker se deteve. — Em 1948.

Houve silêncio na sala. Maura correu os olhos ao redor da mesa e viu perplexidade no rosto de Frost e Tam, ceticismo no de Crowe. *E o que Jane está pensando? Que finalmente enlouqueci e estou vendo fantasmas?*

— Deixa eu ver se entendi — disse Crowe. — Vocês acham que estão lidando com um assassino que estava fazendo isso em 1948? Ele teria o quê? Uns 85 anos?

— Não é isso que estamos sugerindo — defendeu Maura.

— Então qual é sua nova teoria, Dra. Isles?

— A questão é que existem precedentes históricos desses assassinatos ritualísticos. O que está acontecendo hoje... os cortes paralelos, a evisceração... é um eco do que acontece há séculos.

— Estamos falando de um culto? Fantasmas? Ou voltamos ao homem-leopardo?

— Pelo amor de Deus, deixe-a falar, Crowe. — Jane olhou para Maura. — Só espero que você não me venha com papo sobrenatural.

— Isso é muito real — retrucou Maura. — Mas antes é preciso um pouco de aula de história; voltaremos quase um século no tempo. — Ela se virou para Zucker. — Você faria as honras?

— Com prazer. Porque a história *é* fascinante — respondeu Zucker. — Na época da Primeira Guerra Mundial, no oeste da África, houve diversos relatos de mortes misteriosas. As vítimas eram homens, mulheres e crianças. Eram encontradas com o que pareciam ser marcas de garra no corpo, garganta cortada, barriga eviscerada. Algumas foram parcialmente devoradas. Essas eram características típicas de ataques de felinos, e uma testemunha viu o que achava ser um leopardo fugindo para o mato. Imaginou-se que haveria um felino monstruoso invadindo as aldeias, atacando as pessoas enquanto elas dormiam.

"Mas as autoridades locais logo notaram que não era um leopardo de verdade que estava por trás dos ataques. Os assassinos eram humanos, participantes de um culto antigo, de séculos antes. Uma sociedade secreta que se identifica tanto com os leopardos que seus integrantes acreditam se transformar de fato no animal quando bebem o sangue ou comem a carne da vítima. Eles matam para se tornar mais poderosos, para assimilar a força de seu animal totêmico. Para realizar esses assassinatos ritualísticos, a pessoa veste a pele de um leopardo e usa garras de aço para cortar a vítima."

— A pele de um *leopardo*? — perguntou Jane.

Zucker assentiu.

— O roubo daquela pele de leopardo-das-neves ganha um novo significado, não?

— Esse culto ainda existe na África? — perguntou Tam.

— Existem rumores de que sim — respondeu Zucker. — Nos anos 1940, houve dezenas de assassinatos na Nigéria atribuídos aos homens-leopardo, alguns até cometidos à luz do dia. As autoridades apertaram o cerco, colocando centenas de policiais no caso, e acabaram prendendo e executando alguns suspeitos. Os ataques pararam, mas será que o culto foi eliminado mesmo? Ou apenas passou a ser clandestino e se espalhou?

— Até Boston? — resmungou Crowe.

— Já tivemos casos envolvendo vodu e satanismo aqui — argumentou Tam. — Por que não homens-leopardo?

— Esses assassinatos relacionados ao culto do leopardo na África... — disse Frost. — Qual seria o motivo?

— Alguns podem ter sido políticos. A eliminação de adversários — respondeu Zucker. — Mas isso não explica o homicídio aparentemente aleatório de mulheres e crianças. Não, havia algo mais por trás deles, a mesma coisa que inspira cultos envolvendo assassinatos ritualísticos em todo o mundo. Muitas pessoas já foram sacrificadas, por diversas crenças. Mas, quer se mate para aterrorizar o inimigo ou para satisfazer deuses como Zeus ou Kali, tudo sempre se resume a uma única coisa: poder. — Zucker correu os olhos ao redor da mesa, e mais uma vez Maura sentiu o frio beijo reptiliano. — Se somamos as peculiaridades desses assassinatos, começamos a vislumbrar um padrão: a caça como poder. O assassino pode ser bastante comum, ter um emprego comum. Essas coisas não dão a ele a emoção ou a sensação de poder que o assassinato dá. Por isso ele viaja em busca das presas, pois tem recursos e liberdade para isso. Quantas outras mortes não foram erroneamente classificadas como acidentes causados por animais? Quantas pessoas que desapareceram enquanto faziam trilha ou acampavam não são na verdade vítimas dele?

— Leon Gott não estava fazendo trilha nem acampando — objetou Crowe. — Foi morto na garagem de casa.

— Talvez para o assassino roubar aquela pele de leopardo — sugeriu Zucker. — É o símbolo totêmico dele, a ser usado no ritual.

— Sabemos que Gott se gabou do leopardo-das-neves em fóruns de caça na internet — lembrou Frost. — Anunciou para todo mundo que havia sido contratado para trabalhar num dos animais mais raros do mundo.

— O que mais uma vez indica que o suspeito é caçador. Faz sentido, em termos tanto simbólicos quanto práticos. O assassino se identifica com o leopardo, o caçador mais perfeito da natureza. Também se sente à vontade na selva. Mas, ao contrário dos outros caçadores, sua presa não é o cervo ou o alce. Ele optou pelo ser humano. Pessoas que saem para fazer trilha ou curtir a natureza. É o desafio máximo, e ele prefere regiões incultas para caçar suas vítimas. As montanhas de Nevada. A floresta do Maine. Montana.

— Botsuana — disse Jane, em voz baixa.

Zucker olhou para ela, a testa franzida.

— Como?

— O filho de Leon Gott desapareceu em Botsuana. Estava com um grupo de turistas num safári, numa área remota.

À menção de Elliot Gott, o coração de Maura acelerou.

— Exatamente como os mochileiros. Exatamente como os caçadores — observou ela. — Eles saem para uma região selvagem e nunca mais são vistos. — *Padrões. Basta enxergar os padrões.* Ela fitou Jane. — Se Elliot Gott foi uma de suas vítimas, isso quer dizer que o assassino já estava caçando presas há seis anos.

Jane assentiu.

— Na África.

Fazia dias que o arquivo eletrônico estava no laptop de Jane, enviado pelo Escritório Central da Interpol em Botsuana. Eram quase seiscentas páginas, e havia relatórios da polícia de Maun, da polícia da África do Sul e da Interpol de Johannesburgo. Quando recebeu o arquivo, Jane não estava convencida de sua relevância para o assassinato de Leon Gott, seis anos depois, e apenas tinha corrido os olhos por ele. Mas o desaparecimento dos mochileiros de Nevada e dos caçadores de Montana tinha paralelos perturbadores com o desventurado safári de Elliot Gott, e ela agora estava sentada à mesa, abrindo o arquivo. Enquanto os telefones tocavam na Unidade de Homicídios e Frost fazia barulho com a embalagem de um sanduíche em sua mesa, Jane se pôs a lê-lo novamente, dessa vez com mais atenção.

O relatório da Interpol continha um breve resumo dos acontecimentos e da investigação. No dia 20 de agosto, seis anos antes, sete turistas de quatro países diferentes haviam embarcado num avião em Maun, Botsuana, com destino ao Delta do Okavango. Desembarcaram numa pista de pouso remota, onde se encontraram com o guia do safári e seu auxiliar, ambos da África do Sul. O safári os levaria ao interior do delta, onde eles acampariam a cada noite num local diferente. Viajariam de caminhonete, dormiriam em barracas e se alimentariam de animais selvagens. O site do guia prometia "uma verdadeira aventura num dos últimos paraísos da Terra".

Para seis desses sete infelizes turistas, a aventura havia sido uma viagem para o fim.

Jane clicou na página seguinte, uma lista das vítimas conhecidas, sua nacionalidade e se seus restos foram ou não encontrados.

Sylvia Van Ofwegen (África do Sul). Desaparecida, provavelmente morta. Corpo não encontrado.
Vivian Kruiswyk (África do Sul). Morta. Parte dos restos encontrada. Confirmado por DNA.
Elliot Gott (EUA). Desaparecido, provavelmente morto. Corpo não encontrado.
Isao Matsunaga (Japão). Morto, restos encontrados, enterrados no acampamento. Confirmado por DNA.
Keiko Matsunaga (Japão). Desaparecida, provavelmente morta. Corpo não encontrado.
Richard Renwick (Reino Unido). Desaparecido, provavelmente morto. Corpo não encontrado.
Clarence Nghobo (África do Sul). Morto. Parte dos restos encontrada. Confirmado por DNA.

Ela estava prestes a clicar na página seguinte quando se deteve de súbito, os olhos fixos num nome específico da lista de vítimas. Nome que despertava uma vaga lembrança. Por que ele lhe parecia familiar? Ela tentou recuperar a imagem que ele evocava. Lembrou-se de outra lista, com o mesmo nome.

Girou a cadeira na direção de Frost, que se deliciava com seu sanduíche de peru de sempre.

— Você está com o arquivo de Brandon Tyrone, do Maine?

— Estou.

— Já leu?

— Já. Não diz muito mais do que o detetive Barber nos contou.

— Tinha uma lista de objetos roubados encontrados na garagem de Tyrone. Posso dar uma olhada?

Frost deixou o sanduíche de lado e correu os dedos pela pilha de pastas que havia sobre a mesa.

— Não me lembro de nada que fosse digno de nota. Algumas câmeras. Cartões de crédito e um iPod...

— Não tinha um isqueiro de prata?

— Tinha. — Ele puxou uma pasta, que entregou a ela. — E...?

Ela folheou o arquivo até encontrar a lista de objetos que Brandon Tyrone e Nick Thibodeau haviam roubado das barracas e dos carros no acampamento do Maine. Ao ler a lista, deparou-se com o objeto de que se lembrava. "Isqueiro de prata de lei. Gravado com o nome: R. Renwick." Olhou para o laptop. Para os nomes das vítimas de Botsuana.

"Richard Renwick (Reino Unido). Desaparecido, provavelmente morto."

— Minha nossa! — exclamou, pegando o telefone.

— O que foi? — perguntou Frost.

— Talvez nada. Talvez tudo.

Ela discou alguns números. Depois de três toques, um homem atendeu:

— Detetive Barber.

— Oi, aqui é Jane Rizzoli, da polícia de Boston. Sabe aquele arquivo que você nos deu sobre o assassinato de Brandon Tyrone? Tem uma lista de objetos que vocês encontraram na garagem dele.

— Sim. Material que ele e Nick roubaram no acampamento.

— Vocês encontraram os proprietários desses objetos?

— A maioria. Os cartões de crédito, coisas com o nome, foram fáceis. Depois que saiu a notícia de que tínhamos recuperado objetos roubados no acampamento, outros proprietários nos procuraram.

— Estou interessada num objeto em particular. Um isqueiro de prata de lei com um nome gravado.

Sem hesitação, Barber respondeu:

— Não. Nunca encontramos o dono.

— Tem certeza de que ninguém foi reclamá-lo?

— Tenho. Interroguei todas as pessoas que apareceram para reclamar os objetos, para o caso de terem testemunhado algo no acampamento. Talvez tivessem visto Nick e Tyrone no local. Ninguém veio atrás do isqueiro, o que me surpreendeu. É prata de lei. Certamente pagaram um dinheirão por ele.

— Vocês tentaram rastrear o nome gravado? R. Renwick?

Barber riu.

— Faça uma pesquisa no Google com o nome R. Renwick. São 20 mil resultados. Tudo o que pudemos fazer foi noticiar o fato e esperar o proprietário telefonar. Talvez ele não tenha ficado sabendo. Talvez não tenha nem se dado conta de que perdeu o isqueiro. — Barber se deteve. — Por que você está me perguntando isso?

— Esse nome, R. Renwick, apareceu em outro caso. Uma vítima chamada Richard Renwick.

— Que caso?

— São vários assassinatos, seis anos atrás. Em Botsuana.

— *Na África?* — Barber bufou. — É uma dedução meio forçada. Você não acha que o nome deve ser coincidência?

Talvez, pensou Jane ao desligar. Ou talvez fosse o elo entre todos os casos. Há seis anos, Richard Renwick foi assassinado na África. Um ano depois, um isqueiro com o nome "R. Renwick" apareceu no Maine. Será que o objeto chegou aos Estados Unidos no bolso do assassino?

— Você quer me dizer o que está acontecendo? — pediu Frost quando ela já telefonava outra vez.

— Preciso encontrar uma pessoa.

Ele espiou a página aberta no laptop dela.

— É o arquivo de Botsuana? O que ele tem a ver com...

Ela ergueu a mão para calá-lo ao ouvir o marido atender o telefone, brusco como sempre.

— Gabriel Dean.

— Oi, Sr. Agente Especial. Você pode me fazer um favor?

— Deixe-me adivinhar — disse ele, com uma risada. — O leite acabou.

— Não, preciso encontrar uma pessoa e não faço ideia de onde ela esteja. Você tem aquele seu amigo na Interpol da África do Sul. Henk alguma coisa.

— Henk Andriessen.

— Isso, talvez ele possa me ajudar.

— É um caso internacional?

— Vários assassinatos em Botsuana. Eu contei a você. Aqueles turistas que desapareceram num safári. O problema é que faz seis anos e não sei onde essa pessoa está. Imagino que tenha voltado para Londres.

— Qual é o nome dela?

— Millie Jacobson. A única sobrevivente

24

ÁFRICA DO SUL

Toda manhã, nos últimos cinco anos, um abelheiro vermelho vivo visita o calistemo. Quando saio para o quintal com uma xícara de café, o pássaro está ali empoleirado tranquilamente, um enfeite carmim em meio ao alegre emaranhado de folhas e flores. Trabalhei com afinco nesse jardim, cavando e adubando, limpando e regando, transformando o que antes era uma extensão de mato no meu refúgio particular. Mas, nesse dia quente de novembro, mal noto as flores do verão ou a ave que faz uma visita. O telefonema da noite passada me deixou abalada demais para pensar em qualquer outra coisa.

Christopher vem me acompanhar, e a cadeira de ferro raspa no chão de pedra quando ele se senta com o café à mesa do jardim.

— O que você vai fazer? — pergunta.

Aspiro o cheiro das flores e me concentro na treliça, gloriosamente engolida pelas videiras.

— Não quero ir.

— Então você já decidiu.

— Sim. — Suspiro. — Não.

— Posso cuidar disso para você. Vou pedir para te deixarem em paz. Você já respondeu a todas as perguntas deles, o que mais podem esperar?

— Um pouco de coragem, talvez — sussurro.

— Meu Deus, Millie. Você é a mulher mais corajosa que conheço.

Isso me faz rir, porque não me sinto nem um pouco corajosa. Sinto-me um camundongo trêmulo, com medo de sair da segurança dessa casa. Não quero sair porque sei o que existe lá fora. Sei *quem* está lá fora, e minhas mãos tremem à simples ideia de vê-lo novamente. Mas é isso que a policial que me telefonou de Boston está me pedindo para fazer. *Você viu o rosto dele. Sabe como ele pensa e como caça. Precisamos que você nos ajude a pegá-lo.*

Antes que ele mate de novo.

Christopher segura minha mão sobre a mesa. Só então noto o quanto estou gelada. O quanto ele é caloroso.

— Você teve o pesadelo essa noite, não teve?

— Você percebeu.

— Não é difícil; eu durmo ao seu lado.

— Fazia meses que eu não tinha o sonho. Achei que tivesse superado isso.

— Esse maldito telefonema! — resmunga ele. — Você sabe que eles não têm certeza de nada. São só hipóteses. Podem estar procurando outra pessoa.

— Encontraram o isqueiro de Richard.

— Você não sabe se é o mesmo isqueiro.

— Outro R. Renwick?

— É um nome comum. Enfim, se *for* o mesmo isqueiro, significa que o assassino está longe. Que se mudou para outro continente.

Motivo de eu querer ficar aqui, onde Johnny não pode me achar. Eu seria louca se saísse em busca de um monstro.

Termino o café e me levanto, a cadeira rangendo no chão de pedra. Não sei onde estava com a cabeça ao comprar móveis de ferro batido para o jardim. Talvez fosse a ideia de permanência, a sensação de que eu sempre poderia contar com sua duração, mas as cadeiras são pesadas e difíceis de serem deslocadas. Quando volto para dentro de casa, sinto-me como se arrastasse outro fardo, pesado como ferro batido, forjado no medo, prendendo-me a este lugar. Dirijo-me à pia para lavar xícaras e pires e arrumo a bancada que já está arrumada.

Você sabe como ele pensa. E como caça.

O rosto de Johnny Posthumus surge de súbito em minha mente, tão real que é como se ele estivesse ali, do lado de fora da minha cozinha, olhando para mim pela janela. Retraio-me, e uma colher cai no chão. Ele sempre está aqui, me assombrando, a um pensamento de distância. Depois que deixei Botsuana, eu tinha certeza de que ele me perseguiria. Sou a única que sobreviveu, a única testemunha que ele não matou. Com certeza, esse é um desafio que ele não pode ignorar. Mas quando os meses se tornaram anos, sem notícias nem da polícia de Botsuana nem da polícia da África do Sul, comecei a ter a esperança de que Johnny estivesse morto. Que os ossos dele estivessem espalhados em algum lugar da selva, assim como os de Richard. Como os dos outros. Foi a única maneira de eu me sentir segura novamente: imaginando-o morto. Nos últimos seis anos, ninguém o viu nem teve notícias dele, portanto era razoável acreditar que ele havia morrido e não podia me fazer mal.

O telefonema de Boston muda tudo.

Ouço passinhos descendo a escada e vejo nossa filha, Violet, entrar na cozinha dançando. Aos 4 anos, ela ainda é destemida, porque mentimos para ela. Dissemos que o mundo é um lugar de paz e luz, e ela não sabe que os monstros existem. Christopher a levanta, gira com ela no colo e a leva, rindo, para a sala, para o ritual de desenhos animados das manhãs de sábado. A louça está lavada, está tudo em ordem, mas ando pela cozinha procurando o que fazer, qualquer coisa que me distraia.

Sento-me de frente para o computador e vejo os e-mails que apareceram na caixa de entrada desde a noite passada: da minha irmã, em Londres; das outras mães da turma de Violet; de um nigeriano que quer depositar uma fortuna na minha conta, se eu lhe informar o número.

E há uma mensagem da detetive Jane Rizzoli, em Boston. Foi enviada ontem à noite, menos de uma hora após nossa conversa pelo telefone.

Hesito em abri-la, sentindo que depois disso não haverá volta. Quando eu cruzar essa linha, não poderei mais me esconder atrás do meu sólido muro de negação. Na sala, Christopher e Violet riem das confusões em um desenho animado, enquanto permaneço aqui sentada, o coração batendo forte, a mão paralisada.

Dou um clique com o mouse. É como se eu tivesse acendido o pavio de uma dinamite, porque o que aparece na tela me atinge em cheio, como uma explosão. É uma fotografia do isqueiro de prata de lei que a polícia encontrou num saco de objetos roubados no Maine. Vejo o nome R. RENWICK, na fonte Engravers Bold de que Richard tanto gostava. Mas é o arranhão que atrai meu olhar. Embora seja pequeno, dá para vê-lo nitidamente, como a única marca de uma garra estragando o verniz, cortando o alto do R. Penso no dia em que isso aconteceu, no dia em que Richard o deixou cair do bolso, em Londres. Penso em quantas vezes o vi usá-lo e na felicidade dele quando o dei de presente de aniversário. Um presente fútil e pretensioso que ele próprio havia pedido, mas assim era Richard, sempre marcando seu território, mesmo que ele se resumisse a um pedacinho reluzente de prata de lei.

Lembro-me dele usando o isqueiro para acender seus Gauloi-ses junto à fogueira do acampamento, o breve ruído do objeto se fechando.

Não tenho dúvida de que é mesmo o isqueiro dele. De algum modo, levado no bolso do assassino, o isqueiro saiu do Delta do Okavango e atravessou o oceano até a América. Agora estão me pedindo para seguir seu rastro.

Leio a mensagem que a detetive Rizzoli enviou com a foto-grafia. "É o mesmo isqueiro? Se for, precisamos urgentemente discutir o assunto. Você vem a Boston?"

O sol brilha do lado de fora da janela da cozinha, e o jar-dim está em seu glorioso ápice no verão. Em Boston, o inver-no se aproxima, e imagino a cidade fria e cinzenta, até mais cinzenta do que Londres. Ela não faz ideia do que está me pedindo. Diz conhecer os fatos do passado, mas fatos são algo frio, sem força, como pedaços de metal soldados para criar uma estátua, sem alma. Ela não entende o que passei no delta.

Respiro fundo e digito minha resposta: "Sinto muito. Não posso ir a Boston."

25

Como fuzileiro naval, Gabriel havia adquirido várias técnicas de sobrevivência, e uma das que Jane invejava era a capacidade do marido de conseguir tirar algumas horas preciosas de sono sempre que a oportunidade se apresentava. Minutos depois de os comissários de bordo diminuírem a iluminação da cabine, ele reclinou o banco, fechou os olhos e viajou imediatamente para a terra dos sonhos. Jane ficou acordada a seu lado, contando as horas que faltavam para o pouso e pensando em Millie Jacobson.

A única sobrevivente do malfadado safári não tinha voltado para Londres, como Jane imaginara, mas vivia agora numa cidadezinha do Vale do Rio Hex, na África do Sul. Depois de duas semanas apavorantes tentando sobreviver na selva, suja de lama e sem comer nada além de ervas e mato, a moça nascida e criada em Londres, onde trabalhava numa livraria, não tinha voltado à sua cidade natal, preferindo permanecer no mesmo continente que quase a matara.

As fotografias de Millie Jacobson posteriores à experiência na selva deixavam claro que ela havia emagrecido terrivelmente ao fim do suplício. A foto do passaporte britânico mostrava uma jovem de cabelo castanho com olhos azuis e rosto em formato de coração, agradável e comum, nem bonito nem feio. A foto tirada no hospital durante a recuperação era de uma mulher tão transformada que Jane mal conseguia acreditar que se tratava da mesma pessoa. Em algum lugar da selva, o que outrora havia sido Millie Jacobson ficara para trás, como a pele de uma cobra, para revelar uma criatura esquelética e escurecida pelo sol, com olhos assombrados.

Enquanto todos os outros passageiros do avião pareciam dormir, Jane revisava mais uma vez o arquivo policial dos assassinatos do safári de Botsuana. Na época, houve muita publicidade sobre o caso no Reino Unido, onde Richard Renwick era um célebre escritor de livros de suspense. Nos Estados Unidos, ele não era muito conhecido, e Jane nunca havia lido seus romances, que eram descritos pelo *Times* de Londres como "repletos de ação e testosterona". O artigo do *Times* se concentrava quase exclusivamente em Renwick, dedicando apenas dois parágrafos à sua namorada, Millie Jacobson. Mas era Millie que agora absorvia a atenção de Jane, e ela fitou o retrato da jovem que constava no arquivo da Interpol. A fotografia havia sido tirada logo depois de todo o suplício, e, no rosto de Millie, Jane viu um reflexo de si mesma não muitos anos antes. Ambas haviam sido tocadas pela mão fria de um assassino e tinham sobrevivido. Esse toque era algo que não se esquecia nunca.

Ela e Gabriel haviam deixado Boston num dia de chuva e granizo, e o clima durante a breve escala em Londres não se achava menos cinzento e gelado. Portanto foi um choque sair do avião algumas horas depois para o calor do verão da Cidade do Cabo. Ali as estações se inverteram completamente e, num aeroporto onde todos os demais estavam de bermuda e camiseta, Jane ainda usava a blusa de gola rulê e o suéter de lã que vestira em Boston. Depois de pegar as malas e passar pela imigração, estava encharcada de suor e desesperada para ficar só de camiseta.

Estava tirando a blusa de gola rulê quando ouviu um homem exclamar:

— Dean, a Máquina! Você finalmente veio à África!

— Henk, obrigado por nos receber — disse Gabriel.

Jane terminou de tirar a blusa e se deparou com o marido e um homem louro, enorme, dando tapas nas costas um do outro, a saudação tipicamente masculina que é ao mesmo tempo uma agressão e um abraço.

— Voo demorado, não? — perguntou Henk. — Mas agora você vai curtir um pouco de calor. — Ele se virou para Jane com um olhar que fez com que ela se sentisse nua com sua camiseta fina. Os olhos dele pareciam inusitadamente claros no rosto bronzeado, o mesmo tom prateado de azul que ela já vira nos olhos de um lobo. — E você é Jane — disse ele, estendendo a mão úmida e grossa. — Henk Andriessen. É um prazer finalmente conhecer a mulher que fisgou a Máquina. Achei que ninguém seria capaz disso.

Gabriel riu.

— Jane não é uma mulher qualquer.

Enquanto eles se cumprimentavam, Jane sentiu que Henk a avaliava e imaginou se ele esperava que Dean, a Máquina tivesse fisgado uma mulher mais bonita, uma mulher que não descia do avião parecendo um trapo.

— Também ouvi falar muito de você — disse ela. — Sobre uma noite de bebedeira em Haia, há doze anos.

Henk olhou para Gabriel.

— Espero que você tenha contado a ela a versão editada.

— Quer dizer que tem mais além de dois homens indo a um bar?

Henk soltou uma risada.

— Isso é *tudo* que você precisa saber. — Ele pegou a mala dela. — Vamos para o carro.

Ao se dirigirem à saída do terminal, Jane se manteve alguns passos atrás dos homens, deixando-os botar a conversa em dia. Gabriel havia dormido durante quase todo o trajeto desde Londres e caminhava com a energia de quem está ávido para aproveitar o dia. Ela sabia que Henk era uns dez anos mais velho que Gabriel, que ele havia se divorciado três vezes, que era de Bruxelas e trabalhava há uma década no escritório da Interpol na África do Sul. Também sabia da reputação dele de bebedor e mulherengo, e ficou imaginando a que tipo de confusão havia arrastado Gabriel naquela notória noite em Haia. Sem dúvida tinha sido ideia de Hank, porque ela não conseguia imaginar seu marido puritano como alguém que gostava de arrumar confusão na noite. Só de observá-los, dava para ver qual dos dois era mais disciplinado. Gabriel tinha o corpo esguio de um corredor e andava com firmeza, ao passo que a grande circunferência abdominal de Henk era um claro sinal de apetites incontroláveis. Mas os dois evidentemente se davam bem, uma amizade calcada no calor da investigação de assassinatos em Kosovo.

Henk os conduziu a um BMW prata, o carro preferido de todo homem à caça de mulheres, e apontou para o banco da frente.

— Jane, você gostaria de ir na frente?

— Não, deixa o Gabriel. Vocês dois têm muitas histórias para botar em dia.

— A visão daí de trás não é tão boa — comentou Henk, quando eles já afivelavam os cintos de segurança. — Mas garanto que vocês vão adorar a vista do lugar aonde vamos.

— E aonde vamos?

— À Montanha da Mesa. Vocês vão passar pouco tempo aqui, e esse é um lugar em que não podem deixar de ir. O quarto do hotel de vocês provavelmente ainda não está pronto mesmo, então por que não vamos direto para a montanha?

Gabriel se virou para ela.

— Você está a fim, Jane?

O que ela realmente queria era um banho e cama. A cabeça doía por causa do sol ofuscante, e sua boca tinha gosto de alcatrão, mas, se Gabriel podia desembarcar do avião com disposição para um dia de turismo, ela faria o melhor que podia para acompanhar os rapazes.

— Vamos, sim! — respondeu.

Uma hora e meia depois, eles paravam no estacionamento do bondinho da Montanha da Mesa. Ao saltar do carro, Jane fitou os cabos que se perdiam montanha acima. Não tinha exatamente medo de altura, mas a ideia de subir ao alto daquela montanha estonteante lhe deu um aperto no estômago. De repente, não estava mais exausta. Só pensava em cabos se rompendo e numa queda de seiscentos metros para a morte.

— Lá em cima fica a vista que prometi a vocês — disse Henk.

— Meu Deus, tem gente pendurada naquela parte do penhasco! — exclamou Jane.

— A Montanha da Mesa é um dos lugares preferidos dos montanhistas.

— Eles são loucos?

— Ah, todo ano morrem alguns. Depois de uma queda dessa altura, não é resgate. É recuperação de corpo.

— E é para lá que estamos indo? Lá em cima?

— Você tem medo de altura?

Os olhos claros de lobo se voltaram para ela, divertidos.

— Acredite, Henk — disse Gabriel, com uma risada. — Mesmo se tivesse, ela jamais admitiria.

E um dia desses o orgulho vai me matar, pensou Jane ao entrar no bondinho com dezenas de outros turistas. Ela se perguntou qual fora a última vez que o sistema havia sido vistoriado. Estudou os funcionários do bondinho para ver se alguém lhe parecia bêbado, chapado ou maluco. Contou o número de pessoas, para se certificar de que não estavam ultrapassando o limite de passageiros indicado e torceu para que dessem uma boa margem de peso para homens grandes como Henk.

Então o bondinho subiu em direção ao céu, e ela só conseguiu se concentrar na paisagem.

— Seu primeiro panorama da África — disse Henk, inclinando-se para sussurrar em seu ouvido. — Está surpresa?

Ela engoliu em seco.

— Não é o que eu imaginava.

— O que você imaginava? Leões e zebras correndo por toda parte?

— Hum, exatamente.

— É como a maioria dos americanos imagina a África. Veem muitos programas sobre a natureza na televisão e, quando descem do avião usando roupa de safári, ficam surpresos ao ver um lugar moderno como a Cidade do Cabo. Sem uma zebra à vista, senão no zoológico.

— Eu meio que esperava ver uma zebra.

— Então deveria ficar mais uns dias e pegar um avião até a selva.

— Eu adoraria — respondeu ela, com um suspiro. — Mas viemos a trabalho, com orçamento curto. Sem tempo para diversão.

O bondinho parou e as portas se abriram.

— Então vamos trabalhar — disse Henk. — Não existe nenhum motivo para não aproveitarmos a vista ao mesmo tempo.

Do topo da Montanha da Mesa, Jane contemplava embevecida a paisagem enquanto Henk mostrava os pontos de referência da Cidade do Cabo: os afloramentos rochosos conhecidos como Monte do Diabo e Colina do Sinal, a Baía da

Mesa e, ao norte, a Ilha Robben, onde Nelson Mandela passou quase duas décadas preso.

— Tem muita história aqui. Eu poderia falar sobre o país por horas. — Henk se virou para ela. — Mas agora vamos trabalhar. Os assassinatos de Botsuana.

— Gabriel me disse que você participou do caso.

— Não da investigação inicial, que aconteceu em Botsuana. A Interpol se envolveu só depois que a polícia de Botsuana descobriu que o assassino tinha cruzado a fronteira e entrado aqui no país. Ele usou cartões de crédito de duas vítimas em cidades da fronteira, em estabelecimentos comerciais que não pediam senha. A caminhonete do safári foi encontrada abandonada perto de Johannesburgo. Embora os crimes tenham sido cometidos em Botsuana, Johnny Posthumus é cidadão sul-africano. O caso abrange vários países, motivo de a Interpol ter entrado em cena. Emitimos um alerta vermelho para a prisão de Posthumus, mas ainda não fazemos ideia do paradeiro dele.

— Houve algum progresso no caso?

— Nada significativo. Mas vocês precisam entender as dificuldades que enfrentamos aqui. Ocorrem cerca de cinquenta assassinatos por dia no país, seis vezes o índice de homicídios nos Estados Unidos. Muitos casos não são solucionados, a polícia fica sobrecarregada, e os laboratórios criminais não recebem dinheiro suficiente. Além disso, esses assassinatos aconteceram em Botsuana, outro país. Trabalhar com jurisdições diferentes aumenta a dificuldade.

— Mas vocês têm certeza de que Johnny Posthumus é o culpado? — perguntou Gabriel.

Andriessen se deteve, e esses poucos segundos de silêncio falaram mais alto do que qualquer palavra que pudesse se seguir.

— Eu tenho... dúvidas.

— Por quê?

— Investiguei minuciosamente o passado dele. Johnny Posthumus nasceu na África do Sul, filho de fazendeiros. Aos 18 anos, foi trabalhar num desses hotéis que oferecem safári em Sabi Sands. Mudou-se para Moçambique e Botsuana e acabou se firmando como guia autônomo. Nunca houve nenhuma reclamação. Ao longo dos anos, criou a reputação de ser um homem de confiança. Exceto por uma briga quando estava bêbado, não tinha ficha criminal e nenhum histórico de violência.

— Que você saiba.

— É verdade, pode ter acontecido algum incidente de que nunca recebemos queixa. Se a pessoa mata alguém na selva, o corpo talvez nunca seja encontrado. Mas me incomoda o fato de que jamais tenha havido um sinal. Nada em seu comportamento anterior que indicasse que um dia ele levaria oito pessoas para os confins do delta e mataria sete delas.

— Segundo a única sobrevivente, foi exatamente o que aconteceu — argumentou Jane.

— É — assentiu Henk. — Foi o que ela disse.

— Você tem dúvidas em relação a ela?

— Ela identificou Posthumus só com base num retrato de passaporte, tirado dois anos antes, mostrado a ela pela polícia de Botsuana. Não existem muitas fotografias dele. A maioria se perdeu quando a casa dos pais pegou fogo, há sete anos. Lembrem-se: Millie Jacobson saiu da selva semimorta. Depois de todo aquele martírio, e só com um retrato de passaporte para a identificação, será que podemos mesmo confiar no parecer dela?

— Se não foi Johnny Posthumus, quem teria sido?

— Sabemos que o assassino usou os cartões de crédito das vítimas. Também levou os passaportes e, nas semanas que se passaram até elas serem declaradas desaparecidas, poderia ter assumido suas identidades. Isso lhe permitiria ser qualquer pessoa, ir a qualquer lugar do mundo. Inclusive aos Estados Unidos.

— E o verdadeiro Johnny Posthumus? Você acha que ele está morto?

— É só uma teoria.

— Mas existe algum vestígio que a corrobore? Um corpo? Restos mortais?

— Ah, temos milhares de restos mortais sem identificação em todo o país. O que nos faltam são recursos para identificar todos. Por causa do acúmulo de pedidos de DNA nos laboratórios criminais, a identificação de uma vítima pode demorar meses, até anos. Posthumus poderia estar entre elas.

— Ou pode estar vivo, morando em Boston — sugeriu Jane. — Talvez não tenha ficha criminal porque nunca cometeu um deslize até Botsuana.

— Você está se referindo a Millie Jacobson.

— Ele a deixou escapar.

Henk ficou em silêncio por um instante, contemplando a vista da Baía da Mesa.

— Na época, duvido que ele tenha considerado isso um problema. Deixá-la escapar.

— A única mulher que poderia identificá-lo?

— Ela estava praticamente morta. Nenhum turista, homem ou mulher, sobreviveria dois dias no delta, que dirá duas semanas. Ela *devia* ter morrido lá.

— Por que não morreu?

— Força? Sorte? — Ele deu de ombros. — Um milagre.

— Você a conheceu — disse Gabriel. — O que achou dela?

— Faz alguns anos que a interroguei. O sobrenome dela já não é Jacobson, agora é DeBruin. Ela se casou com um sul-africano. Eu me lembro de que era uma mulher... totalmente comum. Essa foi minha impressão e, para ser sincero, fiquei surpreso. Tinha lido o depoimento dela e sabia o que supostamente tinha passado. Estava esperando encontrar a Mulher Maravilha.

Jane franziu o rosto.

— Você não acha que o depoimento dela foi verdadeiro?

— Que ela andou entre elefantes selvagens? Que passou duas semanas na selva sem comida nem armas? Que sobreviveu alimentando-se apenas de mato? — Ele balançou a cabeça. — Não é de admirar que a polícia de Botsuana tenha duvidado da história no começo. Até confirmar que sete estrangeiros tinham deixado de embarcar em seus devidos voos internacionais, de volta para casa. Os policiais conversaram com o piloto que os havia levado à selva, perguntaram por que ele não tinha comunicado o desaparecimento. Ele explicou que havia recebido um telefonema em que disseram que todos tinham voltado a Maun por terra. Foram necessários alguns dias para a polícia de Botsuana finalmente entender que Millie Jacobson estava dizendo a verdade.

— Mas você parece duvidar.

— Porque, quando a conheci, ela me pareceu um pouco... perturbada.

— Como assim?

— Reclusa. Inacessível. Ela mora numa cidadezinha do interior, onde o marido tem uma fazenda. Quase nunca sai da região. E se recusou a vir à Cidade do Cabo para o interrogatório. Tive de ir a Touws River para encontrá-la.

— Vamos lá amanhã — informou Gabriel. — Foi o único jeito de ela concordar em nos ver.

— É uma viagem agradável. Belas montanhas, fazendas e vinhedos. Mas *é* uma viagem. O marido é um africânder grandalhão e carrancudo que a mantém afastada de tudo. Para protegê-la, imagino, mas ele deixa claro que não quer a polícia incomodando a esposa. Antes de falar com ela, vocês vão ter que passar pela aprovação dele.

— Entendo isso perfeitamente — disse Gabriel. — É o que qualquer marido faria.

— Isolar a mulher no meio do nada?

— Mantê-la em segurança, de todas as maneiras possíveis Supondo que ela coopere com isso. — Ele olhou para Jane. — Porque Deus sabe que nem todas cooperam.

Henk soltou uma risada.

— Estou vendo que vocês já discutiram o assunto.

— Porque Jane se arrisca demais.

— Eu sou policial — defendeu-se Jane. — Como eu poderia enfrentar os criminosos se você me trancasse em casa para me proteger? É o que esse cara parece estar fazendo com a mulher. Escondendo-a do mundo.

— E antes você vai ter que lidar com ele — disse Henk. — Explicar que a ajuda da esposa é essencial. Convencê-lo de que ela não correrá nenhum perigo, porque *isso* é tudo o que importa para ele

— Ele não fica incomodado com a possibilidade de Johnny Posthumus estar matando outras pessoas por aí?

— Ele não conhece as vítimas. Está protegendo os seus, e você precisa ganhar a confiança dele.

— Você acha que Millie vai cooperar conosco? — perguntou Gabriel.

— Só até certo ponto, e quem pode culpá-la? Imagine o que ela passou para sair viva do delta. Quando a pessoa sobrevive a algo assim, nunca mais é a mesma.

— Algumas pessoas ficam mais fortes — observou Jane.

— Outras ficam destruídas. — Henk balançou a cabeça. — Acho que Millie agora não passa de um fantasma.

26

Apesar de tudo que havia passado na selva, Millie Jacobson não retornara ao conforto familiar de Londres, mas se estabelecera numa cidadezinha do Vale do Rio Hex, na província de Cabo Ocidental. Se fosse Jane que tivesse sobrevivido a duas semanas infernais, fugindo de leões e crocodilos, suja de lama, comendo ervas e mato, ela teria voltado direto para a própria cama, em seu bairro, com todas as muitas conveniências urbanas. Mas Millie Jacobson, vendedora de livros em Londres, tinha abandonado tudo que conhecia, tudo que havia sido, para viver na remota cidade de Touws River.

Ao olhar pela janela do carro, Jane entendeu o que havia atraído Millie àquele lugar. Era uma paisagem de montanhas, rios e fazendas, pintada nas cores luxuriantes do verão. Tudo naquela terra lhe parecia fora dos eixos, desde as estações do ano, com clima indefinido, ao sol que seguia ao norte. Quando fizeram uma curva, ela de repente se sentiu tonta, como se o mundo tivesse saído de órbita. Fechou os olhos, esperando que tudo parasse de girar.

— Que lugar lindo! Não dá vontade de voltar para casa — comentou Gabriel.

— Fica bem longe de Boston — murmurou ela.

— Bem longe de Londres também. Mas entendo por que ela não quis voltar.

Jane abriu os olhos e fitou as muitas videiras, as frutas amadurecendo ao sol.

— O marido dela é dessa região. As pessoas fazem loucuras por amor.

— Como se mudarem para Boston?

Ela o encarou.

— Você se arrepende? De deixar Washington para ficar comigo?

— Deixa eu pensar.

— Gabriel.

Ele riu.

— Se me arrependo de casar e ter a filha mais linda do mundo? O que você acha?

— Acho que muitos homens não fariam o sacrifício.

— Nunca se esqueça disso. É sempre bom ter uma mulher agradecida.

Ela voltou novamente os olhos para as videiras.

— Por falar em "agradecida", vamos ficar devendo à minha mãe por cuidar da Regina. Acha que devíamos mandar para ela uma caixa de vinhos sul-africanos? Você sabe que ela e Vince adoram... — Ela se deteve. Vince Korsak não estava mais na vida de Angela, agora que seu pai havia voltado. Ela suspirou. — Nunca achei que eu fosse dizer isso, mas sinto saudade de Korsak.

— Evidentemente, sua mãe também.

— Será que sou uma filha má por querer que meu pai volte para a vadia dele e nos deixe em paz?

— Você é uma boa filha. Para a sua mãe.

— Que não me ouve. Está tentando deixar todos felizes, menos a si própria.

— É uma escolha dela, Jane. Você precisa respeitar isso, mesmo que não entenda.

Assim como ela não entendia a escolha de Millie Jacobson de ficar nesse canto remoto do mundo, tão distante de tudo e todos que conhecia. Pelo telefone, Millie deixara claro que não iria a Boston para ajudar na investigação. Tinha uma filha de 4 anos e um marido que precisavam dela, a desculpa-padrão aceitável que uma mulher pode dar quando não quer admitir o verdadeiro motivo: que morre de medo do mundo. Henk Andriessen havia chamado Millie de "fantasma" e lhes avisara que eles nunca conseguiriam convencê-la a deixar Touws River. E que o marido dela jamais permitiria isso.

Foi o marido que saiu para recebê-los na varanda quando Jane e Gabriel pararam o carro em frente à casa, e bastou ela olhar para o rosto corado dele para imaginar o desafio que tinha pela frente. Christopher DeBruin era tão robusto e intimidante quanto Henk o havia descrito. Era dez anos mais velho do que Millie, o cabelo louro já ficando grisalho, e estava agora parado na varanda de braços cruzados, uma muralha de músculos a afastar possíveis invasores. Quando Jane e Gabriel saíram do carro alugado, ele não desceu a escada para cumprimentá-los, mas aguardou a aproximação dos indesejados visitantes.

— Sr. DeBruin? — perguntou Gabriel.

Um aceno de cabeça, nada mais.

— Sou Gabriel Dean, agente do FBI. Essa é a detetive Jane Rizzoli, da polícia de Boston.

— E vocês dois fizeram essa viagem toda?

— A investigação atravessa fronteiras tanto estaduais quanto internacionais. Diferentes instituições estão envolvidas nisso.

— E vocês acham que tudo leva à minha mulher.

— Achamos que ela é a chave do caso.

— E no que isso me diz respeito?

Dois homens e testosterona demais, pensou Jane. Ela deu um passo à frente, e DeBruin a fitou com a testa franzida, como se não soubesse dizer não a uma mulher.

— Nós viemos de longe, Sr. DeBruin — disse ela num murmúrio. — Por favor, podemos conversar com Millie?

Ele a encarou por um instante.

— Ela foi buscar nossa filha.

— Quando estará de volta?

— Daqui a pouco. — Com relutância, ele abriu a porta. — É melhor vocês entrarem. Preciso dizer algumas coisas antes.

Eles o acompanharam à sala, e Jane se deparou com o piso de tábuas e imensas vigas no telhado. Aquela casa tinha história, desde a balaustrada talhada à mão aos antigos azulejos holandeses da lareira. DeBruin não ofereceu nem café nem chá, apenas indicou bruscamente o sofá. Sentou-se na poltrona, de frente para eles.

— Millie se sente segura aqui — começou. — Levamos uma vida tranquila na fazenda. Temos uma filha. Ela só tem 4 anos. Agora vocês querem mudar tudo.

— Ela pode fazer toda a diferença na nossa investigação — argumentou Jane.

— Vocês não sabem o que estão pedindo a ela. Ela não dorme direito desde o primeiro telefonema de vocês. Acorda gritando. Não consegue nem sair desse vale, e agora vocês esperam que ela vá a Boston?

— A polícia de Boston vai cuidar bem dela, eu prometo. Ela vai estar perfeitamente segura.

— Segura? Vocês fazem ideia da dificuldade que é para ela se sentir segura mesmo aqui? — Ele bufou. — Claro que não. Vocês não sabem o que ela passou na selva.

— Lemos o depoimento.

— O depoimento? Como se algumas páginas escritas pudessem contar toda a história! Eu estava lá no dia em que ela surgiu da selva. Estava num hotel do delta, passando o feriado vendo os elefantes. Todas as tardes o chá era servido na varanda, de onde observávamos os animais bebendo água no rio. Nesse dia, vi sair da mata uma criatura que eu nunca tinha visto. Tão magra que parecia ser um feixe de galhos sujo de lama. Enquanto a observávamos, incrédulos, ela cruzou o jardim e subiu a escada. Estávamos ali com nossas xícaras e pires de porcelana fina, nossos bolinhos e sanduíches elaborados. E essa criatura se aproxima de mim, olha dentro dos meus olhos e pergunta: "Você é de verdade? Ou estou no paraíso?" Respondi que, se esse era o paraíso, tinham me mandado para o lugar errado. E foi quando ela caiu de joelhos e começou a chorar. Porque sabia que o pesadelo tinha acabado. Sabia que estava segura. — DeBruin lançou um olhar duro e penetrante a Jane. — Jurei a ela que a manteria em segurança. Independentemente do que acontecesse.

— A polícia de Boston fará o mesmo — garantiu Jane. — Se pudermos convencer o senhor a deixá-la...

— Não sou eu que vocês precisam convencer. É minha mulher. — Ele olhou para fora da janela quando um carro entrava na garagem. — Ela chegou.

Eles aguardaram em silêncio. Uma chave girou na porta, passos ecoaram pela casa e uma menininha surgiu correndo na sala. Assim como o pai, era loura e forte, com as saudáveis bochechas rosadas de uma criança que vive ao sol. Mal olhou os visitantes e foi correndo direto para os braços do pai.

— Você chegou, Violet! — exclamou DeBruin, botando a filha no colo. — Como foi hoje?

— Ele me mordeu.

— O pônei?

— Eu dei uma maçã a ele, e ele mordeu meu dedo.

— Ah, foi sem querer. É por isso que eu digo que você precisa manter a mão estendida.

— Não vou mais dar maçãs a ele.

— É, isso vai ensinar uma lição ao pônei.

Ele ergueu o rosto, sorrindo, e de repente parou ao ver a mulher no vão da porta.

Ao contrário do marido e da filha, Millie tinha o cabelo castanho, preso num rabo de cavalo, deixando seu rosto surpreendentemente fino e anguloso, as bochechas encovadas, os olhos azuis sombrios. Sorriu para os visitantes, mas não havia como disfarçar a apreensão em sua fisionomia.

— Millie, esse é o pessoal de Boston — disse DeBruin.

Tanto Jane quanto Gabriel se levantaram para se apresentar. Apertar a mão de Millie era como pegar pedras de gelo, seus dedos, tão rígidos e frios.

— Obrigada por nos receber — disse Jane quando todos se sentaram novamente.

— Vocês já tinham vindo à África? — perguntou Millie.

— Nossa primeira vez. É lindo aqui. Sua casa também.

— Essa fazenda é da família do Chris há muitas gerações. Ele devia mostrá-la a vocês depois. — Millie se deteve, como se o esforço de manter mesmo a conversa mais trivial a exaurisse. O olhar dela se voltou para a mesinha de centro, e ela franziu a testa. — Você não ofereceu chá a eles, Chris?

Na mesma hora, DeBruin se pôs de pé.

— Ah, sim, desculpem. Esqueci completamente. — Ele segurou a mão da filha. — Violet, venha ajudar o pateta do seu pai.

Em silêncio, Millie observou o marido e a filha se retirarem. Só quando ouviu o leve tinido da chaleira e a água saindo da torneira na cozinha, ela disse:

— Não mudei de ideia em relação a ir a Boston. Imagino que Chris já tenha dito.

— Sim, claramente — confirmou Jane.

— Temo que tenha desperdiçado seu tempo. Viajar essa distância toda só para me ouvir repetir o que já falei pelo telefone.

— Nós precisávamos encontrar você.

— Por quê? Para ver com seus próprios olhos que não sou louca? Que tudo que eu disse à polícia seis anos atrás aconteceu mesmo? — Millie fitou Gabriel e voltou os olhos novamente para Jane. Os telefonemas já haviam criado uma relação entre as mulheres, e Gabriel se mantinha em silêncio, deixando Jane conduzir a conversa.

— Não temos dúvida de que isso aconteceu com você — afirmou Jane.

Millie olhou as próprias mãos, os dedos entrelaçados no colo, e, em voz baixa, disse:

— Há seis anos os policiais não acreditaram em mim. Não no começo. Quando contei minha história, no leito do hospital, eu via a dúvida nos olhos deles. Uma mulher da cidade grande, que não sabe nada de nada, sobrevivendo duas semanas sozinha na selva? Acharam que eu tinha me perdido do safári de algum hotel e estava delirando por causa do calor. Disseram que os comprimidos que eu estava tomando para malária podiam ter me deixado psicótica ou confusa. Que acontece o tempo todo com os turistas. Disseram que minha história não parecia genuína porque qualquer outra pessoa teria morrido de fome. Ou então seria devorada por leões ou hienas. Esmagada por elefantes. Perguntaram como eu sabia que podia me manter viva comendo papiros, do mesmo jeito que os nativos comem. Não conseguiam acreditar que eu tinha sobrevivido por pura sorte. Mas foi exatamente o que aconteceu. Foi sorte eu optar por seguir rio abaixo e acabar no hotel. Sorte não me envenenar com alguma frutinha silvestre ou casca de árvore, mas comer as ervas mais nutritivas que podia ter escolhido. Sorte, depois de duas semanas na selva, sair viva. A polícia dizia que isso não era possível. — Ela respirou fundo. — Mas foi o que aconteceu.

— Acho que você está enganada, Millie — disse Jane. — Não foi sorte, foi *você*. Lemos seu depoimento sobre o que aconteceu. Que você dormia em árvores todas as noites. Que seguiu o rio e continuou andando mesmo quando já não aguentava mais. De alguma maneira, você encontrou a vontade de viver quando praticamente qualquer outra pessoa teria desistido.

— Não — objetou Millie, num murmúrio. — Foi a selva que preferiu me poupar. — Ela olhou pela janela para a árvore imponente que havia ali fora, os galhos abertos como braços protetores enlaçando quem se achava ao redor. — A terra é algo vivo, que respira. Ela decide se devemos viver ou morrer. À noite, no escuro, eu ouvia o batimento dela, do mesmo modo que o bebê ouve o batimento da mãe. E, toda manhã, acordava imaginando se a terra me deixaria sobreviver ao dia. Foi por isso que saí viva. Porque ela me deixou. Me protegeu. — Ela fitou Jane. — Me protegeu dele.

— De Johnny Posthumus.

Millie assentiu.

— Quando finalmente começaram a procurar Johnny, era tarde demais. Ele já tinha tido tempo de sobra para desaparecer. Algumas semanas depois, encontraram a caminhonete em Johannesburgo.

— A mesma caminhonete que não queria ligar na selva.

— É. Um mecânico me explicou depois como isso teria sido feito. Como deixar o carro temporariamente fora de uso sem que ninguém visse o problema. Alguma coisa relacionada à caixa de fusíveis e relés de plástico.

Jane olhou para Gabriel, que assentiu.

— Tirar o relé de partida ou da bomba de combustível — confirmou. — Não seria fácil notar. E é reversível.

— Ele nos fez achar que estávamos presos — continuou Millie. — Para nos manter lá e nos matar, um a um. Primeiro, Clarence. Depois Isao. Elliot seria o seguinte. Estava matando primeiro os homens, deixando as mulheres por último. Achávamos que estávamos num safári, mas na verdade estávamos na caçada de Johnny. E nós éramos a presa. — Millie respirou fundo, trêmula. — Na noite em que ele matou os outros, eu fugi. Não sabia para onde estava indo. Estávamos a quilômetros de distância da estrada mais próxima, a quilômetros de distância da pista de pouso. Ele sabia que eu não tinha chance de sobreviver, por isso simplesmente levantou acampamento e foi embora, deixando os corpos para os animais. Todo o restante ele levou. Nossas carteiras, câmeras, passaportes. A polícia disse que ele usou o cartão de crédito de Richard para pagar a gasolina em Maun. E o cartão de Elliot para fazer compras em Gaborone. Depois atravessou a fronteira com a África do Sul, onde desapareceu. Quem sabe para onde foi em seguida? Com nossos passaportes e cartões de crédito, podia ter pintado o cabelo de castanho e se passado por Richard. Podia ter ido para Londres, cruzando tranquilamente a imigração. — Ela passou os braços em torno de si mesma. — Podia ter aparecido na minha casa.

— A Inglaterra não tem o registro do retorno de Richard Renwick ao país — disse Gabriel.

— E se ele matou outras pessoas, pegou outras identidades? Poderia ir a qualquer lugar, ser qualquer pessoa.

— Você tem certeza de que o guia era mesmo Johnny Posthumus?

— A polícia me mostrou o retrato do passaporte dele, tirado dois anos antes. Era o mesmo homem.

— Existem poucas fotografias dele. Você só viu essa.

— Vocês acham que cometi um engano?

— Você sabe que as pessoas podem parecer diferentes, às vezes completamente diferentes, de uma fotografia para outra.

— Se não era Johnny, quem mais seria?

— Um impostor.

Ela encarou Gabriel, calada ante a possibilidade.

Eles ouviram o tilintar de porcelana quando DeBruin voltou da cozinha com a bandeja do chá. Ao notar o silêncio da sala, ele deixou a bandeja sobre a mesinha de centro e dirigiu à esposa um olhar inquisitivo.

— Posso servir, mamãe? — perguntou Violet. — Prometo que não vou derramar.

— Não, querida. A mamãe precisa servir dessa vez. Que tal você e o papai assistirem a um pouco de televisão?

Ela dirigiu ao marido um olhar suplicante. DeBruin segurou a mão da filha.

— Vamos ver o que está passando? — propôs, retirando-se com ela.

Instantes depois, eles ouviam o som da televisão no cômodo ao lado, os acordes de uma música animada. Embora a bandeja do chá estivesse na mesinha à sua frente, Millie não fez menção de servi-lo, com os braços ainda em volta do corpo, perplexa diante da incerteza.

— Henk Andriessen, da Interpol, nos disse que você ainda estava hospitalizada quando a polícia te mostrou o retrato. Você estava fraca, ainda se recuperando. E fazia semanas que não via o assassino.

— Vocês acham que cometi um engano — murmurou ela.

— As testemunhas se enganam com frequência — disse Gabriel. — Lembram detalhes distorcidos ou esquecem rostos.

Jane pensou em todas as testemunhas bem-intencionadas que já haviam identificado suspeitos errados ou feito descrições que depois se mostravam extremamente imprecisas. A mente humana era especialista em suprir detalhes inexistentes e transformá-los em fatos, embora esses fatos fossem apenas imaginados.

— Vocês estão tentando me fazer duvidar de mim mesma — disse Millie. — Mas o retrato que me mostraram *era* de Johnny. Eu me lembro de cada detalhe do rosto dele. — O olhar dela ia de Jane a Gabriel. — Talvez ele agora tenha outro nome. Mas quem quer que ele seja, onde quer que ele esteja sei que também não me esqueceu.

Eles ouviram Violet soltar uma risada, a televisão ainda emitindo sua implacável musiquinha animada. Mas ali na sala a temperatura havia baixado tanto que nem o sol vespertino entrando pela janela conseguia alterá-la.

— Foi por isso que você não voltou para Londres — supôs Jane.

— Johnny sabia onde eu morava, onde eu trabalhava. Sabia como me achar. Eu não podia voltar. — Millie olhou na direção da risada da filha. — E tinha Christopher.

— Ele nos contou como vocês se conheceram.

— Quando saí da selva, foi ele que ficou comigo, sentado ao lado da cama do hospital, dia após dia. É ele quem me faz sentir segura. O único. — Ela fitou Jane. — Por que eu voltaria para Londres?

— Sua irmã não mora lá?

— Mas aqui é minha casa agora. É meu lugar. — Ela olhou para fora da janela, para a árvore com seus galhos acolhedores. — A África me mudou. Na selva, perdi muitas partes de mim. Ela nos desgasta como um esmeril, nos faz deixar para trás tudo que é desnecessário. Nos obriga a encarar quem realmente somos. Quando cheguei, era uma mulher tola. Dava muita importância a sapatos, bolsas e cremes faciais. Desperdicei anos esperando Richard se casar comigo. Acreditava que tudo que eu precisava para ser feliz era uma aliança de casamento. Mas quando achei que estava morrendo, eu me encontrei. Descobri meu verdadeiro eu. Deixei a velha Millie para trás e não sinto saudade dela. Minha vida é aqui, em Touws River.

— Onde você ainda tem pesadelos.

Millie piscou.

— Chris contou a vocês?

— Disse que você tem acordado aos gritos.

— Porque vocês me telefonaram. Foi por isso que recomeçou, porque *vocês* trouxeram tudo de volta.

— O que quer dizer que ainda está aí, Millie. Você não deixou tudo para trás de fato.

— Eu estava bem.

— Estava mesmo? — Jane correu os olhos pela sala: os livros enfileirados à perfeição nas prateleiras, o vaso de flores disposto no centro do consolo da lareira. — Ou esse é apenas um lugar para se esconder do mundo?

— Depois do que aconteceu comigo, você não se esconderia?

— Eu desejaria me sentir segura de novo. A única maneira de isso acontecer é encontrar esse homem e trancafiá-lo.

— Esse é seu trabalho, detetive. Não o meu. Vou ajudá-la até onde for possível. Vou olhar todas as fotografias que você tiver trazido. Vou responder a todas as suas perguntas. Mas não vou a Boston. Não vou deixar minha casa.

— Não podemos fazer você mudar de ideia?

Millie a encarou.

— Não.

27

Eles estão passando a noite no nosso quarto de hóspedes. Se alguma coisa deveria fazer com que eu me sentisse segura é ter uma policial e um agente do FBI sob meu teto, mas novamente não consigo dormir. Chris ressona a meu lado, uma presença quente e tranquilizadora na escuridão. Que luxo dormir tão profundamente todas as noites, acordar renovado pela manhã, livre da asfixiante teia dos pesadelos.

Ele não se mexe quando me levanto da cama, pego o roupão e saio do quarto.

No fim do corredor, passo pelo quarto de hóspedes onde a detetive Rizzoli e seu marido estão dormindo. É estranho que eu não tenha notado imediatamente o fato de serem casados, só depois de passar a tarde inteira com eles. Os dois me mostraram várias fotografias de possíveis suspeitos num laptop. Tantos rostos, tantos homens! Quando chegou a hora do jantar, todas as fotos se embaralhavam. Esfreguei os olhos cansados e, quando os abri novamente, vi a mão do agente Dean no ombro da detetive Rizzoli. Não era um gesto platônico, mas a carícia de um homem que gostava de fato daquela mulher. Foi quando os outros detalhes chamaram minha atenção: a aliança de casamento igual. O jeito como um terminava as frases do outro. O fato de ele não ter perguntado, mas simplesmente acrescentado uma colher de açúcar antes de entregar a ela o café.

Eram estritamente profissionais, sobretudo o frio e distante Gabriel Dean. Mas, durante o jantar, depois de algumas taças de vinho, começaram a falar sobre o casamento, a filha e a vida que levam em Boston. Uma vida complicada, eu acho, por causa do trabalho, que exige muito deles. Agora esse mesmo trabalho os trouxe a meu remoto cantinho no Cabo Ocidental.

Passo na ponta dos pés pela porta fechada do quarto deles e vou para a cozinha, onde me sirvo uma dose generosa de uísque. O suficiente para me deixar sonolenta, mas não bêbada. Sei por experiência própria que, embora um pouco de uísque me faça dormir, o excesso me fará despertar com pesadelos daqui a algumas horas. Sento-me numa cadeira à mesa da cozinha e bebo devagar, enquanto o relógio faz tique-taque na parede. Se Chris estivesse acordado, levaríamos a bebida para o jardim e nos sentaríamos juntos ao luar para aproveitar o cheiro noturno do jasmim. Nunca saio no escuro sozinha. Chris diz que sou a mulher mais corajosa que ele conhece, mas não foi coragem que me manteve viva em Botsuana. Mesmo os animais mais modestos querem ficar vivos e lutam por isso. Logo, não sou mais corajosa do que um coelho ou um pardal.

Levo um susto ao ouvir um barulho atrás de mim. Eu me viro e deparo com a detetive Rizzoli, que surge descalça na cozinha. Seu cabelo despenteado parece um abrunheiro silvestre, e ela usa uma camiseta larga e uma cueca samba-canção.

— Desculpe se assustei você — diz. — Só vim tomar um copo d'água.

— Posso te oferecer uma bebida mais forte, se você quiser.

Ela olha meu copo de uísque.

— Não seria de bom-tom deixar você beber sozinha. — Ela serve o uísque, acrescenta uma parte igual de água e se senta na cadeira à minha frente. — Você faz isso sempre?

— Faço o quê?

— Beber sozinha.

— Me ajuda a dormir.

— Você está com dificuldades de lidar com isso, não é?

— Você já sabe disso. — Tomo outro gole, mas isso não me ajuda a relaxar, porque ela me observa com olhos investigativos. — Por que *você* não está dormindo?

— Fuso horário. São seis da tarde em Boston, e meu corpo se recusa a se deixar enganar. — Ela toma um gole da bebida sem sequer fazer careta. — Obrigada mais uma vez por nos oferecer o quarto de hóspedes.

— Depois de todas as horas que vocês passaram comigo, não poderíamos deixá-los pegar a estrada à noite. Espero que não tenham que voltar imediatamente aos Estados Unidos. Seria uma pena não verem um pouco do país.

— Temos mais uma noite na Cidade do Cabo.

— Só mais uma?

— Já foi difícil convencer meu chefe a aprovar essa viagem. Estamos todos cortando gastos. Deus me livre nos divertirmos à custa deles.

Olho meu uísque, que reluz como âmbar líquido.

— Você gosta do seu trabalho?

— É o que eu sempre quis fazer.

— Prender assassinos? — Balanço a cabeça. — Acho que eu não teria estômago para isso. Ver as coisas que você vê. Ficar cara a cara, todos os dias, com o que as pessoas são capazes de fazer.

— É algo que você já viu por si mesma.

— E nunca mais quero ver. — Tomo o resto da bebida num único gole. De repente, não é o suficiente, não está nem perto de ser o suficiente para me acalmar. Levanto-me para servir outro copo.

— Eu também tinha pesadelos — diz ela.

— Não é de admirar, com seu trabalho.

— Eu os superei. Você também pode fazer isso.

— Como?

— Do mesmo jeito que eu. Matando o monstro. Deixando-o onde ele não possa machucar você nem outras pessoas.

Solto uma risada ao fechar a garrafa.

— Eu pareço policial?

— Parece uma mulher que morre de medo até de dormir.

Deixo a garrafa sobre a bancada e me viro para ela.

— Você não passou por isso. Pode sair à caça de assassinos, mas eles não estão caçando *você*.

— É aí que você se engana, Millie — responde ela, a voz baixa. — Sei exatamente o que você está vivendo. Porque também já fui caçada.

Ela mantém os olhos fixos em mim quando me sento novamente na cadeira.

— O que aconteceu? — pergunto.

— Faz alguns anos, foi na época em que conheci meu marido. Eu estava investigando um homem que tinha matado várias mulheres. A julgar pelo que esse sujeito fazia com elas, não sei se posso chamá-lo de ser humano, mas uma criatura de alguma outra espécie. Que se alimentava do medo e da dor. Que tinha prazer com o desespero alheio. Quanto mais medo a pessoa sentia, mais ele a desejava. — Ela leva o copo à boca, bebe um gole demorado. — E ele sabia que eu estava com medo.

Fico surpresa que ela admita isso, uma mulher que mostra tamanho destemor. Durante o jantar, ela contou como tinha sido a primeira vez que derrubou uma porta, que já havia perseguido assassinos em terraços e becos escuros. Agora, sentada aqui com sua camiseta larga e cueca samba-canção, o cabelo castanho emaranhado, parece uma mulher comum. Pequena, vulnerável. Vencível.

— Você era o alvo dele? — pergunto.

— Era. Que sorte a minha!

— Por que você?

— Porque ele já tinha me encurralado uma vez. Exatamente como ele queria. — Ela me mostra a cicatriz na palma das mãos. — Foi ele que fez isso. Com um bisturi.

Mais cedo, eu havia notado aquelas cicatrizes inusitadas. Como os ferimentos de uma crucificação. Agora olho para elas horrorizada, porque sei como os cortes foram feitos.

— Mesmo depois que ele foi preso, mesmo sabendo que ele não podia chegar perto de mim, eu ainda tinha pesadelos com o que ele quase fez comigo. Como poderia esquecer, quando levo nas mãos essa lembrança permanente dele? Depois de um ano, eu mal sonhava com ele, e esse deveria ter sido o fim da história. *Teria* sido o fim da história.

— Por que não foi?

— Porque ele fugiu. — Ela olha dentro dos meus olhos e vejo meu próprio medo refletido ali. Vejo uma mulher que sabe o que significa viver na mira de um assassino, sem fazer ideia de quando o gatilho será puxado. — Então meus pesadelos recomeçaram.

Levanto-me para pegar a garrafa de uísque. Levo-a para a mesa, deixando-a entre nós.

— Aos pesadelos — digo.

— Você não pode afugentá-los com bebida, Millie. Não importa quantas garrafas você beba.

— O que você sugere que eu faça?

— O mesmo que eu fiz. Caçar o monstro que te persegue nos sonhos. Destrui-lo e enterrá-lo. Só assim você vai conseguir dormir bem de novo.

— E você dorme bem?

— Durmo. Mas só porque escolhi não fugir e me esconder. Sabia que, enquanto ele estivesse por aí, eu jamais teria sossego. Então *eu* me tornei a caçadora. Gabriel sabia que eu estava me arriscando e tentou me tirar do caso, mas eu precisava participar. Para minha própria sanidade, precisava estar na luta, sem me esconder atrás de portas trancadas, esperando o ataque.

— E seu marido não tentou impedi-la?

— Ah, nós não éramos casados na época, por isso ele não pôde fazer nada para me impedir. — Ela ri. — Não que agora ele possa. Embora tente com todas as forças me manter na linha.

Penso em Chris, ressonando tranquilamente em nossa cama. Lembro-me de como me agasalhou e me trouxe para essa fazenda, para me manter em segurança.

— É o que meu marido tenta fazer.

— Deixá-la trancada?

— Para me proteger.

— Mas você não se sente segura. Mesmo depois de seis anos.

— Eu me sinto segura aqui, sim. Pelo menos me sentia. Até *vocês* trazerem isso tudo à tona.

— Só estou fazendo meu trabalho, Millie. Não me culpe. Não fui eu que botei esses pesadelos na sua cabeça. Não fui eu que te fiz prisioneira.

— Eu não sou prisioneira.

— Não?

Nós nos entreolhamos, uma de cada lado da mesa. Ela tem olhos castanhos luminosos. Um olhar perigoso, que vai até os recantos do meu cérebro, onde escondo meus terrores mais secretos. Não posso negar o que ela disse. *Sou* prisioneira.

Não estou simplesmente evitando o mundo. Estou fugindo dele.

— Não precisa ser assim — diz ela.

Não respondo de imediato. Olho para o copo, que seguro com ambas as mãos. Quero tomar mais um gole, mas sei que a bebida só atenuará o medo por algumas horas. Como uma anestesia, o efeito acaba se esvaindo.

— Me diga como você conseguiu — peço. — Como revidou.

Ela dá de ombros.

— No fim, não tive escolha.

— Você escolheu enfrentá-lo.

— Não, quer dizer, não tive escolha *mesmo*. Depois que ele fugiu da prisão, eu sabia que precisava ir atrás dele. Gabriel, meus colegas da polícia de Boston, todos tentaram me dissuadir, mas eu não podia ficar de fora. Conhecia o assassino melhor do que ninguém. Tinha olhado dentro dos olhos dele e visto o monstro. Eu o entendia: o que o estimulava, o que ele queria, como perseguia as presas. O único jeito de voltar a dormir bem era ir atrás dele. O problema era que ele também estava atrás de *mim*. Éramos dois adversários em um combate mortal, e um de nós precisava perder. — Ela se detém, toma um gole do uísque. — Ele atacou primeiro.

— O que aconteceu?

— Fui encurralada quando menos esperava. Ele me levou para um lugar onde ninguém jamais me acharia. O pior era que não estava sozinho. Tinha um amigo.

A voz dela está tão baixa que preciso me inclinar para ouvi-la. Lá fora, os insetos cantam no jardim, mas na cozinha faz silêncio, muito silêncio. Penso em todos os meus temores multiplicados por dois. Dois Johnnys à minha procura. Não sei como essa mulher consegue se sentar aqui tranquilamente e me contar sua história.

— Eles me levaram para onde queriam — continua ela. — Não havia ninguém para me salvar, ninguém que pudesse aparecer ali para resolver a situação. Era eu contra eles. — Ela respira fundo e se endireita na cadeira. — E eu ganhei. Assim como você também pode ganhar, Millie. Você pode matar o monstro.

— Foi o que *você* fez?

— É como se ele estivesse morto. A bala atingiu a medula espinhal, e hoje ele está preso num lugar do qual jamais escapará: o próprio corpo. Paralisado do pescoço para baixo. E o amigo está apodrecendo num túmulo. — O sorriso de Jane não combina com o que ela acabou de descrever, mas, quando se vence um monstro, o sorriso da vitória é merecido. — E aquela foi minha melhor noite de sono em um ano.

Curvo-me sobre a mesa, sem dizer nada. Evidentemente, sei por que Jane me contou sua história, mas ela não exerce nenhum efeito sobre mim. É impossível obrigar uma pessoa a ser corajosa se ela já não tem a coragem dentro de si. Estou viva apenas porque tive muito medo de morrer, o que na verdade faz de mim uma covarde. A mulher que não parou de andar, passando por elefantes e crocodilos, a mulher abençoada com um par de pernas resistentes e muita sorte.

Ela boceja e se levanta.

— Acho que vou voltar para a cama. Espero que a gente possa conversar mais sobre isso amanhã.

— Não vou mudar de ideia. Não posso ir a Boston.

— Mesmo sabendo que você poderia fazer toda a diferença? Você *conhece* esse assassino melhor do que qualquer outra pessoa.

— E ele me conhece. Eu sou a mulher que fugiu, a mulher que ele está procurando. Sou o unicórnio dele, a criatura fadada a ser caçada à extinção.

— Vamos mantê-la em segurança. Eu prometo.

— Seis anos atrás, na selva, eu descobri o que é morrer. — Balanço a cabeça. — Não me peça para morrer de novo.

Apesar de todo o uísque que bebi, ou talvez por causa dele, sonho novamente com Johnny.

Ele está na minha frente, estendendo os braços em minha direção, implorando para que eu me aproxime. À nossa volta, há leões que fecham o cerco sobre mim, e preciso fazer uma escolha. Como quero confiar em Johnny da mesma maneira que já confiei um dia! Nunca acreditei que ele era um assassino, e agora ele está diante de mim, os ombros largos, o cabelo dourado. "Vem, Millie. Vou proteger você." Alegre, corro para ele, ávida por seu toque. Mas, assim que me lanço em seus braços, sua boca se abre com os dentes sujos de sangue à mostra, pronta para me devorar.

Acordo aos gritos.

Sento na cama, a cabeça entre as mãos. Chris esfrega minhas costas, tentando me acalmar. Embora o suor já tenha esfriado, gelando minha pele, o coração ainda bate alucinado dentro do peito. Ele murmura:

— Está tudo bem, Millie, você está segura aqui.

Mas sei que nada está bem. Sou uma boneca de porcelana rachada, pronta para se estilhaçar ao menor toque. Esses seis anos não me curaram e, para mim, está claro que nunca vou me curar. Só quando Johnny estiver preso... ou morto.

Ergo a cabeça e olho para Chris.

— Não posso continuar assim. *Nós* não podemos.

Ele respira fundo.

— Eu sei.

— Não quero, mas preciso fazer isso.

— Então vamos todos para Boston com você. Você não vai ficar sozinha.

— Não. *Não.* Não quero que Violet fique perto dele. Quero que ela fique aqui, onde sei que está segura. E você é a única pessoa em quem confio para cuidar dela.

— Mas quem vai cuidar de *você*?

— Eles. Você ouviu, eles garantiram que não vão deixar nada acontecer comigo.

— E você confia neles?

— Por que não deveria confiar?

— Porque você é só um instrumento para eles, um meio para atingir um fim. Eles não ligam para você. Só querem prender um assassino.

— É o que também quero. E posso ajudá-los.

— Deixando-o sentir sua presença? E se eles não conseguirem prendê-lo? E se ele virar o jogo e segui-la até aqui?

É uma possibilidade que não considerei. Penso no pesadelo. Johnny me chamando, prometendo segurança instantes antes de abrir a boca para me devorar. É meu subconsciente me avisando para manter distância. Mas, se eu fizer isso, nada vai mudar, nada vai cicatrizar. Sempre serei a boneca de porcelana rachada.

— Não tenho escolha — digo. — Preciso confiar neles.

— Você pode escolher não ir.

Seguro a mão dele. É a mão de um fazendeiro, grande, cheia de calos, forte o bastante para se engalfinhar com uma ovelha e delicada o bastante para pentear o cabelo de uma menininha.

— Preciso dar um basta nisso, querido. Vou a Boston.

Christopher tem uma lista de exigências, que apresenta à detetive Rizzoli e ao agente Dean com olhos febris.

— Vocês devem falar comigo todos os dias, para eu saber que ela está bem — adverte. — Quero saber se ela está se alimentando e se está em segurança. Quero saber se está com saudade de casa. Quero saber se ela der um espirro.

— Por favor, Chris — intervenho. — Não estou indo à lua.

— A lua talvez fosse mais segura.

— Você tem minha palavra de que cuidaremos bem dela — garante a detetive Rizzoli. — Não vamos pedir a ela que pegue em armas. Ela só vai se encontrar com nossa equipe de detetives e nossos psicólogos forenses. Vai passar uma semana fora, no máximo duas.

— Não quero que ela fique sozinha num quarto de hotel. Quero que ela fique com alguém. Numa casa, onde não se sinta isolada.

A detetive Rizzoli olha para o marido.

— Tenho certeza de que podemos dar um jeito.

— Onde seria?

— Antes preciso dar um telefonema. Descobrir se seria possível ela ficar na casa em que estou pensando.

— Casa de quem?

— De uma pessoa em quem confio. Uma amiga.

— Antes de Millie embarcar nesse voo, quero que você confirme isso.

— Providenciaremos tudo antes de deixarmos a Cidade do Cabo.

Chris estuda o rosto de ambos por um instante, procurando motivos para não confiar neles. Meu marido é terrivelmente cético em relação às pessoas, resultado de ter tido um pai irresponsável e uma mãe que o abandonou quando ele tinha 7 anos. Sempre tem medo de perder as pessoas que ama, e agora está com medo de me perder.

— Vai ficar tudo bem, querido — digo, parecendo mais segura do que de fato estou. — Eles sabem o que estão fazendo.

28

BOSTON

Maura deixou um vaso de rosas amarelas sobre a cômoda e deu uma última olhada no quarto de hóspedes. O edredom branco estava lavado, o tapete turco limpo, e o banheiro provido de toalhas brancas felpudas. A última vez que alguém tinha dormido naquele quarto foi em agosto, quando o adolescente de 17 anos Julian Perkins havia visitado Maura durante as férias de verão da escola. Desde a partida dele, ela mal tinha entrado no cômodo. Agora, dava uma última olhada crítica, para confirmar que tudo estava pronto para a hóspede. A janela dava vista para um jardim nos fundos, mas naquela tarde de fim de novembro o que ela viu foi uma paisagem lúgubre de árvores perenes nuas e grama marrom. Pelo menos havia um toque de primavera no quadro de peônias cor-de-rosa, pendurado acima da cama, e na cômoda com o vaso de rosas amarelas. Jubilosas boas-vindas para uma hóspede com uma missão difícil.

Jane tinha enviado um e-mail para explicar a situação, e Maura já havia lido os arquivos de Millie, por isso sabia o que esperar. Mas, quando a campainha tocou e ela pousou os olhos na visitante pela primeira vez, ficou surpresa com a aparência abatida da mulher. Era uma viagem longa desde a Cidade do Cabo e Jane também parecia cansada, mas Millie tinha um aspecto frágil como um ectoplasma, os olhos vazios, o corpo magro quase perdido no suéter largo.

— Bem-vinda a Boston — saudou-a Maura quando elas entraram na casa, Jane trazendo a mala de Millie. — Sinto muito pelo mau tempo.

Millie conseguiu abrir um leve sorriso.

— Eu não esperava que estivesse tão frio. — Olhou envergonhada para o próprio suéter imenso. — Comprei isso no aeroporto. Acho que caberia mais uma mulher aqui dentro.

— Você deve estar exausta. Aceita uma xícara de chá?

— Seria ótimo, mas antes preciso usar o banheiro.

— Seu quarto fica no fim do corredor, à direita, e você tem seu próprio banheiro. Por favor, fique à vontade para se acomodar. O chá pode esperar.

— Obrigada. — Millie pegou a mala. — Só vou levar uns minutinhos.

Maura e Jane esperaram até ouvir a porta do quarto de Millie se fechar. Então Jane perguntou:

— Tem certeza de que não é um problema? Procurei outra solução, mas nosso apartamento é pequeno demais.

— Não é problema nenhum, Jane. Você disse que é só por uma semana, e não dá para botar a coitada da mulher num hotel.

— Obrigada mesmo. A única alternativa era a casa da minha mãe, mas aquilo está um manicômio, meu pai está deixando ela maluca.

— Como está sua mãe?

— Além de psicoticamente deprimida? — Jane balançou a cabeça. — Estou esperando ela criar coragem de botá-lo para fora. O problema é que ela se preocupa tanto em deixar todo mundo feliz que esquece de si mesma. — Jane suspirou. — Minha mãe, a santa.

Algo que minha mãe nunca será, pensou Maura. E pensou também na última vez que visitara Amalthea na prisão. Lembrou-se dos olhos sem alma da mulher, seu olhar calculista. Já naquela época o tumor devia estar incubado nela, o mal dentro do mal, como matrioskas envenenadas. Ela estaria sentindo remorso, com o câncer agora consumindo seu corpo? Para uma pessoa assim, a redenção seria uma possibilidade? Dali a poucos meses, no máximo seis, aqueles olhos se apagariam para sempre. *E para sempre vou me fazer essas perguntas.*

Jane consultou o relógio.

— Preciso ir. Diga a Millie que venho buscá-la amanhã por volta das dez horas, para a reunião com a equipe. Pedi à polícia de Brookline para mandar uma viatura passar pela sua casa com alguma frequência.

— É mesmo necessário? Ninguém sabe que ela está aqui.

— É para ela se sentir segura. Foi difícil convencê-la a vir, Maura. Na cabeça dela, nós a trouxemos direto para a toca do lobo.

— Talvez isso seja verdade.

— Mas precisamos dela. Só temos de mantê-la tranquila, para ela não cismar de voltar para casa.

— Não me incomodo de ter uma hóspede — disse Maura. Ela olhou para o gato, que escolheu aquele exato momento para pular em cima da mesinha de centro. — Mas *desse* hóspede específico eu gostaria de me livrar.

Ela botou o gato novamente no chão.

— Vocês dois ainda não estabeleceram um vínculo?

— Ah, ele estabeleceu um vínculo, sim. Com meu abridor de latas. — Maura bateu as mãos para se livrar dos pelos do gato. — Qual foi sua impressão dela?

Jane voltou os olhos para o corredor e, em voz baixa, disse:

— Ela está com medo, e não posso culpá-la. Foi a única que saiu viva, a única que pode identificá-lo no tribunal. Seis anos depois, ele ainda provoca pesadelos nela.

— Não é difícil entender. Você e eu já estivemos nessa situação.

Ela não precisava se aprofundar no assunto: ambas sabiam o que era ter alguém em seu encalço, deitar insone na cama temendo ouvir a janela se quebrando, a maçaneta girando. Faziam parte da mesma infeliz irmandade de mulheres que tinham sido perseguidas por assassinos.

— Ela vai enfrentar várias perguntas amanhã, vai ser solicitada a reviver lembranças bem dolorosas — disse Jane. — Faça com que ela tenha uma boa noite de sono. — Ao deixar a casa, seu celular tocou e ela parou na varanda para atender. — Oi, Tam! Acabamos de chegar. Estou indo aí para saber... — Ela se interrompeu. — O quê? Tem certeza?

Maura observou Jane desligar o aparelho e fitá-lo como se ele tivesse acabado de traí-la.

— O que foi?

Jane se virou para ela.

— Estamos com um problema. Lembra a mulher que encontramos enterrada no quintal?

— Claro.

— Você me convenceu de que ela tinha sido assassinada pelo homem-leopardo.

— Ainda acredito nisso. As marcas de garra no crânio. Os indícios de evisceração. A corda de náilon. Tudo se encaixa.

— O problema é que ela acabou de ser identificada por exame de DNA. O nome é Natalie Toombs, 20 anos. Era aluna da Curry College. Branca, um metro e sessenta de altura.

— Tudo isso condiz com os restos que examinei. Qual é o problema?

— Natalie desapareceu há quatorze anos.

Maura a encarou.

— Quatorze anos? Sabemos onde Johnny Posthumus estava nessa época?

— Trabalhando num hotel na África do Sul. — Jane balançou a cabeça. — Seria impossível ele ter matado Natalie.

— Isso joga pelo ralo sua teoria do homem-leopardo todo-poderoso, Rizzoli — disse Darren Crowe. — Há quatorze anos, quando Natalie Toombs desapareceu em Boston, esse cara estava trabalhando em Sabi Sands, África do Sul. Está tudo documentado no relatório da Interpol. O registro do vínculo empregatício dele no hotel, com horários e pagamentos. É evidente que ele não matou Natalie. O que quer dizer que você trouxe essa testemunha dos confins da África do Sul à toa.

Ainda grogue por causa de uma noite maldormida, Jane tentava se concentrar em seu laptop. Havia acordado desorientada e tomado duas xícaras de café para dar um tranco no cérebro antes da reunião, mas a enxurrada de novas informações a deixava desnorteada. Ela sentiu os olhos dos outros três detetives observando-a ao clicar nas páginas que confirmavam o que Tam havia lhe informado no dia anterior pelo telefone. Natalie Toombs, a quem antes eles se referiam como "a mulher do quintal", tinha 20 anos e estudava letras na Curry College, a cerca de três quilômetros de onde seus ossos haviam sido encontrados. Ela morava numa casa alugada perto da faculdade com duas outras estudantes, que disseram que ela era comunicativa, atlética e apaixonada pela natureza. Tinha sido vista pela última vez numa tarde de sábado, a mochila cheia de livros, saindo para estudar com um rapaz chamado Ted. Nenhuma das amigas com quem ela dividia a casa o conhecia.

No dia seguinte, as meninas registraram o desaparecimento.

Durante quatorze anos, o caso havia feito parte do banco nacional de dados sobre pessoas desaparecidas, com milhares de outros casos sem solução. A mãe dela, que agora já estava morta, tinha fornecido ao FBI uma amostra de DNA, para o caso de os restos da filha serem um dia encontrados. Foi esse DNA que confirmou que a ossada encontrada no quintal era de fato de Natalie.

Jane se virou para Frost, que balançou a cabeça, quase como se pedisse desculpa.

— Não dá para argumentar com os fatos — disse ele, em desalento. Era sempre difícil admitir que Crowe tinha razão.

— Você gastou uns bons trocados da polícia de Boston para trazer essa testemunha da África do Sul — continuou Crowe. — Ótimo trabalho, Rizzoli.

— Mas existe um vestígio concreto que vincula pelo menos *um* assassinato a Botsuana — salientou ela. — O isqueiro. Sabemos que ele pertenceu a Richard Renwick. Como veio da África para o Maine, senão trazido pelo assassino?

— Quem sabe por quantas mãos esse isqueiro passou nos últimos seis anos? Pode ter chegado aqui no bolso de um turista inocente que o pegou Deus sabe onde. De qualquer forma, está claro que Natalie Toombs não foi assassinada por Johnny Posthumus. A morte dela precede todos os outros casos em quase uma década. Vou dar por encerrada nossa investigação conjunta. Fique procurando seu homem-leopardo, Rizzoli, que nós vamos procurar nosso assassino. Porque acho que não existe nenhuma ligação entre os casos. — Ele se virou para seu parceiro. — Vamos, Tam.

— Millie DeBruin veio da Cidade do Cabo — argumentou Jane. — Está esperando com o Dr. Zucker aí fora. Pelo menos, vamos ouvi-la.

— Para quê?

— E se *for* só um assassino? E se ele cruzar divisas estaduais, fronteiras internacionais, adotando outras identidades?

— Espere. Essa é uma *nova* teoria? — Crowe soltou uma risada. — Um impostor que mata usando o nome de outras pessoas?

— Henk Andriessen, nosso contato na Interpol, foi o primeiro a sugerir essa possibilidade. Henk sempre ficou incomodado com o fato de Johnny Posthumus não ter ficha criminal, não ter um histórico de violência. Ele havia angariado a reputação de ser um excelente guia de safári, respeitado pelos colegas. E se o homem que levou os sete turistas para a selva não *fosse* Johnny? Nenhum desses turistas o conhecia. O auxiliar africano nunca tinha trabalhado com ele. Outro homem podia ter tomado o lugar do verdadeiro Johnny.

— Um impostor? E onde está o verdadeiro Johnny?

— Teria de estar morto.

Fez-se silêncio na sala enquanto seus três colegas assimilavam essa nova possibilidade.

— Eu diria que isso te faz voltar à estaca zero — respondeu Crowe. — Procurando um assassino sem nome, sem identidade. Boa sorte.

— Podemos não ter um nome — disse Jane —, mas temos um rosto. E temos uma pessoa que o viu.

— Sua testemunha identificou Johnny Posthumus.

— Com base num único retrato de passaporte. Todos sabemos que as fotografias mentem.

— Testemunhas também.

— Millie não mentiu — afirmou Jane. — Ela sofreu muito e não queria nem vir para cá. Mas está sentada aí fora com o Dr. Zucker. O mínimo que vocês podem fazer é ouvi-la.

— Tudo bem. — Crowe suspirou, afundando na cadeira. — Vou colaborar, por ora. Não custa ouvir o que ela tem a dizer.

Jane se dirigiu ao telefone.

— Dr. Zucker, o senhor pode trazer Millie?

Instantes depois, Zucker entrava com Millie na sala de reunião. Ela usava um tailleur de lã com camisa social, mas as peças eram largas demais, como se ela tivesse emagrecido. Parecia mais uma menina fantasiada com a roupa da mãe. Sentou-se docilmente na cadeira que Zucker puxou para ela, mas manteve o olhar sobre a mesa, como se estivesse intimidada demais para encarar os detetives que agora a estudavam.

— Esses são meus colegas da Unidade de Homicídios — apresentou Jane. — Os detetives Crowe, Tam e Frost. Eles leram o arquivo e sabem o que aconteceu com você no delta. Mas precisam de mais informações.

Millie franziu a testa.

— Mais informações?

— Sobre Johnny. O homem que você conheceu como Johnny.

— Conte a eles o que você acabou de me contar — sugeriu o Dr. Zucker. — Lembra que eu disse que todo assassino tem uma técnica, uma assinatura? Esses detetives querem saber o que torna Johnny singular. Como ele age, como pensa. O que você disser pode ser o detalhe que eles precisam para pegá-lo

Millie pensou por um instante.

— Nós confiávamos nele — disse, com um tom de voz suave. — Tudo se resumiu a isso. Nós... eu... acreditava que ele tomaria conta da gente. No delta há muitas maneiras de morrer. Sempre que saíamos da caminhonete, que saíamos da barraca, havia alguma coisa esperando para nos matar. Num lugar assim, a única pessoa em quem temos que confiar é o guia. O homem com experiência, o homem com a espingarda. Tínhamos todos os motivos do mundo para confiar nele Antes de fazer a reserva no safári, Richard havia pesquisado

Disse que Johnny tinha dezoito anos de experiência. Que havia testemunhos de outros turistas. Pessoas do mundo inteiro.

— E ele pegou essas informações na internet? — perguntou Crowe, a sobrancelha erguida.

— Pegou — admitiu Millie, enrubescendo. — Mas tudo parecia perfeitamente em ordem quando chegamos ao delta. Ele nos encontrou na pista de pouso. As barracas eram básicas, mas confortáveis. E o delta era lindo. Realmente selvagem, de um jeito que não conseguimos nem acreditar que ainda existia. — Ela se deteve, os olhos vidrados, perdida nas lembranças daquele lugar. Respirou fundo. — Nas primeiras duas noites, tudo foi como o prometido. O acampamento, as refeições, os passeios para ver os animais. Então... as coisas mudaram.

— Depois que o guia auxiliar morreu — disse Jane.

Millie assentiu.

— Ao amanhecer, encontramos o corpo de Clarence. Ou... partes do corpo. As hienas tinham se alimentado dele, e havia sobrado tão pouco que não fazíamos ideia do que tinha acontecido. A essa altura, já estávamos em plena selva, longe demais para usar o rádio. Enfim, o rádio estava mudo. E a caminhonete enguiçou. — Ela engoliu em seco. — Nós estávamos presos.

Havia apenas silêncio na sala. Até Crowe se absteve de fazer seus comentários sarcásticos. O horror crescente da história de Millie fisgara todos.

— Eu queria acreditar que era só uma maré de azar. A morte de Clarence. O problema da caminhonete. Richard ainda achava que era uma grande aventura, algo que ele podia botar em seu livro. O herói dele, Jackman Tripp, preso na selva, sobrevivendo a tudo. Sabíamos que seríamos resgatados. O avião nos buscaria. Por isso decidimos aproveitar o melhor que podíamos a experiência da selva. — Ela engoliu em seco novamente. — Aí o Sr. Matsunaga morreu, e já não era uma aventura. Era um pesadelo.

— Você desconfiou de que Johnny fosse o responsável? — perguntou Frost.

— Naquele momento, ainda não. Pelo menos eu não. Encontramos o corpo de Isao numa árvore, como um ataque típico de leopardo. Parecia mais um acidente, mais um azar. Só que os outros começaram a falar de Johnny. Imaginando se ele não seria o responsável. Ele tinha prometido nos manter em segurança, e duas pessoas estavam mortas. — Millie baixou os olhos. — Eu devia tê-los ouvido. Devia tê-los ajudado a enfrentar Johnny, mas não conseguia acreditar. Eu me recusava a acreditar, porque...

Ela se deteve.

— Por quê? — perguntou o Dr. Zucker, com tato.

Mille piscou os olhos para conter as lágrimas.

— Porque eu estava meio que apaixonada por ele — sussurrou.

Apaixonada pelo homem que tentou matá-la. Jane correu os olhos pela mesa, absorvendo a fisionomia perplexa dos colegas, mas ela própria não achou nada surpreendente na confissão de Millie. Quantas outras mulheres já haviam sido assassinadas por maridos e namorados, por homens que elas amavam? Uma mulher não sabe avaliar o caráter da pessoa por quem é apaixonada. Não era de admirar que Millie se sentisse tão assombrada: ela havia sido traída não apenas por Johnny, mas por seu próprio coração.

— Eu nunca tinha admitido isso. Nem para mim mesma — prosseguiu Millie. — Mas lá na selva tudo era tão diferente! Tão bonito e estranho! Os ruídos da noite, o cheiro do ar. Nós acordávamos todas as manhãs um pouco temerosos. Nervosos. *Vivos.* — Ela olhou para Zucker. — Aquele era o mundo de Johnny. E ele me fazia sentir segura ali.

O melhor afrodisíaco. Diante do perigo, não há ninguém mais desejável do que aquele que protege, pensou Jane. Era por isso que as mulheres se apaixonavam por policiais e guarda-costas. Na selva africana, o homem mais desejável é aquele que pode manter a mulher viva.

— Os outros falavam em dominar Johnny e pegar a arma. Eu não participava disso porque achava que eles estavam sendo paranoicos. E Richard os incitava, tentando bancar o herói, porque estava com ciúme de Johnny. Estávamos ali, cercados de animais que podiam nos matar, mas a verdadeira batalha acontecia *dentro* do acampamento. Éramos Johnny e eu contra todos os demais. Eles pararam de confiar em mim, pararam de me contar os planos. Achei que poderíamos simplesmente seguir assim até sermos resgatados, quando eles se dariam conta de que estavam sendo ridículos. Achei que só precisávamos nos acalmar e esperar. Mas aí.. — Ela engoliu em seco. — Ele tentou matar Elliot.

— A cobra na barraca — lembrou Jane.

Millie assentiu.

— Foi quando entendi que precisava fazer uma escolha. Mesmo nesse momento, não conseguia acreditar que era Johnny. Não queria acreditar.

— Porque Johnny te fez confiar nele — disse Zucker.

Millie enxugou os olhos, a voz embargada.

— É assim que ele faz. Conquista nossa confiança. Escolhe a pessoa que *quer* acreditar nele. Talvez procure a mulher mais apagada, mais comum. Ou aquela que está sendo abandonada pelo namorado. Ah, ele sabe quem escolher! Sorri para ela, e, pela primeira vez na vida, ela se sente viva. — Novamente, Millie enxugou os olhos. — Eu era a mais fraca do grupo. E ele sabia disso.

— De jeito nenhum você era a mais fraca — observou Tam com delicadeza. — Foi você que sobreviveu.

— E é ela que pode identificá-lo — disse Jane. — Qualquer que seja o verdadeiro nome dele. Temos sua descrição. Sabemos que ele tem em torno de um metro e noventa e o corpo musculoso. Cabelo louro, olhos azuis. Pode ter mudado a cor do cabelo, mas não pode disfarçar a altura.

— Nem os olhos — disse Millie. — O jeito como nos olha.

— Descreva.

— Como se estivesse enxergando nossa alma. Lendo nossos sonhos, nossos medos. Como se pudesse ver exatamente quem somos.

Jane pensou nos olhos de outro homem, olhos que ela um dia fitara ao se preparar para morrer, e sentiu um arrepio nos braços. Ambas tivemos sobre nós o olhar de um assassino, pensou. Mas eu sabia o que estava vendo, Millie não, e sua vergonha era agora evidente nos ombros curvados, na cabeça baixa.

O celular de Jane tocou, estridente. Ela se levantou e saiu da sala para atender.

Era a perita forense Erin Volchko.

— Sabe aqueles pelos que encontraram no roupão azul de Jodi Underwood?

— Os pelos de gato — disse Jane.

— É, dois são sem dúvida de um gato doméstico. Mas havia um terceiro que não consegui identificar. Aquele que mandei para o laboratório de Oregon. Acabou de chegar o resultado do exame de queratina.

— Leopardo-das-neves?

— Não. É da espécie *Panthera tigris tigris.*

— Está me parecendo um tigre.

— Tigre-de-bengala, para ser mais exata. O que foi uma surpresa completa para mim. Talvez você possa me explicar como o pelo de um tigre-de-bengala foi parar no roupão da vítima.

Jane já tinha a resposta.

— A casa de Leon Gott era uma Arca de Noé de animais empalhados. Eu me lembro de uma cabeça de tigre na parede, mas não sei se era tigre-de-bengala.

— Você pode me trazer uns pelos dessa cabeça empalhada? Se os fios forem compatíveis com o pelo que já tenho, isso nos mostra que eles saíram da casa de Leon Gott para o roupão de Jodi Underwood.

— Duas vítimas. O mesmo assassino.

— Está começando a parecer que sim.

29

Ele está aqui, em algum lugar dessa cidade. Parada no trânsito vespertino, olho para fora da janela do carro e observo as pessoas se arrastando, de cabeça baixa contra o vento que sopra entre os prédios. Moro há tanto tempo na fazenda que esqueci como é estar numa cidade. Não gosto de Boston. Não gosto que seja tão fria e cinzenta, e esses prédios altos eliminam a possibilidade de ver o céu, prendendo-me numa sombra eterna. Não gosto da brusquidão das pessoas, que são muito diretas e ríspidas. A detetive Rizzoli parece distraída ao dirigir e não faz nenhuma tentativa de começar uma conversa, por isso seguimos em silêncio. Lá fora, há buzinas muito barulhentas, sirenes e pessoas, muitas pessoas. Assim como o delta, aqui também é uma selva, onde um passo em falso — um tropeço imprudente na calçada, a troca de palavras com um homem nervoso — pode acabar sendo fatal.

Onde, no labirinto gigantesco dessa cidade, Johnny está escondido?

Para onde quer que eu olhe, imagino vê-lo. Diviso um homem louro alto, de ombros largos, e meu coração dispara. Então ele se vira e vejo que não é Johnny. Também não é ele o homem alto de cabelo claro que chama minha atenção em seguida. Johnny está ao mesmo tempo em toda parte e em lugar nenhum.

Paramos em outro sinal de trânsito, imprensadas entre duas pistas de automóveis. A detetive Rizzoli olha para mim.

— Preciso dar uma passada rápida num lugar antes de levá-la para a casa de Maura. Pode ser?

— Tudo bem. Aonde vamos?

— É uma casa. Onde aconteceu o crime do caso Gott.

Jane diz isso de maneira extremamente casual, mas é o que ela faz da vida. Vai a lugares onde há cadáveres. É como Clarence, o guia auxiliar do safári, que estava sempre à procura de vestígios de animais. Os animais que a detetive Rizzoli caça são os que matam.

Por fim, escapamos do trânsito pesado da cidade e entramos num bairro residencial, bem mais tranquilo. Aqui há árvores, embora o mês de novembro tenha arrancado suas folhas, que se agitam feito confete marrom nas ruas. Estacionamos diante de uma casa com todas as cortinas fechadas, e uma única fita policial flutua numa árvore, um solitário toque de cor no cenário sombrio de outono.

— Só vou demorar uns minutinhos — avisa ela. — Você pode esperar no carro.

Corro os olhos pela rua deserta e vejo a silhueta de alguém nos observando da janela da casa do outro lado da rua. É evidente que as pessoas *estariam* observando. Um assassino esteve nesse bairro, e elas temem que ele volte.

— Vou com você — digo. — Não quero ficar aqui sozinha.

Ao acompanhá-la em direção à varanda, começo a ficar nervosa com o que vou encontrar. Nunca estive numa casa onde alguém foi assassinado e imagino paredes sujas de sangue, o contorno de giz de um corpo desenhado no chão. Mas, quando entramos, não vejo nenhum sangue, nenhum sinal de violência, a menos que se considere o terrível espetáculo de cabeças de animais. Há dezenas delas empalhadas na parede, com olhos aparentemente tão cheios de vida que parecem me encarar. Uma galeria acusatória de vítimas. O cheiro forte de cloro faz meus olhos lacrimejarem, o nariz coçar.

Ela nota minha careta e diz:

— O pessoal da faxina deve ter jogado desinfetante na casa inteira. Mas está bem melhor do que o cheiro anterior.

— Aconteceu... Foi nessa sala?

— Não, foi na garagem. Não preciso ir lá.

— O que exatamente estamos fazendo aqui?

— Caçando um tigre. — Ela corre os olhos pelas cabeças dispostas na parede. — E ali está ele. Eu sabia que o tinha visto.

Quando ela sobe numa cadeira para alcançar o tigre, imagino as almas desses animais mortos murmurando umas com as outras, julgando-nos. O leão-africano parece tão vivo que quase sinto medo de me aproximar, mas ele me atrai como um ímã. Penso nos leões que vi no delta, lembro-me de seus músculos ondulando sob o pelo dourado. Penso em Johnny, com seu cabelo também dourado e tão vigoroso quanto o deles, e imagino sua cabeça me fitando ali de cima. O animal mais perigoso da parede.

— Johnny dizia que preferia matar um homem a atirar em um grande felino.

Rizzoli para de tirar os pelos do tigre empalhado por alguns instantes e olha para mim.

— Então essa casa sem dúvida o deixaria irritado. Todos esses felinos, mortos por esporte. E Leon Gott se gabou disso numa revista. — Ela indica a galeria de fotos penduradas na parede oposta. — Esse é o pai de Elliot.

Em todas as fotografias, vejo o mesmo homem de meia-idade posando com a espingarda ao lado de vários animais mortos. Há também um artigo emoldurado: 'O mestre dos troféus de caça: uma entrevista com o grande taxidermista de Boston."

— Eu não sabia que o pai de Elliot caçava.

— Elliot nunca disse?

— Nem uma palavra. Não falava nada do pai.

— Provavelmente porque sentia vergonha dele. Elliot e o pai tiveram uma briga há muitos anos. Leon gostava de matar animais. Elliot queria salvar golfinhos, lobos e ratos silvestres.

— Sei que adorava pássaros. No safári, estava sempre nos mostrando as aves, tentando identificá-las. — Vejo as fotografias de Leon Gott com os animais mortos e balanço a cabeça. — Coitado do Elliot. Era o saco de pancada de todo mundo.

— Como assim?

— Richard sempre o humilhava, tornando-o motivo de piada. Homens e sua testosterona, sempre tentando subjugar uns aos outros. Richard tinha que ser o rei, e Elliot precisava se curvar. Tudo para impressionar as louras.

— As duas sul-africanas?

— Sylvia e Vivian. Elliot tinha uma quedinha por elas, e Richard nunca perdia a chance de mostrar que era mais homem do que ele.

— Você ainda parece guardar rancor, Millie — observa ela, a voz baixa.

Fico surpresa com isso. Mesmo depois de seis anos, surpreendo-me ao perceber que ainda dói recordar aquelas noites em torno da fogueira, a atenção de Richard voltada para as meninas.

— E, nessa guerra de domínio masculino, onde ficava Johnny? — pergunta ela.

— É estranho, mas ele não parecia ligar. Ficava na dele e observava o drama. Nossas briguinhas e crises de ciúme: nada parecia importar para ele.

— Talvez porque ele tivesse outras coisas em que pensar. Como o que havia planejado para vocês.

Será que ele pensava nesses planos quando se sentava a meu lado em torno da fogueira? Será que ele imaginava qual era a sensação de derramar meu sangue, ver a vida se esvair de meus olhos? Sentindo um calafrio súbito, passo os braços em torno do corpo ao estudar as fotografias de Leon Gott e seus animais abatidos.

Rizzoli se aproxima, posicionando-se a meu lado.

— Ouvi dizer que ele era um idiota — comenta, olhando a fotografia de Gott. — Mas mesmo os idiotas merecem justiça.

— Não é de admirar que Elliot nunca o mencionasse.

— Ele falava da namorada?

Olho para ela.

— Namorada?

— Jodi Underwood. Fazia dois anos que eles estavam juntos.

Isso me surpreende.

— Ele estava tão ocupado com as louras que nunca mencionou nenhuma namorada. Você a conheceu? Como ela é?

Ela não responde de imediato. Algo a incomoda, algo que a faz hesitar antes de responder.

— Jodi Underwood está morta. Foi assassinada na mesma noite que Leon.

Encaro-a.

— Você não me contou isso. Por que não me contou?

— É uma investigação em curso. Tem coisas que não posso te contar, Millie.

— Você me trouxe aqui para ajudá-la, mas esconde informações de mim. Informações importantes. *Devia* ter me contado isso.

— Não sabemos se as mortes estão relacionadas. O assassinato de Jodi parece ter sido um latrocínio, e o método foi totalmente diferente do de Leon. Foi por isso que vim pegar esses pelos. Estamos procurando um elo físico entre os casos.

— Não é evidente? O elo é *Elliot*. — A compreensão me atinge com tal força que, por um instante, não consigo falar, não consigo nem respirar. Murmuro: — O elo sou *eu*.

— Como assim?

— Por que você me procurou? Por que achou que eu poderia ajudá-la?

— Porque seguimos as conexões. Elas nos levaram aos assassinatos de Botsuana. E a você.

— Exatamente. Essas conexões te trouxeram a *mim*. Durante seis anos, eu me escondi em Touws River, vivi com outro nome. Fiquei longe de Londres porque tinha medo de que Johnny me encontrasse. Você acha que ele está aqui em Boston. E agora eu também estou. — Engulo em seco. — Exatamente onde ele quer que eu esteja.

Vejo meu medo refletido em seus olhos. Num murmúrio, ela diz:

— Vamos. Vou levá-la para a casa de Maura.

Quando saímos da casa, sinto-me tão vulnerável quanto uma gazela em campo aberto. Imagino olhos por toda parte, observando-me das casas, dos carros que passam. Imagino quantas pessoas sabem que estou em Boston. Lembro-me de que aterrissamos ontem em um aeroporto lotado e penso em todas as pessoas que teriam me visto na entrada da delegacia, ou na cafeteria, ou esperando o elevador. Se Johnny estivesse lá, eu o teria visto?

Ou sou como a gazela, que só vê o leão quando ele dá o salto?

30

— Na cabeça dela, ele virou um monstro de proporções épicas — observou Maura. — Há seis anos, ela é obcecada por ele. É natural achar que essa caçada se resuma a ela.

Da sala, Jane ouvia o barulho do chuveiro ligado no banheiro do quarto de hóspedes. Como Millie não estava por perto, era a chance de as duas conversarem em particular, e Maura não demorou em emitir sua opinião.

— Pense só em como é absurda essa ideia, Jane. Ela acha que Johnny matou o pai de Elliot, matou a namorada de Elliot e teve a ideia milagrosa de deixar um isqueiro de prata como pista cinco anos atrás? Tudo isso para arrancá-la de seu esconderijo? — Maura balançou a cabeça. — Até para um grande jogador de xadrez, seria elaborado demais.

— Mas é possível que tudo se resuma a ela *sim*.

— Onde está a prova de que Jodi Underwood e Leon Gott foram assassinados pela mesma pessoa? Ele foi pendurado e eviscerado. Ela foi estrangulada num ataque rápido e eficiente. Se não houver correspondência no DNA daqueles pelos.

— O pelo do tigre é bastante convincente.

— Que pelo do tigre?

— O laboratório forense me telefonou quando eu estava saindo para vir para cá. Sabe aquele terceiro pelo não identificado no roupão azul de Jodi? Era de um tigre-de-bengala. — Jane tirou do bolso um saco de provas. — Leon Gott tem uma cabeça de tigre empalhada na parede. Qual é a chance de haver dois assassinos que tenham tido contato com um tigre?

Maura fitou os pelos no saco de provas.

— Isso deixa seu caso bem mais convincente. Afora o zoológico, você não vai encontrar muitos... — Ela se deteve, olhou para Jane. — O zoológico tem um tigre-de-bengala. E se o pelo for de um animal vivo?

O zoológico.

Uma lembrança invadiu de súbito a mente de Jane. A jaula do leopardo. Debra Lopez, ferida e sangrando a seus pés. E o veterinário, o Dr. Oberlin, agachado sobre o corpo, exercendo pressão sobre o peito dela ao tentar desesperadamente reanimá-la. Alto, louro, olhos azuis. *Exatamente como Johnny Posthumus.*

Jane pegou o celular.

Meia hora depois, o Dr. Alan Rhodes retornava a ligação.

— Não sei o que você pretende, mas encontrei uma fotografia de Greg Oberlin. Não é muito boa. Foi tirada num evento beneficente, algumas semanas atrás. Do que se trata tudo isso, afinal?

— O senhor não comentou nada com o Dr. Oberlin, não é? — perguntou Jane.

— Você me pediu para não comentar. Sinceramente, não me sinto à vontade agindo pelas costas dele. É assunto policial?

— Não posso dar detalhes, Dr. Rhodes. É confidencial. O senhor pode me mandar a fotografia por e-mail?

— Agora?

— Agora. — Em voz alta, Jane disse: — Maura, preciso usar seu computador. Ele vai mandar a foto.

— Está no escritório.

Quando Jane se sentou à escrivaninha de Maura e entrou em seu e-mail, a fotografia já estava na caixa de entrada. Rhodes havia explicado que o retrato tinha sido tirado num evento beneficente do zoológico, e tratava-se evidentemente de uma festa de gala. Havia meia dúzia de convidados sorridentes posando num salão de festas, com taças de vinho na mão. O Dr. Oberlin se achava no canto da imagem, o rosto parcialmente virado para pegar o salgadinho de uma bandeja.

— Estou vendo a foto — disse ela a Rhodes por telefone. — Mas não é uma boa imagem. O senhor não tem outras?

— Eu precisaria procurar. Ou posso simplesmente pedir a ele.

— Não! *Não* peça a ele.

— Você pode, por favor, me dizer do que se trata tudo isso? Vocês não estão investigando Greg, estão? Porque ele é um homem muito íntegro.

— O senhor sabe se ele já esteve na África?

— O que isso tem a ver?

— O senhor sabe se ele já visitou a África?

— Com certeza sim. A mãe dele é de Johannesburgo. Olha, você precisa perguntar ao próprio Greg. Eu me sinto desconfortável.

Jane ouviu passos e se virou, deparando com Millie

— O que você acha? — perguntou. — É ele?

Millie não respondeu. Apenas fixou os olhos na fotografia, as mãos agarradas no encosto da cadeira de Jane. O silêncio se prolongou por tanto tempo que a tela do computador ficou escura, e Jane precisou acendê-la novamente.

— É Johnny? — perguntou.

— Pode ser — sussurrou ela. — Não sei.

— Rhodes — disse Jane pelo telefone. — Preciso de uma fotografia melhor.

Ela o ouviu suspirar.

— Vou pedir ao Dr. Mikovitz. Ou talvez a secretária dele tenha alguma coisa no departamento de relações públicas.

— Não, são pessoas demais envolvidas.

— Olha, não sei de que outro jeito você vai conseguir uma fotografia. A menos que venha aqui com sua própria câmera.

Jane fitou Millie, cujos olhos ainda se achavam cravados na imagem do Dr. Gregory Oberlin. E disse:

— É exatamente o que vou fazer.

31

Ela garante que estou protegida. Garante que não terei de encontrá-lo porque tudo será feito através de vídeo e haverá muitos policiais no local. Fico com o detetive Frost no estacionamento e, do carro dele, observo as famílias na entrada. Elas parecem felizes, animadas com a perspectiva de um dia no zoológico. É sábado, finalmente faz sol e tudo parece diferente, claro, vivo. Sinto a diferença também em mim mesma. Sim, estou nervosa e com medo, mas, pela primeira vez em seis anos, acho que o sol está prestes a ressurgir em minha vida, e logo todas as sombras se dissiparão.

O detetive Frost atende o celular.

— É, ainda estamos no estacionamento. Vou levá-la para dentro agora. — Ele olha para mim. — Rizzoli está interrogando o Dr. Oberlin na unidade de tratamento de animais, que fica na parte sul do zoológico. Não vamos chegar nem perto de lá. Você não tem com o que se preocupar. — Ele abre a porta. — Vamos, Millie.

Ele está a meu lado quando nos dirigimos à entrada. Nenhum dos funcionários da bilheteria sabe que está acontecendo uma operação policial, e entramos do mesmo jeito que todos os demais visitantes: entregando os tíquetes e passando pela roleta. A primeira área de exibição com que me deparo é a lagoa de flamingos, e penso em minha filha, Violet, que já testemunhou o espetáculo de milhares de flamingos na África. Sinto pena dessas crianças da cidade, para quem os flamingos sempre serão representados por uma dúzia de aves letárgicas num lago de concreto. Não tenho chance de ver nenhum outro animal, porque o detetive Frost me leva direto para o prédio administrativo.

Aguardamos numa sala de reunião, mobiliada com uma mesa de teca comprida, uma dúzia de cadeiras confortáveis e um rack cheio de equipamentos de vídeo. Na parede, há menções honrosas e prêmios emoldurados do Zoológico de Suffolk e sua equipe. EXCELÊNCIA EM DIVERSIDADE. EXCELÊNCIA EM MARKETING. PRÊMIO R. MARLIN PERKINS. MELHOR EXIBIÇÃO DO NORDESTE DOS ESTADOS UNIDOS. É a sala em que eles se vangloriam, em que mostram aos visitantes o quanto a instituição é respeitada.

Na parede oposta, vejo o currículo de diversos membros da equipe, e meus olhos se voltam para os do Dr. Oberlin. Quarenta e quatro anos. Bacharel em ciências pela Universidade de Vermont. Doutor em medicina veterinária pela Cornell. Não há nenhuma fotografia.

— Talvez demore um pouco, por isso temos de ser pacientes — avisa o detetive Frost.

— Já esperei seis anos — respondo. — Posso esperar um pouco mais.

32

Com um metro e noventa, cabelo louro e olhos azuis, o Dr. Gregory Oberlin se assemelhava muito ao retrato do passaporte de Johnny Posthumus. Tinha o mesmo queixo quadrado e a mesma testa larga, que agora se franzia enquanto ele observava, intrigado, Jane apertar REC na câmera.

— É necessário mesmo gravar? — perguntou.

— Quero ter um registro preciso. Além do mais, assim não preciso fazer anotações. E posso me concentrar no interrogatório.

Jane sorriu ao se sentar. Havia ruídos ao fundo, barulhos de animais nas jaulas veterinárias que ficavam próximas ao escritório do Dr. Oberlin, mas aquele lugar teria de servir. Ela queria vê-lo num local familiar, onde ele ficasse relaxado. Um interrogatório na delegacia certamente o alarmaria.

— Fico feliz de saber que vocês estão investigando a morte da Debra — disse ele. — Isso tem me incomodado. Muito.

— O que exatamente? — perguntou Jane.

— Um acidente desse tipo não deveria ter acontecido. Debra e eu trabalhamos juntos durante muitos anos. Ela não era uma pessoa negligente e sabia os cuidados que precisava tomar com os felinos. Não consigo imaginá-la se esquecendo de algo tão simples quanto trancar a jaula noturna do leopardo.

— Dr. Rhodes diz que mesmo funcionários experientes já fizeram isso.

— É verdade. Já houve acidentes em bons zoológicos, com funcionários antigos. Mas Debra era o tipo de pessoa que não saía de casa sem conferir se tinha desligado o gás e se certificar de que as janelas estavam trancadas.

— O que o senhor está sugerindo? Que alguém teria aberto a jaula noturna?

— É o que vocês devem estar pensando, não? Imaginei que fosse por isso que queriam me interrogar.

— Havia algum motivo para Debra estar descuidada naquele dia? — perguntou Jane. — Alguma coisa que a teria distraído?

— Nós tínhamos terminado alguns meses antes, mas ela parecia estar bem. Não sei de nada que a estivesse incomodando.

— O senhor me disse que foi ela quem terminou o namoro.

— Foi. Eu quero ter filhos, ela não queria. Não tem como achar um meio-termo nessa questão. Não houve nenhum ressentimento entre nós, e nunca deixei de gostar dela. É por isso que realmente preciso saber se deixamos passar algo.

— Se ela não deixou o portão destrancado, quem o senhor acha que o teria aberto?

— Esse é o problema, não sei! A área dos funcionários não fica à vista dos visitantes, por isso, teoricamente, qualquer pessoa poderia ter ido lá atrás sem ser visto.

— Ela tinha algum inimigo?

— Não.

— Um novo namorado?

Pausa.

— Acho que não.

— O senhor não me parece muito seguro.

— A gente não se falava muito nos últimos tempos, só de trabalho. Sei que ela ficou abalada no dia em que fiz a eutanásia no Kovo, mas realmente não tive escolha. Tentamos mantê-lo vivo pelo máximo de tempo possível. No fim, era crueldade deixá-lo sofrer.

— Então Debra estava abalada com alguma coisa.

— É, e irritada também com o fato de Kovo ser empalhado para um milionário idiota. Ainda mais quando ela descobriu que o idiota era Jerry O'Brien.

— O senhor não gosta dele, imagino.

— Ele considera a África seu matadouro particular. E se gaba disso naquele programa de rádio. Então claro que sim, ela estava chateada, e eu também. Parte da nossa missão é a preservação dos animais selvagens. No mês que vem devo ir a Johannesburgo para uma conferência sobre proteção de espécies raras. E aqui fizemos um acordo com o diabo, por dinheiro.

— Então o senhor vai à África — disse ela. — Já esteve lá?

— Já. Minha mãe é de Johannesburgo, temos família na cidade.

— E Botsuana? Estou pensando em visitar. O senhor já esteve lá?

— Já. Você com certeza deveria ir.

— Quando esteve lá?

— Não sei, há uns sete, oito anos. É lindo, um dos últimos lugares realmente selvagens do planeta.

Ela interrompeu a gravação.

— Obrigada. Acho que temos todas as informações de que precisamos.

Ele estranhou.

— Era só isso que vocês queriam saber?

— Se eu tiver alguma outra pergunta, entro em contato.

— Vocês vão dar prosseguimento à investigação, não é? — perguntou ele enquanto ela guardava a câmera. — Fico incomodado com o fato de o caso ter sido automaticamente considerado um acidente.

— No momento, Dr. Oberlin, é difícil considerá-lo qualquer outra coisa que não um acidente. Todo mundo está sempre me dizendo que os felinos são perigosos.

— Me avise se precisar de alguma coisa. Farei tudo que estiver a meu alcance para ajudar.

Você já fez, pensou ela ao sair do escritório dele, levando a câmera. O sábado de sol havia trazido uma multidão ao zoológico, e ela precisou abrir caminho entre as pessoas para se deslocar. Agora tudo poderia ser agilizado. Quatro policiais à paisana já se achavam no local, esperando a ordem de Jane para prender Oberlin. Uma equipe de perícia apreenderia o computador e os arquivos eletrônicos dele, e Maura já coletava amostras do tigre-de-bengala do zoológico para o laboratório. A armadilha estava pronta, e tudo de que Jane precisava para acioná-la era uma identificação positiva de Millie.

Quando entrou na sala de reunião do prédio administrativo, onde Frost e Millie a aguardavam, Jane sentia a tensão percorrer seu corpo. Como o caçador que avista a caça, ela já sentia no ar o cheiro de sangue da presa.

Jane conectou a câmera ao monitor do vídeo e se virou para Millie, que estava de pé, as mãos segurando o encosto da cadeira com tanta força que os tendões pareciam prestes a se romper. Para Jane, aquilo era apenas uma caçada. Para Millie, podia ser o fim de seus pesadelos. Ela fitava o monitor do vídeo como o prisioneiro que implora por absolvição.

— Aqui vamos nós — disse Jane, apertando o PLAY.

A tela ganhou vida, e o Dr. Oberlin surgiu, a testa franzida para a câmera.

"É necessário mesmo gravar?"

"Quero ter um registro preciso. Além do mais, assim não preciso fazer anotações. E posso me concentrar no interrogatório."

À medida que o vídeo passava, Jane mantinha os olhos fixos em Millie. O único ruído na sala era a gravação das perguntas de Jane, as respostas de Oberlin. Millie estava rígida, as mãos ainda agarradas à cadeira, como se ela fosse o único apoio possível naquela sala. Ela não se mexia, não parecia nem respirar.

— Millie? — perguntou Jane. Ela apertou o PAUSE, e o rosto de Gregory Oberlin congelou na tela. — É ele? É Johnny?

Millie a encarou.

— Não — sussurrou.

— Mas você viu a fotografia dele ontem. Disse que talvez fosse.

— Eu estava enganada. Não é ele. — As pernas de Millie bambearam, e ela desabou numa cadeira. — Não é Johnny.

A resposta dela fez com que todos perdessem o fôlego. Jane tinha certeza de que o assassino estava a um passo da armadilha. Agora, em vez do homem-leopardo, eles pareciam ter capturado o Bambi. Era isso que ela ganhava por apostar todas as fichas numa única testemunha instável, de memória duvidosa.

— Meu Deus — murmurou. — Então voltamos ao *nada*.

— O que é isso, Rizzoli? — interveio Frost. — Ela nunca afirmou com certeza que era ele.

— Marquette já está no meu pé por causa da viagem à Cidade do Cabo. E agora isso!

— O que você esperava? — perguntou Millie. Ela olhou para Jane com súbita raiva. — Para você, é só um quebra-cabeça, e você achou que eu tinha a peça que faltava. E se eu não tiver?

— Olha, estamos todos cansados — disse Frost, como sempre bancando o mediador. — Acho que devíamos respirar. Talvez comer alguma coisa.

— Eu fiz o que você pediu. Não sei o que mais posso fazer por você! — exasperou-se Millie. — Agora quero ir para casa.

Jane suspirou.

— Tudo bem. Sei que foi um dia difícil para você. Vou pedir a um policial para levá-la à casa de Maura.

— Não, quero ir para *minha* casa. Para Touws River.

— Olha, desculpa eu ter gritado com você. Amanhã reveremos tudo. Talvez tenha alguma coisa...

— Para mim, chega. Estou com saudade da minha família. Vou para casa. — Millie empurrou a cadeira para trás e se levantou, os olhos iluminados por uma fúria que Jane ainda não vira nela. *Essa* foi a mulher que sobreviveu a todas as adversidades da selva, a mulher que se recusou a sucumbir e morrer. — Vou embora amanhã.

O celular de Jane tocou.

— Podemos falar sobre isso mais tarde.

— Não há nada o que falar. Se você não me arranjar um voo, eu mesma arranjo. Para mim, *chega*. — Ela se retirou da sala.

— Millie, espere — pediu Frost, seguindo-a pelo corredor. — Vou pedir a alguém para levá-la.

Irritada, Jane atendeu o celular:

— Rizzoli.

— Parece que essa não é uma boa hora — disse a perita forense Erin Volchko.

— Na verdade, é uma péssima hora. Mas diga. O que houve?

— Isso pode ou não melhorar seu humor. É sobre aquelas amostras de pelo que vocês coletaram do tigre-de-bengala empalhado. Na casa de Gott.

— O que tem elas?

— Os pelos são quebradiços, com estreitamento e fusão da cutícula. Desconfio de que esse tigre tenha sido morto e empalhado há algumas décadas, porque os pelos mostram transformações resultantes do tempo e radiação ultravioleta. Isso é um problema.

— Por quê?

— O pelo de tigre encontrado no roupão de Jodi Underwood não revelava nenhum sinal de degradação. É novo.

— Como o de um tigre vivo? — Jane suspirou. — É uma pena. Acabamos de riscar da nossa lista o veterinário do zoológico.

— Você me disse que outros dois funcionários do zoológico tinham passado na casa de Gott aquele dia, para entregar a carcaça do leopardo-das-neves. A roupa deles provavelmente estava cheia de pelos de todo tipo de animal. Eles podem ter deixado pelos na casa, que se prenderam na roupa do assassino. Isso também poderia explicar a existência do pelo do tigre no roupão de Jodi Underwood.

— Portanto ainda poderíamos estar falando de um mesmo assassino, em ambos os casos.

— Exatamente. Essa é uma boa ou má notícia?

— Não sei.

Jane desligou o celular com um suspiro. *Não faço a menor ideia de como isso tudo se encaixa.* Frustrada, ela desplugou a câmera do monitor, enrolou os fios e guardou tudo. Pensou nas perguntas que enfrentaria na reunião do dia seguinte e em como defenderia suas decisões, sem falar nas despesas. Crowe a devoraria como um abutre, e o que ela poderia dizer?

Pelo menos fui à Cidade do Cabo.

Empurrou o rack para o canto da sala onde o havia encontrado, deixando-o junto à parede. E se deteve quando algo lhe chamou a atenção. Pendurados ali, havia os nomes e as qualificações da equipe do Zoológico de Suffolk. O Dr. Mikovitz, os veterinários e diversos especialistas em aves, primatas, anfíbios e mamíferos de grande porte. Foi no currículo de Alan Rhodes que ela se concentrou.

DR. ALAN RHODES.

BACHAREL EM CIÊNCIAS, CURRY COLLEGE. PHD, TUFTS UNIVERSITY.

Natalie Toombs também havia estudado na Curry College

Alan Rhodes era veterano no ano em que Natalie desapareceu. Ela havia saído de casa para estudar com um homem chamado Ted e nunca mais fora vista — apenas quatorze anos depois, quando seus ossos surgiram envoltos numa lona, os tornozelos amarrados com uma corda de náilon laranja.

Jane saiu às pressas da sala de reunião e subiu a escada rumo à administração do zoológico.

A secretária a fitou com uma sobrancelha erguida quando Jane entrou correndo na sala.

— Se você está procurando o Dr. Mikovitz, ele deu uma saída.

— Onde está o Dr. Rhodes? — perguntou Jane.

— Posso te dar o número do celular dele. — A secretária abriu a gaveta e tirou dali a caderneta de telefones do zoológico. — Vou procurar.

— Não, quero saber onde ele *está*. Ele ainda está trabalhando?

— Está, sim. Provavelmente na jaula do tigre. Foi onde eles marcaram o encontro.

— Encontro?

— A patologista. Ela queria pelos do tigre para um estudo que está fazendo.

— Meu Deus! — exclamou Jane. *Maura*

33

— Ele é lindo! — disse Maura, fitando a jaula.

Do outro lado da grade, o tigre-de-bengala retribuía seu olhar, balançando o rabo. Perfeitamente camuflado, estava quase invisível senão por aqueles olhos alertas que a espiavam em meio à vegetação e pela cauda, que balançava sinuosamente.

— Esse é um animal que se alimenta de carne humana — observou Alan Rhodes. — Restam apenas alguns milhares no mundo. Invadimos de tal modo seu hábitat que é inevitável que eles matem algumas pessoas de vez em quando. Quando olhamos esse felino, entendemos por que os caçadores os estimam tanto. Não somente pela pele, mas pelo desafio de derrotar um predador tão formidável. É perverso, não é? Que os seres humanos queiram matar os animais que mais admiram?

— Fico completamente satisfeita em admirá-lo a distância.

— Ah, não vamos precisar nos aproximar muito. Assim como qualquer felino, o tigre solta muito pelo. — Ele a encarou. — Por que você precisa desses pelos?

— É para uma análise forense. O laboratório está precisando de uma amostra de pelo de tigre-de-bengala, e calhou de eu conhecer alguém com acesso ao animal. Aliás, obrigada.

— É para algum caso? Não tem nada a ver com Greg Oberlin, tem?

— Desculpe, mas não posso falar a respeito. Entende?

— Claro. A curiosidade está me matando, mas você tem um trabalho a fazer. Então vamos para a entrada dos funcionários. Você deve encontrar pelos na jaula noturna. A menos que queira arrancá-los do dorso do próprio animal, mas nesse caso eu te deixaria por conta própria.

Ela soltou uma risada.

— Não, pelos que soltaram há pouco tempo servem.

— É um alívio, porque não é uma boa ideia se aproximar desse rapaz. São 230 quilos de músculos e dentes.

Rhodes a conduziu pelo caminho onde se lia APENAS FUNCIONÁRIOS. Oculta pela vegetação cerrada, a trilha dos funcionários cortava como um cânion as jaulas do tigre e do puma. Os muros impediam que os animais fossem vistos, mas Maura quase podia sentir a força deles através do concreto e se perguntou se os felinos também podiam sentir a presença dela. Se estariam, naquele momento, acompanhando seu deslocamento pela trilha. Embora Rhodes estivesse totalmente à vontade, ela ficava olhando para os muros, esperando ver um par de olhos amarelos fitando-a.

Eles alcançaram a entrada traseira da jaula do tigre, e Rhodes abriu o portão.

— Posso levá-la à jaula noturna. Ou você pode esperar aqui, e pego os pelos para você.

— Eu mesma preciso fazer isso. É para a cadeia de custódia.

Ele entrou no cercado e destravou o portão da jaula noturna.

— É toda sua. A jaula ainda não foi limpa, então deve ter um bocado de pelos. Vou esperar ali fora.

Maura entrou na jaula noturna. Era um lugar coberto, de cerca de quatro metros quadrados, com um bebedouro embutido e uma saliência de concreto para o animal dormir. No canto, uma tora de árvore revelava talhos profundos nos pontos em que o tigre havia afiado as garras, um lembrete brutal de sua força. Debruçando-se sobre a tora, ela se lembrou dos cortes paralelos no corpo de Leon Gott, tão semelhantes àqueles. Havia um tufo de pelos preso no tronco, e ela pegou no bolso a pinça e os sacos de prova.

O celular tocou.

Ela deixou a ligação cair na caixa postal e se concentrou no trabalho. Guardou a primeira amostra, fechou o saco plástico e correu os olhos pela jaula. Viu mais pelos na saliência de concreto onde o tigre dormia.

O telefone tocou novamente.

Enquanto ela coletava a segunda amostra, o telefone tocava, estridente, urgente, recusando-se a ser ignorado. Ela deixou os pelos num segundo saco plástico e pegou o celular Mal tinha dito "Alô" quando a voz de Jane se fez ouvir·

— Onde você está?

— Estou coletando os pelos do tigre

— O Dr. Rhodes está com você?

— Está esperando do lado de fora da jaula. Você precisa falar com ele?

— Não. Escuta. Preciso que você se afaste dele.

— O quê? Por quê?

— Fique calma, continue sendo simpática. Não deixe ele ver que tem alguma coisa errada.

— O que está acontecendo?

— Estou indo para aí agora mesmo e já chamei o resto da equipe para nos encontrar. Chegaremos em poucos minutos, no máximo. Só se afaste de Rhodes.

— Jane...

— *Agora*, Maura!

— Tudo bem. Tudo bem.

Ela respirou fundo, mas não conseguiu se acalmar. Ao desligar o aparelho, suas mãos tremiam. Olhou para o saco de provas que estava segurando. Pensou em Jodi Underwood e no pelo de tigre que se achava preso em seu roupão azul. Pelo tinha sido passado pelo assassino. Assassino que trabalhava com felinos de grande porte, que sabia como eles caçavam e como matavam.

— Dra. Isles? Está tudo bem?

A voz de Rhodes se achava surpreendentemente próxima. Ele tinha entrado de maneira tão silenciosa na jaula que Maura não havia notado que ele estava bem atrás dela. Perto o bastante para ter ouvido a conversa com Jane. Perto o bastante para ver que sua mão tremia ao guardar o telefone no bolso.

— Está tudo bem, sim. — Ela conseguiu abrir um sorriso. — Já acabei aqui.

Ele a fitou tão atentamente que ela quase podia sentir o olhar dele entrando em seu cérebro. Ela fez menção de sair, mas ele se manteve firmemente plantado entre ela e a porta da jaula.

— Já peguei tudo de que precisava — insistiu ela.

— Tem certeza?

— Se você me der licença, eu gostaria de ir embora agora.

Por um instante, ele pareceu considerar suas opções. Então se pôs de lado, e ela avançou, passando perto o bastante para os ombros se tocarem. Com certeza, ele sentia o cheiro do medo em sua pele. Ela não olhou nos olhos dele, não ousou se virar para trás ao sair da jaula. Apenas avançou pela trilha reservada aos funcionários, o coração quase saindo pela boca. Ele estaria seguindo-a? Estaria cada vez mais perto?

— Maura! — Era Jane, chamando-a de algum lugar além da muralha de vegetação. — Onde você está?

Ela se pôs a correr em direção à voz. Passou por um emaranhado de arbustos para o espaço aberto e viu Jane e Frost com outros policiais. Todas as armas se ergueram ao mesmo tempo, e Maura se deteve quando os seis canos foram apontados para ela.

— Maura, *não se mexa*! — pediu Jane.

— O que vocês estão fazendo?

— Venha na minha direção. Devagar. *Não corra.*

As armas ainda estavam apontadas em sua direção, mas o olhar deles não se achava sobre ela. Olhavam alguma coisa atrás de Maura. Ela sentiu um arrepio.

Virou-se, deparando-se com olhos cor de âmbar. Por alguns instantes, ela e o tigre se entreolharam, presa e predador, encerrados naquele olhar. Então Maura notou que não era a única a encará-lo. Jane havia se aproximado e, nesse momento, se posicionava à sua frente, para ficar entre ela e o tigre.

Confuso com aquele novo agressor, o animal recuou.

— Atire, Oberlin! — gritou Jane. — Atire agora!

Ouviu-se um estampido. O tigre se encolheu quando o dardo tranquilizante atingiu seu ombro. Não recuou, mantendo-se onde estava, os olhos fixos em Jane.

— Atire de novo! — exigiu Jane.

— Não — respondeu Oberlin. — Não quero matá-lo! A droga precisa de um tempo para fazer efeito.

O tigre pendeu para o lado, recobrou o equilíbrio. Começou a cambalear num círculo inebriado.

— Ele está caindo! — disse Oberlin. — Mais alguns segundos, e estará...

Oberlin se deteve quando gritos irromperam da área de visitação. As pessoas corriam, dispersando-se em pânico.

— Puma! — berrou alguém. — O puma fugiu!

— Que merda que está acontecendo? — exasperou-se Jane.

— É Rhodes — respondeu Maura. — Ele está soltando os felinos!

Rapidamente, Oberlin recarregou a pistola de dardos tranquilizantes.

— Tirem todos daqui! Temos que evacuar a área!

As pessoas não precisavam ser convencidas. Já se precipitavam em direção à saída numa torrente de pais histéricos e filhos em prantos. O tigre-de-bengala estava sedado, mas o puma... Onde estava o puma?

— Dê o fora daqui, Maura — pediu Jane.

— E você?

— Vou ficar com Oberlin. Precisamos encontrar o puma. Vá!

Ao se juntar à multidão em fuga, Maura não conseguia parar de olhar para trás. Ficava pensando em como o puma a observara durante sua última visita e na possibilidade de ele a estar perseguindo naquele momento, perseguindo qualquer pessoa. Quase tropeçou numa criança que gritava, caída no chão. Pegou o menino no colo, procurou a mãe e avistou uma jovem que, desesperada, corria os olhos pela multidão enquanto fazia malabarismo para segurar um bebê e uma bolsa.

— Eu o achei! — gritou Maura.

— Meu Deus, você está aí! Meu Deus...

— Eu levo ele. Vamos!

A saída estava cheia de pessoas que se atropelavam para passar pelas roletas. Um funcionário do zoológico abriu um portão e a multidão saiu em debandada, avançando como uma onda pelo estacionamento. Maura entregou o menino à mãe e ficou ao lado das roletas para esperar notícias de Jane.

Meia hora depois, o celular tocou.

— Você está bem? — perguntou Jane.

— Estou aqui na saída. E o puma?

— Foi dominado. Oberlin teve que atirar dois dardos, mas o animal já está na jaula. Minha nossa, que desastre! — Ela se deteve. — Rhodes fugiu. Durante o caos, saiu com a multidão.

— Como você soube que era ele?

— Há quatorze anos, ele frequentou a mesma faculdade de Natalie Toombs. Ainda não tenho nenhuma prova, mas imagino que Natalie tenha sido uma de suas primeiras vítimas. Talvez a primeira. Foi você que viu tudo, Maura.

— Eu só vi...

— A *gestalt*, como você diz. O quadro geral. Tudo se resumia ao padrão das mortes. Leon Gott. Natalie Toombs. Os mochileiros, os caçadores. Meu Deus, eu devia ter te ouvido.

Maura balançou a cabeça, confusa.

— E os homicídios de Botsuana? Rhodes não se parece nada com Johnny Posthumus. Qual é a relação entre esses assassinatos e os outros?

— Acho que não têm relação nenhuma.

— E Millie? Ela se encaixa nessa história de alguma maneira?

Pelo telefone, Maura ouviu Jane suspirar.

— Talvez, não. Talvez eu tenha me enganado o tempo todo.

34

— Quebre! — pediu Jane a Frost.

O vidro se partiu, estilhaços voando para o lado da casa, caindo no chão de azulejos. Em poucos segundos, ela e Frost tinham cruzado o vão da porta e se achavam na cozinha de Alan Rhodes. Com a arma na mão, Jane olhou de relance para a louça acomodada no escorredor, a bancada imaculada, a geladeira de aço inoxidável. Tudo parecia em ordem e limpo. Limpo demais.

Ela e Frost atravessaram o corredor até a sala, Jane avançando na frente. Olhou para a esquerda, para a direita, não viu nenhum movimento, nenhum sinal de vida. Viu uma estante de livros, um sofá, uma mesinha de centro. Nada fora do lugar, nem uma revista. A casa de um homem solteiro com TOC.

Do pé da escada, espiou o segundo andar, tentando ouvir alguma coisa além do batimento de seu coração. Tudo parecia calmo ali em cima, silencioso como um túmulo.

Frost tomou a dianteira quando eles subiram a escada. Embora fizesse frio na casa, a blusa de Jane já estava molhada de suor. O animal mais perigoso é aquele que está encurralado, e àquela altura Rhodes já devia ter entendido que era o fim do jogo. Eles chegaram ao segundo andar. Havia três portas. Na primeira, ficava um quarto com pouca mobília. Sem poeira, sem bagunça. Será que ali morava de fato um ser humano? Ela avançou para o closet, abriu-o de repente. Os cabides pendiam, vazios.

De volta ao corredor, passaram pelo banheiro e chegaram à última porta.

Mesmo antes de entrar no cômodo, ela já sabia que Rhodes não estava ali. Provavelmente jamais voltaria. Ela correu os olhos pelas paredes nuas. A cama queen size tinha uma colcha branca, austera. A cômoda se achava vazia e limpa. Ela pensou em sua própria cômoda, repleta de chaves, moedas, meias e sutiãs. Dava para saber muito sobre uma pessoa só de olhar para o que havia sobre sua cômoda, e o que ela via ali, na cômoda de Alan Rhodes, era um homem sem identidade. *Quem é você?*

Da janela do quarto, olhou para a rua, onde uma viatura da polícia de Danvers acabava de estacionar. Aquele bairro ficava fora da jurisdição da polícia de Boston, mas, na pressa de prender Rhodes, ela e Frost não tinham desperdiçado tempo esperando o auxílio dos detetives de Danvers. Agora haveria toda uma chateação burocrática.

— Tem um alçapão aqui — disse Frost, dentro do closet.

Ela se pôs ao lado dele e olhou para o teto, de onde pendia uma corda. Provavelmente aquilo levava ao sótão, onde as famílias guardam caixas que nunca abrem, cheias de objetos que não conseguem jogar fora. Frost puxou a corda e o alçapão se abriu, revelando uma escada suspensa e um espaço escuro acima. Eles trocaram um olhar tenso, e Frost subiu a escada.

— Está tudo bem — gritou. — É só um monte de tralha.

Ela subiu a escada logo em seguida e acendeu a lanterna de bolso. Na penumbra, viram diversas caixas de papelão. Aquele poderia ser o sótão de qualquer pessoa, um depósito de entulho e daqueles comprovantes de pagamento de impostos de que tememos precisar um dia, quando a Receita Federal exigir. Ela abriu uma caixa e viu extratos bancários e documentos de empréstimo. Dirigiu-se à caixa seguinte, depois à outra. Deparou-se com exemplares da *Biodiversity and Conservation*. Roupas de cama e de banho antigas. Livros e mais livros. Não havia nada ali que ligasse Rhodes a nenhum crime, muito menos assassinato.

Será que cometemos outro engano?

Ela desceu a escada suspensa e voltou ao quarto, com suas paredes nuas e colcha imaculada. A apreensão cresceu quando outra viatura surgiu lá fora. O detetive Crowe saiu do veículo, e ela sentiu a pressão arterial subir ao vê-lo caminhar até a casa. Instantes depois, batiam à porta. Ela desceu a escada e encontrou Crowe sorrindo para ela da varanda.

— E aí, Rizzoli, ouvi dizer que Boston não é grande o bastante para você. Você agora deu para arrombar portas em áreas residenciais afastadas da cidade? — Ele entrou e caminhou lentamente pela sala. — O que você sabe sobre esse cara?

— Ainda estamos investigando.

— Engraçado, porque ele não é fichado. Nunca foi preso, nunca foi condenado. Tem certeza de que está seguindo o cara certo?

— Ele fugiu, Crowe. Soltou dois felinos de grande porte para garantir a fuga e, desde então, não foi mais visto. Isso faz a morte de Debra Lopez parecer cada vez menos um acidente.

— Homicídio usando um leopardo? — Crowe lançou a ela um olhar cético. — Por que ele mataria uma funcionária do zoológico?

— Não sei.

— Por que matou Gott? E Jodi Underwood?

— Não sei.

— Você não sabe de muitas coisas.

— Existem pistas que o ligam a Jodi Underwood. O pelo de tigre no roupão da vítima. Também sabemos que ele estudava na Curry College no ano em que Natalie Toombs desapareceu, portanto existe um elo também nesse caso. Você se lembra de que a Natalie foi vista pela última vez saindo para estudar com um cara chamado Ted? O segundo nome de Rhodes é Theodore. De acordo com o currículo que vi no zoológico, antes de começar a faculdade ele passou um ano na Tanzânia. Talvez ele tenha aprendido sobre o culto ao leopardo lá.

— É tudo muito circunstancial. — Crowe fez um gesto, indicando aquela sala estéril. — Não vejo nada aqui que grite "homem-leopardo".

— Talvez isso seja significativo. Aqui não tem nada de *nada*. Não tem fotografias, não tem quadros, não tem nem um DVD ou um CD que nos fale sobre o gosto pessoal dele. Os livros e as revistas são todos relacionados a trabalho. O único remédio no banheiro é aspirina. E sabe o que mais não tem?

— O quê?

— Espelhos. Só tem um minúsculo espelho de barbear no banheiro do andar de cima.

— Talvez ele não ligue para a aparência. Ou você vai me dizer que Rhodes é um vampiro?

Ela desviou os olhos quando ele soltou uma risada.

— Essa casa é um grande vazio. É como se ele tivesse tentado mantê-la só para exibição.

— Ou talvez seja exatamente quem ele é. Um cara totalmente sem graça, sem nada a esconder.

— *Deve* ter alguma coisa aqui. Só não encontramos ainda.

— E se vocês não encontrarem?

Ela se recusava a cogitar a possibilidade porque sabia que estava certa. *Tinha* de estar certa.

Mas, à medida que a tarde virava noite e a equipe de peritos vasculhava a casa em busca de provas, ela se sentia cada vez mais tensa ante a incerteza. Não conseguia acreditar que havia cometido um engano, mas começava a parecer que sim. Eles tinham invadido a casa de um homem sem ficha policial. Tinham quebrado uma janela e revirado a casa, mas não encontraram nada que estabelecesse uma relação com os assassinatos, nem mesmo um pedaço de corda de náilon. Também haviam atraído a atenção dos vizinhos curiosos, e eles não tinham nada de ruim a dizer sobre Alan Rhodes, embora todos admitissem que não o conheciam bem. *Ele era calado, educado. Não parecia ter namorada. Gostava de cuidar do jardim, sempre trazendo para casa sacos de adubo.*

Esse último comentário levou Jane a dar mais uma olhada no quintal. Ela já havia percorrido todo o terreno, que tinha cerca de 4 mil metros quadrados e ficava ao lado de uma área de conservação ambiental. No escuro, vasculhou o solo repleto de mato e arbustos com o feixe da lanterna. Dirigiu-se à extremidade do terreno, onde uma cerca delimitava a propriedade. Ali havia uma pequena elevação com roseiras, os caules esguios agora nus. Ficou olhando aquele trecho estranho do terreno, perguntando-se sobre aquele montículo de terra. Num jardim todo plano, ele sobressaía como um vulcão. Estava tão concentrada naquilo que só notou a aproximação de Maura quando o feixe da lanterna atingiu seus olhos.

— Encontrou alguma coisa? — perguntou Maura.

— Nenhum cadáver para você estudar. — Ela franziu o rosto. — O que você está fazendo aqui?

— Não consegui me conter.

— Você precisa melhorar sua vida social.

— Essa *é* minha vida social. — Maura se deteve. — O que é bem patético.

— Não tem nada aqui — disse Jane, em desalento. — Como Crowe não para de me lembrar.

— É Rhodes, Jane. Eu sei que é ele.

— Com base em quê? Estamos falando de *gestalt* de novo? Porque não tenho nada para usar no tribunal.

— Ele teria 20 anos quando matou Natalie Toombs. Ela pode ter sido a única vítima de Boston até ele matar Gott. O motivo de termos dificuldade em enxergar um padrão é ele ser esperto demais para matar no mesmo lugar. Ampliou seu território ao Maine. A Nevada e Montana. Isso torna sua assinatura nesses crimes quase impossível de ser identificada.

— Como explicamos Leon Gott e Jodi Underwood? Foram homicídios imprudentes, ambos no mesmo dia. A 15 quilômetros de distância um do outro.

— Talvez ele esteja perdendo o controle.

— Não há nenhuma indicação disso na casa. Você deu uma olhada lá dentro? Está tudo na mais perfeita ordem. Não existe nenhum sinal de que há um monstro aqui.

— Então ele tem outro lugar. Uma toca, onde os monstros vivem.

— Essa é a única propriedade que Rhodes possui, e não conseguimos achar nem um pedaço de corda aqui. — Frustrada, Jane chutou a terra e estranhou o fato de a roseira pender para o lado. Puxou o caule nu e sentiu uma mínima resistência das raízes. — Faz pouco tempo que isso foi plantado.

— É estranho, esse monte de terra. — Maura passou o feixe da lanterna pelo gramado, pelos arbustos e pedras do jardim. — Não parece haver nenhuma outra plantação recente. Só aqui.

Jane fitou o pequeno monte de terra e sentiu um calafrio ao entender o que ele representava. *Terra. De onde veio toda essa terra?*

— É aqui, debaixo dos nossos pés — disse. — A toca dele.

Ela subiu no gramado, procurando uma abertura, uma fenda na terra, qualquer coisa que indicasse a existência de um alçapão que conduzisse ao subsolo, mas o jardim estava escuro. Eles podiam levar dias para escavá-lo. E se não encontrassem nada? Ela já podia imaginar o escárnio de Crowe.

— Radar de penetração no solo — sugeriu Maura. — Se houver um cômodo aqui embaixo, será a maneira mais rápida de localizá-lo.

— Vou contatar o pessoal da Unidade de Investigação Criminal. Para ver se trazemos um georradar aqui pela manhã.

Jane se dirigiu novamente à casa. Tinha acabado de entrar quando ouviu o ruído que acusava recebimento de mensagem de texto no celular.

Era Gabriel, que estava em Washington e só voltaria para casa no dia seguinte. VEJA SEU E-MAIL. RELATÓRIO DA INTERPOL.

Ela estava tão concentrada em vasculhar a casa de Rhodes que havia passado a tarde inteira sem entrar no e-mail. Agora descia a barra de rolagem da caixa de entrada abarrotada de besteiras até encontrar a mensagem, que havia chegado três horas antes, enviada por Henk Andriessen.

Fixou os olhos na tela tomada por um texto compacto. Ao fazer uma leitura diagonal do documento, algumas palavras lhe chamaram a atenção. "Restos mortais encontrados na Cidade do Cabo." "Homem branco, várias fraturas no crânio." "Correspondência de DNA."

Fitou o nome do morto recém-identificado. Isso não faz sentido, pensou. Não pode ser verdade.

O telefone tocou. Gabriel de novo.

— Você leu? — perguntou ele.

— Não entendo esse relatório. *Tem* que ser um engano.

— Os restos foram encontrados há dois anos. Resumiam-se ao esqueleto, por isso os ossos podiam estar lá há muito mais tempo. Houve demora para finalmente realizarem o teste de DNA e estabelecerem a identificação, mas agora não há dúvidas de quem é. Elliot Gott não morreu no safári, Jane. Ele foi assassinado. Na Cidade do Cabo.

35

Já não sou de nenhum interesse para a polícia. O assassino que estão procurando não é Johnny, mas um homem chamado Alan Rhodes, que sempre morou em Boston. Isso foi o que a Dra. Isles me disse antes de sair de casa agora à noite para encontrar a detetive Rizzoli no local de um crime. Que mundo diferente esses profissionais habitam! Um universo terrível de que nós, pessoas comuns, só nos damos conta quando lemos o jornal ou vemos o noticiário. Enquanto a maioria de nós segue com sua vida cotidiana, alguém, em algum lugar, comete um ato indescritível.

E é quando Rizzoli e Isles entram em ação.

Estou aliviada por fugir desse mundo. Eles precisavam de mim, mas não pude ajudá-los, então vou para casa amanhã. De volta à minha família e a Touws River. De volta a meus pesadelos.

Faço a mala para o voo matutino, guardando os sapatos no canto da valise, dobrando suéteres de lã que não precisarei usar quando pousar na Cidade do Cabo. Como senti saudade das cores vibrantes de casa e do cheiro das flores! O tempo que passei aqui me pareceu uma hibernação, agasalhada contra o frio e a escuridão. Coloco uma das calças sobre os suéteres e, enquanto dobro a outra, o gato pula na minha mala de súbito. Durante toda minha estada, esse gato me ignorou completamente. Agora está aqui, ronronando e se esfregando em minhas roupas como se quisesse ir comigo para casa. Pego-o no colo e o deixo no chão. Ele volta para cima da valise e começa a miar.

— Você está com fome? É isso que você quer?

Claro que é. A Dra. Isles passou em casa tão depressa que não teve tempo de alimentá-lo.

Vou para a cozinha e ele me acompanha, esfregando-se em minha perna enquanto abro a lata de comida e a despejo em sua vasilha. Quando ele se põe a comer os pedaços de frango com molho, percebo que também estou com fome. A Dra. Isles me deu carta branca na casa, por isso entro na despensa e procuro nas prateleiras algo rápido e satisfatório. Encontro um pacote de macarrão e me lembro de ter visto bacon, ovos e um pedaço de queijo parmesão na geladeira. Vou fazer espaguete à carbonara, a refeição perfeita para uma noite de frio.

Acabo de pegar o pacote de macarrão na prateleira quando o gato solta um chiado alto. Pela porta entreaberta da despensa, vejo-o fitando algo que não consigo vislumbrar. Seu dorso está arqueado, o pelo arrepiado. Não sei o que o assustou. Só sei que de repente sinto um calafrio.

Vidro se parte e cai como granizo no chão. Um estilhaço reluz como uma lágrima em frente à porta.

Imediatamente apago a luz da despensa e fico tremendo na escuridão.

O gato solta um miado e desaparece. Quero fugir com ele, mas ouço a porta se abrir e passos pesados avançando por entre o vidro partido.

Tem alguém na cozinha. E estou encurralada.

36

De repente, Jane sentiu o cômodo girar. Não comia desde o meio-dia, estava de pé havia horas, e aquela revelação bastou para fazê-la buscar o equilíbrio junto à parede.

— Esse relatório não pode estar certo — insistiu.

— O DNA não mente — respondeu Gabriel. — Os restos encontrados na Cidade do Cabo correspondem ao DNA que já estava no banco de dados da Interpol. DNA que Leon Gott entregou a eles há seis anos, depois que o filho desapareceu. Os ossos são de Elliot. Com base no trauma no crânio, a morte foi classificada como homicídio.

— E os restos foram encontrados há dois anos?

— Num terreno baldio, nos arredores da cidade. Não dá para saber ao certo o tempo de morte, por isso ele pode ter sido assassinado há seis anos.

— Quando *sabemos* que ele estava vivo. Millie esteve com ele no safári de Botsuana.

— Você tem absoluta certeza disso? — perguntou Gabriel, num murmúrio.

Isso a fez calar. *Você tem absoluta certeza de que Millie contou a verdade?* Ela massageou a têmpora enquanto os pensamentos se atropelavam em sua mente. Millie não podia estar mentindo, porque fatos conhecidos a corroboravam. Um piloto havia *de fato* deixado sete turistas numa pista de pouso do delta, entre os quais um passageiro com a identidade de Elliot Gott. Semanas depois, Millie surgiu *de fato* da selva com uma história terrível sobre um massacre. Os animais haviam espalhado os restos mortais dos envolvidos, e os ossos de quatro vítimas nunca foram encontrados. De Richard. De Sylvia. De Keiko. De Elliot.

Porque o verdadeiro Elliot Gott já estava morto. Assassinado na Cidade do Cabo antes mesmo do início do safári.

— Jane? — chamou Gabriel.

— Millie não estava mentindo. Estava *enganada*. Achava que Johnny era o assassino, mas ele foi uma vítima, como os outros. Assassinado pelo homem que usou a identidade de Elliot para fazer a reserva do safári. E, depois de tudo, depois que usufruiu sua melhor caçada na selva, esse homem foi para casa. Voltou a ser quem realmente era.

— Alan Rhodes.

— Como ele viajou com a identidade de Elliot, não haveria registro de sua entrada em Botsuana, nada que o relacionasse ao safári. — Jane se concentrou na sala onde estava. Nas paredes nuas, na coleção impessoal de livros. — Ele é uma casca vazia, como essa casa — disse em voz baixa. — Não pode revelar o monstro que é, por isso se torna outras pessoas. Depois que rouba suas identidades.

— Sem deixar rastro de si mesmo.

— Mas em Botsuana ele cometeu um erro. Uma das vítimas escapou e pode identificá-lo... — De súbito, Jane se virou para Maura, que acabava de entrar na sala e agora a fitava com olhos interrogativos. — Millie está sozinha.

— Está. Está fazendo a mala para voltar para casa.

— Meu Deus! Nós a deixamos sozinha.

— Que importância tem isso? — perguntou Maura. — Ela agora não é irrelevante para o caso?

— Não, é a *solução* dele. É a única pessoa que pode identificar Alan Rhodes.

Aturdida, Maura balançou a cabeça.

— Mas ela nunca conheceu Rhodes.

— Conheceu, sim. Na África.

37

Os passos se aproximam. Encolho-me atrás da porta da despensa, o coração batendo alto como um tambor. Não vejo quem invadiu a casa. Apenas o ouço, e ele está na cozinha. De repente, lembro-me de que deixei a bolsa sobre a bancada e agora o ouço abri-la, ouço moedas caírem no chão. Meu Deus, que seja apenas um ladrão. Que ele roube minha carteira e desapareça.

Ele deve ter encontrado o que queria, porque ouço minha bolsa ser jogada na bancada. Por favor, vá embora! Por favor, vá embora!

Mas ele não vai. Apenas se desloca pela cozinha. Terá que passar diante da despensa para chegar ao resto da casa. Permaneço imóvel na escuridão, não ouso respirar. Quando ele passa pela fresta da porta, vejo de relance suas costas e o cabelo castanho, cacheado, os ombros largos, a cabeça quadrada. Há algo terrivelmente familiar nele, mas não é possível. Não, esse homem está morto, os ossos espalhados em algum lugar do Delta do Okavango. Então ele se vira para a fresta da porta e vejo seu rosto. Tudo em que acreditei nos últimos seis anos, tudo que eu *achava* que sabia, vira de ponta-cabeça.

Elliot está vivo. O coitado do Elliot, o estranho Elliot, que gostava das louras, que andava aos tropeços pela selva, que era sempre o alvo das piadas de Richard. Elliot, que alegou encontrar uma cobra na barraca, cobra que ninguém mais viu. Lembro-me da última noite em que meus colegas de viagem estavam vivos. Lembro-me da escuridão, do pânico, dos tiros. E do último grito de uma mulher: "Meu Deus, ele está com a arma!"

Não foi Johnny. Nunca foi Johnny.

Ele se afasta da despensa e os passos se perdem a distância. Onde ele está? Estará parado, apenas esperando que eu me revele? Se eu sair da despensa e tentar fugir pela cozinha, ele vai me ver? Em desespero, tento me lembrar do quintal que fica atrás daquela porta. Ele é cercado, mas onde fica o portão? Não me lembro! Eu poderia ficar encurralada ali, presa para o abate.

Ou posso ficar aqui na despensa e esperá-lo me encontrar.

Pego um pote na prateleira. Geleia de framboesa. O pote me parece pesado, não muito, mas é a única arma que tenho. Aproximo-me da fresta da porta e dou uma espiada ali fora.

Não há ninguém.

Saio da despensa para a luminosidade da cozinha, onde me encontro terrivelmente exposta. A porta dos fundos fica a uns dez passos de distância, do outro lado do piso cheio de estilhaços de vidro.

O telefone toca, alto como um grito. Fico imóvel, e a secretária eletrônica atende. Ouço a voz da detetive Rizzoli: "Millie, por favor, atenda! Millie, onde você está? É importante."

Acima da voz dela, emitida com tanta urgência, procuro outros ruídos na casa, mas não o ouço.

Vai! Agora!

Contorno os cacos de vidro na ponta dos pés, morrendo de medo de que ele saiba que estou ali. Agora são nove passos até a porta. Oito. Estou na metade da cozinha quando o gato surge correndo pelos azulejos escorregadios, espalhando os cacos em alvoroço.

O barulho o alerta, e ouço passos pesados vindo em minha direção. Estou no meio da cozinha, sem ter onde me esconder. Corro para a porta. Já seguro a maçaneta quando suas mãos agarram meu suéter e me puxam para trás.

Giro o corpo, golpendo-o às cegas com o pote. O golpe atinge a lateral de sua cabeça e se quebra, liberando geleia de framboesa, a cor viva como sangue.

Ele dá um grito enfurecido e me solta. Por um instante estou livre e novamente corro para a porta. Novamente, quase consigo escapar.

Ele me puxa e ambos caímos no chão, deslizando por entre cacos de vidro e geleia de framboesa. A lata de lixo tomba, espalhando embalagens sujas e pó de café. Consigo ficar de joelhos e avanço, desesperada, em meio a sujeira.

Uma corda envolve meu pescoço, retesa-se e puxa minha cabeça para trás.

Agarro-a, mas ela está apertada, tão apertada que corta minha pele como uma lâmina. Ouço os gemidos de seu esforço. Não consigo afrouxar a corda. Não consigo respirar. A luz começa a se esvaecer. Meus pés já não respondem. Então é assim que morro, longe de casa. Longe de todos que amo.

Quando caio para trás, algo afiado corta minha mão. Meus dedos se fecham em torno do objeto, que mal sinto porque tudo está ficando dormente. *Violet. Christopher. Eu nunca devia ter deixado vocês.*

Lanço o braço para trás, cortando o rosto dele.

Através da névoa cada vez mais densa em minha mente, ouço seu grito. De repente, a corda no pescoço se afrouxa, a sala se torna mais nítida. Tossindo, arfante, solto o objeto que estava segurando, e ele cai no chão. É a lata de comida de gato aberta, a tampa exposta afiada como uma navalha

Levanto-me, e o conjunto de facas da bancada da cozinha se acha bem à minha frente. Ele se aproxima, e viro-me para enfrentá-lo. O sangue verte de sua testa, uma torrente que escorre pelos olhos. Ele avança, as mãos estendidas para minha garganta. Parcialmente cego por seu próprio sangue, não vê o que seguro. O que ergo quando nossos corpos se encontram.

A faca afunda em seu abdome.

As mãos que agarram meu pescoço de repente se afastam. Ele cai de joelhos e, no instante em que está ali, os olhos se abrem, o rosto uma máscara ensanguentada de surpresa. Ele se inclina para o lado, e fecho os olhos quando tomba no chão.

De repente, eu estou oscilante. Avanço em meio ao sangue e aos cacos de vidro e desabo numa cadeira. Apoio a cabeça nas mãos e, além do sangue latejando em meus ouvidos, ouço um barulho. Uma sirene. Não tenho força para levantar a cabeça. Ouço batidas à porta e vozes gritando "Polícia!", mas não consigo me mexer. Só quando os ouço entrar pela porta dos fundos e um deles soltar um murmúrio de surpresa, finalmente ergo a cabeça.

Há dois policiais diante de mim, ambos fitando o sangue espalhado pela cozinha.

— Você é Millie? — pergunta um deles. — Millie DeBruin?

Confirmo.

Pelo rádio, ele diz:

— Detetive Rizzoli, ela está aqui. Está viva. Mas você não vai acreditar no que estou vendo.

38

No dia seguinte, descobriram a toca dele.

Depois que o radar de penetração no solo detectou o cômodo subterrâneo no jardim de Alan Rhodes, bastaram alguns minutos de escavação para localizar a entrada, um alçapão de madeira oculto por alguns centímetros de adubo.

Jane foi a primeira a descer a escada, penetrando na escuridão fria, com cheiro de terra molhada. No pé da escada, alcançou o chão de concreto e viu o que sua lanterna revelava: a pele do leopardo-das-neves pendurada na parede. Num gancho a seu lado, havia garras de aço, as pontas afiadas, polidas e brilhantes. Ela pensou nos três cortes paralelos no torso de Leon Gott. Pensou em Natalie Toombs e nas três lascas que havia em seu crânio. Ali estava a ferramenta que deixara aquelas marcas na carne e no osso.

— O que tem aí embaixo? — perguntou Frost.

— O homem-leopardo — respondeu ela, a voz fraca.

Frost desceu a escada, e eles ficaram ali juntos, os feixes das lanternas cortando a escuridão como sabres.

— Minha nossa — murmurou ele ao fitar a parede oposta, onde dezenas de carteiras de motorista e retratos de passaporte se achavam presos numa cortiça. — São de Nevada. Maine. Montana...

— É a parede de troféus de caça dele — disse Jane.

Assim como Leon Gott e Jerry O'Brien, Alan Rhodes também exibia sua presa, mas numa parede que era apenas para seus próprios olhos. Jane estudou a folha arrancada de um passaporte: Millie Jacobson, a presa que Rhodes prematuramente imaginou ter matado. Ao lado da fotografia de Millie, vinham outros rostos, outros nomes. Isao e Keiko Matsunaga. Richard Renwick. Sylvia Van Ofwegen. Vivian Kruiswyk. Elliot Gott.

E Johnny Posthumus, o guia que havia lutado para mantê--los vivos. No olhar franco de Johnny, Jane viu um homem pronto para fazer o que fosse necessário, sem medo, sem hesitação. Um homem pronto para enfrentar qualquer animal da selva. Mas Johnny não se dera conta de que o animal mais perigoso que enfrentaria era o cliente que sorria para ele.

— Tem um laptop aqui — disse Frost, debruçado sobre uma caixa de papelão. — É um MacBook Air. Você acha que é de Jodi Underwood?

— Ligue.

Com as mãos enluvadas, Frost pegou o computador e apertou o botão POWER.

— Está sem bateria.

— O cabo de alimentação está aí?

Ele enfiou a mão na caixa.

— Não estou vendo. Tem cacos de vidro.

— De quê?

— É uma fotografia.

Ele pegou a moldura, o vidro quebrado. Voltou a lanterna para a imagem e, por um instante, os dois se mantiveram em silêncio enquanto assimilavam seu significado.

Havia dois homens, o sol no rosto, a claridade definindo cada detalhe. Eles eram parecidos a ponto de poderem ser irmãos, ambos com o cabelo castanho e rosto quadrado. O homem da esquerda sorria para a câmera, mas o outro parecia ter sido pego de surpresa ao se virar para a pessoa que batia a foto.

— Quando foi isso? — indagou Frost.

— Há seis anos.

— Como você sabe?

— Porque sei onde fica. Estive lá. É a Montanha da Mesa, na Cidade do Cabo. — Ela encarou Frost. — Elliot Gott e Alan Rhodes. Eles se conheciam.

39

A detetive Rizzoli surge na casa da Dra. Isles trazendo um laptop.

— Essa é a última peça do quebra-cabeça, Millie. Acho que você vai querer dar uma olhada.

Faz quase uma semana que sobrevivi ao ataque de Alan Rhodes. Embora não haja mais sangue nem cacos de vidro no chão, e embora a janela tenha sido trocada, ainda fico relutante em ir à cozinha. As lembranças são claras demais, e os hematomas em meu pescoço ainda estão muito visíveis, por isso vamos para a sala. Sento-me no sofá, entre a Dra. Isles e a detetive Rizzoli, as duas mulheres que estavam caçando o monstro e que tentaram me proteger dele. Mas, no fim, fui eu que tive que me salvar. Fui eu que tive que morrer duas vezes para viver de novo.

O gato cinza se acomoda na mesinha de centro e me observa com seu perturbador olhar inteligente enquanto Rizzoli abre o laptop e enfia ali um pen-drive.

— Essas são as fotografias do computador de Jodi Underwood — avisa. — São o motivo de Alan Rhodes tê-la assassinado. Porque essas fotografias contam uma história, e ele não podia deixar que ninguém as visse. Nem Leon Gott. Nem a Interpol. E muito menos você.

A tela se enche de imagens, todas pequenas demais para revelar qualquer detalhe. Ela clica na primeira, e uma fotografia toma conta da tela. É um homem sorridente de cabelo castanho e cerca de 30 anos, que veste calça jeans e colete de fotógrafo, com uma mochila pendurada nos ombros. Ele está na fila de check-in de um aeroporto. Tem a testa quadrada e olhos suaves, e há nele certa inocência, a inocência do cordeiro que não faz ideia de que está indo para o abate.

— Esse é Elliot Gott — diz Rizzoli. — O *verdadeiro* Elliot Gott. A fotografia foi tirada há seis anos, pouco antes de ele entrar no avião, aqui em Boston.

Estudo a fisionomia dele, o cabelo encaracolado, o formato do rosto.

— Ele se parece muito...

— Com Alan Rhodes. Talvez por isso Rhodes tenha escolhido matá-lo. Ele optou por uma vítima que se parecia com ele, assim poderia se passar por ela. Usou o nome de Gott quando conheceu Sylvia e Vivian na boate, na Cidade do Cabo. Usou o passaporte e os cartões de crédito dele para comprar a passagem para Botsuana.

E foi lá que eu o conheci. Lembro-me do dia em que pela primeira vez pus os olhos no homem que se apresentava como Elliot. Foi num terminal do aeroporto de Maun, onde nós sete esperávamos para embarcar no avião que nos levaria ao delta. Lembro-me de que ele estava nervoso por voar numa aeronave pequena. Lembro-me de que Richard reclamava por eu não estar com espírito de aventura e ficava me perguntando por que eu não podia ficar mais animada, como aquelas louras bonitas que davam risada sentadas no banco. Sobre esse primeiro encontro com Elliot, não me lembro de quase nada, porque meu pensamento se voltava inteiramente para Richard. Eu achava que o estava perdendo. Que ele parecia se entediar comigo. O safári era minha última tentativa de salvar o que tínhamos juntos, por isso mal prestei atenção no homem estranho que não saía de perto das louras.

Rizzoli passa para a fotografia seguinte. É uma selfie, tirada dentro do avião. O verdadeiro Elliot sorri do assento do corredor enquanto a passageira à sua direita ergue uma taça de vinho para a câmera.

— Essas são fotografias de celular que Elliot mandou por e-mail para a namorada, Jodi. É uma crônica diária do que ele viu e de quem conheceu — explica Rizzoli. — Não temos o texto de e-mail que acompanhava as fotografias, mas elas documentam a viagem. E ele tirou muitas

Ela clica sobre as imagens seguintes, da refeição servida pela companhia aérea. O nascer do sol pela janela do avião. E mais uma selfie em que ele dá um sorriso forçado ao se inclinar sobre o corredor para mostrar a cabine. Mas dessa vez não é em Elliot que fixo o olhar, e sim no homem sentado atrás dele, cujo rosto se acha bastante visível.

Alan Rhodes.

— Eles estavam no mesmo voo — diz Rizzoli. — Talvez tenham se conhecido assim, no avião. Ou talvez antes, em Boston. O que sabemos é que, quando Elliot chegou à Cidade do Cabo, tinha um companheiro com quem passear.

Ela clica sobre outra imagem, e uma nova fotografia ganha a tela. Elliot e Rhodes na Montanha da Mesa.

— Essa é a última fotografia de Elliot. Jodi Underwood a havia emoldurado para dar de presente ao pai dele. Acreditamos que ela estava pendurada na casa de Leon no dia em que Alan Rhodes entregou o leopardo-das-neves. Leon teria reconhecido Rhodes a partir do retrato. Provavelmente perguntou a ele como conheceu Elliot e como foram parar juntos na Cidade do Cabo. Depois deu alguns telefonemas. Para Jodi Underwood, pedindo todas as fotografias da viagem de Elliot.

Para a Interpol, tentando falar com Henk Andriessen. Essa fotografia foi o catalisador de tudo que se seguiu. O assassinato de Leon Gott. O assassinato de Jodi Underwood. E talvez até da funcionária do zoológico Debra Lopez, porque ela estava na casa de Gott e teria ouvido toda a conversa. Mas a pessoa que Rhodes mais temia era *você*.

Fito a tela do laptop.

— Porque eu era a única que sabia qual desses homens tinha de fato ido ao safári.

Rizzoli confirma com um aceno da cabeça.

— Ele precisava impedi-la de ver essa fotografia.

De repente, já não consigo fitar o rosto de Rhodes e desvio o olhar.

— Johnny — murmuro.

É a única palavra que digo, apenas "Johnny". Uma lembrança brota em minha mente, dele sob o sol, o cabelo dourado como a juba de um leão. Lembro-me de como ele se postava, os pés tão firmes no solo quanto uma árvore em sua terra africana nativa. Lembro-me de Johnny me pedindo para confiar nele, dizendo que eu também precisava aprender a confiar em mim mesma. E penso no jeito como me olhou quando estávamos sentados em torno da fogueira, o brilho da chama oscilando em seu rosto. Ah, se eu tivesse ouvido meu coração! Se tivesse confiado no homem em quem queria acreditar!

— Agora você sabe a verdade — diz a Dra. Isles, com tato.

— Podia ter sido tão diferente... — Pisco os olhos, e uma lágrima escorre pelo meu rosto. — Ele tentou nos manter vivos. E todos nos voltamos contra ele.

— De certo modo, Millie, ele te manteve viva.

— Como?

— Por causa de Johnny, por causa do seu medo dele, você se escondeu em Touws River, onde Alan Rhodes não poderia encontrá-la. — A Dra. Isles se vira para Rizzoli. — Até, infelizmente, nós te trazermos a Boston.

— Nossa falha — admite Rizzoli. — Estávamos de olho no homem errado.

Eu também. Penso em Johnny me perseguindo em meus pesadelos, quando não era ele que eu deveria ter temido. Esses sonhos ruins já estão se esvaecendo. Nunca nos últimos seis anos dormi tão bem quanto ontem à noite. O monstro se foi, e fui eu que o derrotei. Há algumas semanas, a detetive Rizzoli me disse que esse era o único jeito de eu voltar a ter um sono tranquilo, e tenho esperança de que em breve os pesadelos desaparecerão de todo.

Ela fecha o laptop.

— Então amanhã você vai poder voltar para casa sabendo que tudo *realmente* acabou. Tenho certeza de que seu marido vai ficar feliz em tê-la de volta.

Assinto.

— Chris telefona para mim três vezes por dia. Diz que a história virou notícia lá.

— Você vai para casa como heroína, Millie.

— Só estou feliz de voltar.

— Antes tem uma coisa que acho que você gostaria de ter. — Ela pega na bolsa do laptop um envelope grande. — Henk Andriessen me mandou isso por e-mail. Eu imprimi para você.

Abro o envelope e tiro dali uma fotografia. Sinto um nó na garganta e, por um instante, não consigo dizer nada. Apenas fito o retrato de Johnny. Ele está num descampado, com mato até o joelho, segurando a espingarda, o cabelo dourado sob o sol, os olhos semicerrados num meio-sorriso. Esse é o Johnny pelo qual me apaixonei, o verdadeiro Johnny, que temporariamente ficara eclipsado pela sombra de um monstro. É assim que devo me lembrar dele, à vontade na selva.

— Essa foi uma das poucas fotografias que Henk encontrou. Foi tirada por outro guia de safári há uns oito anos. Achei que você ia gostar dela.

— Como você sabe?

— Porque sei que deve ser um choque descobrir que tudo em que você acreditava sobre Johnny Posthumus estava errado. Ele merece ser lembrado pelo homem que realmente era.

— Sim — murmuro, ao passar os dedos no rosto sorridente da foto. — E será.

40

Christopher vai me aguardar no aeroporto. Violet também, provavelmente segurando um buquê de flores. Vou me lançar nos braços deles e iremos para Touws River, onde haverá uma festa de boas-vindas hoje à noite. Chris já me avisou, porque sabe que não gosto de surpresas e também não gosto muito de festas. Mas sinto que é finalmente hora de comemorar, porque estou reavendo minha vida. Estou reingressando no mundo.

Ele me disse que metade da cidade estará presente, porque todos estão curiosos. Até verem a história no noticiário, poucos faziam ideia do meu passado ou do motivo de minha reclusão. Eu não podia me arriscar à exposição. Agora todos sabem, e sou a nova celebridade local, a mãe de família que foi para a América e derrotou um serial killer.

— Vai ser uma loucura — advertiu-me Chris durante nossa conversa pelo telefone, antes de eu embarcar. — O pessoal do jornal não para de ligar, da televisão também. Pedi para nos deixarem em paz, mas você precisa estar preparada.

Daqui a meia hora, o avião pousará. Esses últimos instantes do voo serão minha última oportunidade de ficar sozinha. Quando começamos a descer sobre a Cidade do Cabo, pego a fotografia uma última vez.

Seis anos se passaram desde que o vi. A cada ano, fico mais velha, mas Johnny não. Sempre se manterá altivo, o mato se agitando a seus pés, o sol refletido no sorriso. Penso em tudo que poderia ter acontecido se as coisas tivessem sido diferentes. Estaríamos agora casados e felizes em nossa cabana na selva? Nossos filhos teriam o cabelo dourado dele? Cresceriam correndo descalços e livres? Nunca saberei, porque o verdadeiro Johnny está em algum lugar do delta, os ossos se desintegrando no solo, seus átomos para sempre atrelados à terra que ele amava. A terra à qual ele sempre pertencerá. Tudo que tenho são minhas lembranças dele, e eu as guardarei como um segredo. Elas não pertencem a ninguém além de mim.

O avião pousa e avança para o portão. Lá fora, o céu está azul, e sei que o ar estará agradável, com o cheiro das flores e do mar. Ponho a fotografia de Johnny no envelope e guardo-o na bolsa. Fora de vista, mas nunca esquecido.

Levanto-me. É hora de voltar para minha família.

Agradecimentos

Nunca me esquecerei da emoção de ver um leopardo na selva pela primeira vez. Por essa preciosa lembrança, agradeço à maravilhosa equipe do Ulusaba Safari Lodge, em Sabi Sands. Devo um agradecimento especial ao guia Greg Posthumus e ao auxiliar Dan Ndubane por me apresentarem à beleza da selva africana — e por manterem meu marido vivo.

Tenho uma grande dívida de gratidão com minha agente literária, Meg Ruley, que há anos é minha amiga e aliada, e com minhas editoras, Linda Marrow (EUA) e Sarah Adams (Reino Unido), por sua inestimável ajuda em fazer este livro brilhar.

Sobretudo, agradeço a meu marido, Jacob, por fazer parte dessa jornada. A aventura continua.